Marnie Walsh · GRASHERZ

kontra●punkt: Das allererste Programm

Stefan Dietrich
Maos Atem – Rossinis Tränen
und 999 andere unwichtige Ereignisse der Welt- und Kulturgeschichte
292 Seiten, Leseband, gebunden, mit Schutzumschlag
ISBN 3-0350-2008-6

Michael Schulte
Krumm gelaufen!
Genies, Dilettanten, Versager – die schönsten mißlungenen Verbrechen
280 Seiten, sw-Abbildungen,
Leseband, gebunden, mit Schutzumschlag
ISBN 3-0350-2004-3

Ernst Schwenk
Maßmenschen
Von Ampère und Becquerel bis Watt und Weber
Wer den internationalen Maßeinheiten den Namen gab
232 Seiten, zahlr. sw-Abbildungen

Joe Simpson
Sturz ins Leere
Mit einem Vorwort von Chris Bonington
Aus dem Englischen von Jürg Wahlen
6. Auflage, 261 Seiten, 23 z. T. farbige Abbildungen,
laminierter Pappband
ISBN 3-0350-2011-6

Owe Wikström
Vom Unsinn, mit der Harley durch den Louvre zu kurven
Lob der Langsamkeit
Aus dem Schwedischen von Dagmar Lendt
255 Seiten, Leseband, gebunden, mit Schutzumschlag
ISBN 3-0305-2003-5

In Ihrer Buchhandlung

Ausführliche Programminformationen:
www.kontrapunkt-buch.ch

Marnie Walsh

GRASHERZ

Roman

Aus dem Amerikanischen
von Sibylle Schmidt

kontra●punkt
oesch verlag

Die amerikanische Originalausgabe erschien 2001
unter dem Titel *Grass Heart* bei
University of New Mexico Press, Albuquerque

1. Auflage 2003

Umschlagfoto: PRISMA, Zürich
Druck und Bindung:
Legoprint S.p.A., Lavis (NT)
Printed in Italy

ISBN 3-0350-2000-0

Gern senden wir Ihnen unser Verlagsverzeichnis:
kontra•punkt/oesch verlag, Jungholzstraße 28, 8050 Zürich
E-Mail: info@kontrapunkt-buch.ch

Unser Buchprogramm finden Sie im Internet unter:
www.kontrapunkt-buch.ch

Über der Prärie hinter dem Dorf zeigte sich eine Mondsichel zwischen den ruhelosen Sternen am hohen Himmel, und Wölfe und Kojoten stimmten ihren klagenden Gesang an. Jake Moon seufzte glücklich. Solch einen Abend hatte er sich gewünscht, alles war so wie in seinen Träumen: der breite Fluß, die dichten Wälder an seinen Ufern, der wunderschöne Sternenhimmel und das Mädchen, das seine Hand hielt, während sie den Pfad am Fluß entlanggingen. Zufrieden nahm er den feuchten moosigen Geruch des Wassers wahr, die grüne Stille des Zwielichts, die nur vom melodischen Zirpen der Grillen gestört wurde, und die langen schlanken Finger von solch eigenartiger Hautfarbe in seiner Hand. Ihre Kraft verbarg sich unter warmer weicher Haut, und nichts ließ darauf schließen, daß Jake nur einmal im Leben diese Hand halten und sich dabei lüsternen Gedanken hingeben würde, wie er es nun tat, denn er würde sie niemals in die Tat umsetzen können, jetzt nicht und auch in der Zukunft nicht.

Vom Fort der Händler jenseits des Flusses drangen entfernte Laute an sein Ohr: Trommeln und Gesänge von tanzenden Indianern, Johlen und Lachen von Weißen, die ihnen zusahen, und die schrillen knappen Rufe der Wachen, die in der Dämmerung die Brustwehr abschritten.

Jake tat einen kleinen Sprung, wie es seine Gewohnheit war, denn er zählte knapp achtzehn Jahre, war noch nicht auf der Höhe seiner Mannbarkeit und über die Maßen erfreut, daß er endlich im fremden geheimnisumwobenen Westen angelangt war, auf den Spuren von Lewis und Clark und seinem Vater, der mit jenen Männern einst reiste. Und Jake war stolz darauf, daß es ihm gelungen war, seinen Erzeuger noch zu übertreffen, der, anders als sein Sohn, damals auf halber Strekke kehrtgemacht hatte. Als Jake heranwuchs, sann er über jene Erinnerungen nach, studierte die Berichte der Expedition und mußte erfahren, daß sein Vater ihn belogen hatte, denn sein Name blieb dort unerwähnt. Doch Jake nahm das nicht allzu schwer; der alte Knabe war schon lange tot, und Jake wußte, daß Lügen manchmal unerläßlich sind. Auch er hatte sich solcher Geschichten schon häufiger bedient und einiges damit erreicht.

Das Mädchen, das er so behutsam an der Hand führte, war wenigstens einen Kopf größer als er und mußte sich bücken, wenn sie unter tiefhängenden Ästen hindurchgingen. Er merkte wohl, daß sie ihn dann oft aus dem Augenwinkel ansah, und er fürchtete, daß sie sein Vorhaben erahnte, wenngleich darauf nur hinwies, daß sie mehrmals hinter vorgehaltener Hand lächelte.

Ihre Erheiterung war ihm unangenehm; ihm war bewußt, daß sie ihn wohl komisch fand mit seinem rundlichen Leib und dem Kugelkopf, den er zu verbergen suchte, indem er sich stets einen hohen Hut über Stirn und Ohren zog. An seiner geringen Körpergröße vermochte er nichts zu ändern, auch nicht, indem er Socken in seine Stiefel stopfte und sich insgeheim schmerzhaften Dehnungsübungen unterzog.

Doch es waren seine leuchtend blauen Augen, die Grass Heart immer wieder dazu veranlaßten, ihn verstohlen anzublicken. Der Rest seiner Erscheinung war ihr einerlei, denn sie fand weiße Männer nicht sonderlich fesselnd und war in ihrem kurzen Leben schon vielen begegnet: Freunden ihres Vaters, Trappern und Händlern und bisweilen einem Reisenden, der ohne ein bestimmtes Ziel vor Augen dem Lauf des Flusses gefolgt war. Von jenen Männern hatte sie die Sprache der Weißen erlernt, die sie flüssig beherrschte, doch sie war noch nie mit einem von ihnen alleine gewesen und fühlte sich nun befangener, als es für gewöhnlich ihre Art war.

Die beiden waren eine Weile in Schweigen verfallen, bis sie eine Wildtaube in ihrem Nest aufstörten, die vor den Eindringlingen warnte. Jake Moon blieb unvermittelt stehen.

»Das ist ein schmackhafter Vogel«, sagte er. »Ich hab schon viele von denen gegessen, in Erde im Feuer geröstet. Die Federn kann man abziehen. Aber ich mache mir nichts aus dem Kopf, wie manch anderer. Die saugen das Hirn aus«, und er gab einen schlürfenden Laut von sich.

Grass Heart richtete sich so plötzlich auf, daß ihr Kopf zwischen Ästen verschwand und Jake beunruhigt zu ihr aufblickte. Er vernahm nur ihre Stimme, die stählern und scharf klang wie die Klinge eines guten Messers.

»Wir töten diese Vögel niemals. Es sind Medizinvögel. Das bringt Unglück.«

Das erachtete Jake als Unsinn, was er ihr auch sagte, während er sich auf die Zehenspitzen stellte und Zweige aus ihren Haaren klaubte. Als sie sich von dem Ast befreit hatte, funkelte sie ihn erbost an.

»Ach, ich wollte Euch nicht gegen mich aufbringen«, sagte er traurig und umfaßte ihre Taille. »Ihr seid so schön«, murmelte er.

»Ich bin schmuck«, erwiderte sie und schüttelte ihn ab. »Das sagt mein Vater, und ich achte sein Urteil.«

Jake hatte von ihrem Vater gehört, als er ins Fort kam. Es hieß, Good Plume sei sehr reich, besitze viele Pferde, sei in jüngeren Jahren ein gewiefter Händler gewesen, der seine Felle immer gewinnbringend verkaufte. Sein einziges Kind trug die feinsten Kleider, und Jake glaubte diese Geschichten, wenn er sie so ansah in ihrem Gewand mit den vielen Perlen und Fransen und den Silberringen im Ohr. Um den Hals trug sie Ketten mit Türkisen, Granaten und kostbaren Muscheln. Auch genoß sie eine Freiheit, die man selten fand bei Mädchen ihres Alters, weshalb Jake sie für seinen Ausflug an diesem Abend auserkoren hatte. Vielleicht hatte es mit ihrer Größe zu tun, dachte er, denn er hatte die starken Muskeln an ihren

Armen und am Rücken gespürt, als er sie umfaßte. Er fand sie prachtvoll. Als er sie besser kannte, sann er nicht selten darüber nach, was für einen grandiosen Krieger sie abgegeben hätte.

Sie setzten ihren Weg fort, schnelleren Schrittes nun. Es dunkelte zusehends, und Ziegenmelker segelten über die Baumwipfel hinweg und riefen ihre klagenden Töne in die Nacht hinaus. Grass Heart wandte sich vom Fluß ab und drang tiefer in den Wald vor, und Jake wurde von einer freudigen Unruhe erfaßt, die seinen ganzen Leib durchlief und an den Fußsohlen kribbelte. Hier zwischen den Bäumen vernahm man nur hie und da das Trappeln kleiner Tiere und das Keckern eines Vogels. Der Pfad wurde schmaler, und Grass Heart ging Jake voraus. Er blickte auf ihr Gesäß, das unter dem Wildlederrock rollte, und sann müßig darüber nach, ob es ihm wohl gelingen mochte, sie mit süßen Worten zu verführen. Doch er verwarf den Gedanken gleich wieder, denn ihre brüske Ablehnung, als er sie zuvor umfaßt hatte, war nicht dazu angetan, ihn zu ermutigen. Er würde seinen ursprünglichen Plan verfolgen müssen: sie so weit weg vom Dorf zu locken, daß niemand hörte, wenn er sie zum Stolpern brachte und auf sie fiel.

Wenn er sie in diese Lage gebracht hatte, wollte er nicht länger zaudern.

Als er sie um die Taille gefaßt hatte, war ihm nirgendwo ein Messer aufgefallen, doch er wußte, daß sie es anderswo am Körper versteckt haben mochte. Er war auch darauf gefaßt, daß sie womöglich ein Schutzband um die Oberschenkel trug; damit schützten sich indianische Mädchen vor Vergewaltigungen. Ihm wurde ganz schwindlig bei diesen Gedanken, und er beschleunigte seine Schritte, um ihr auf den Fersen zu bleiben.

Auf einer Lichtung machte er Anstalten, sie von hinten anzuspringen, als sie unvermittelt stehenblieb, so daß er auf sie prallte. Im Halbdunkel erkannte er die Umrisse eines Indianers, der an einem Baum lehnte. Er war in eine Decke gehüllt, aus der ein leises Kichern zu vernehmen war.

Jakes Mund wurde trocken vor Neid. Herr im Himmel, seufzte er stumm, haben diese Burschen ein leichtes Leben. Mädchen. Viele Pferde, viel Fleisch im Sommer, einen warmen Wigwam, wenn der Schnee kommt. Und so viele Frauen, wie ein Mann sich zutraut!

Denen brauchte man nur zu sagen: säubere diese Felle; bring mir Pfeife und Tabak; bereite das Essen zu. Komm auf mein Lager. Was mehr konnte sich ein Mann wünschen? Zuerst war der Same des Gedankens in seinem Kopf, dann wuchs er schnell zum Sproß heran und erblühte, alles in einem kurzen Augenblick, so daß Jake beinahe das Bewußtsein schwand.

All das könnte ich haben, wenn ich Grass Heart heirate. Benommen faßte er sie am Arm. Sie schüttelte ihn ab und fauchte: »Laßt mich, ich will sehen, wer in dieser Decke steckt.«

»Kommt«, sagte er drängend, »das ist bloß ein Mädchen. Ich muß mit Euch sprechen!« Er packte sie nun fest an beiden Armen und schob sie den Pfad entlang. Das Mondlicht zwischen den Bäumen ließ seine Augen hell erstrahlen. Das besänftigte Grass Heart, und sie ließ sich von ihm zu einem umgestürzten Baum führen, auf dem sie sich niederließen. Sie streckte ihre langen Beine von sich, zupfte an ihrem Rock herum und versuchte die Stickerei auf ihren Mokassins zu betrachten.

Jake erwog, ob er auf die Knie fallen sollte, entschied sich aber dagegen und nahm ihre Hand.

»Ich möchte, daß Ihr meine Frau werdet«, sagte er.

Grass Heart widerstand dem bösartigen Drang, lauthals zu lachen, und starrte nur auf ihre Füße.

»Ich will Euch heiraten«, sagte Jake, »und Euch zu meiner Frau machen. Ich bin verliebt in Euch.«

Grass Heart schob eine Muschel von ihrer Kette in den Mund und strich mit der Zunge darüber. Die Muschel war kühl und schmeckte ein wenig nach Salz.

»Antwortet nicht gleich. Denkt darüber nach«, sagte er, noch immer leise und drängend, griff unter seine Jacke und brachte ein braunes in Papier gewickeltes Päckchen zum Vorschein. »Ein Zeichen meiner Zuneigung«, flüsterte er und legte es in ihre Hände. »Küßt mich.«

»Gottverflucht«, sagte sie. »Ich will Euch nicht küssen, und heiraten will ich Euch auch nicht.«

~

In ihrem elften Lebensjahr, zwei Jahre, bevor sie Jake Moon begegnete, entbrannte Grass Heart in Liebe zu einem älteren Jungen. Bloody Dog war sein Name. Sie folgte ihm auf Schritt und Tritt und war ihm so ergeben, daß sie nur noch ihn wahrnahm und nachts keine Ruhe mehr fand. Er sah sich außerstande, sie zu entmutigen; sie heftete sich beharrlich an seine Fersen.

»Laß mich mit dir reiten«, bettelte sie, und er trat seinem Pferd so heftig in die Flanken, daß es ihn beinahe abwarf, und preschte hinaus in die Prärie, eine Staubwolke hinter sich lassend.

»Ich will mit dir reden«, bat sie inständig, und seine Freunde pfiffen und johlten, wenn sie mit ihren Mokassins in seine Spuren trat und sie zu den ihren machte.

»Tu das nicht«, befahl er ihr freundlich. »Du bist mir lästig. Ich will nicht von einem Kind verfolgt werden.«

»Ich bin kein Kind. Ich könnte dich begleiten, wenn du nicht so hasten würdest«, sagte sie zu ihm. »Ich meine, wir sollten heiraten. Jetzt, bevor wir beide zu alt sind.« Schweiß glänzte auf ihrem ernsthaften Gesicht.

»Ich möchte, daß du nach Hause gehst«, erwiderte er laut. Beim letzten Wort brach seine Stimme weg, und er spürte, wie ihm Schamesröte ins Gesicht stieg. »Geh«, sagte er.

»Du liebst mich auch«, sagte sie zärtlich. »Ich sehe es dir

an. Du denkst unentwegt an mich. Wir werden heiraten und Kinder haben.«

Er stöhnte laut. »So geh doch. Du bist selbst noch ein Kind. Ich mag dich nicht einmal leiden.«

»Und ob wir heiraten werden«, sagte sie und stampfte mit dem Fuß auf, daß der Staub hochwirbelte. »Herr im Himmel, siehst du nicht ein, daß es so kommen wird?«

Sie ließ sich nicht beirren und folgte ihm unermüdlich weiter. Er ersann Pläne, wie er ihr entkommen könne, und begann Tag für Tag mit seinem Onkel auszureiten, einem weisen, bescheidenen Mann, der sich über die Begleitung freute und gütig lächelnd auf das kleine Mädchen blickte, das am Zaun des Pferchs stand und wütend schrie, wenn Bloody Dog sein Pferd holte.

»Die ist ein Teufel«, sagte er zu seinem Neffen. »Beizeiten wird sie dich einfangen.«

Grass Heart versuchte ihnen auf ihrer fetten Stute zu folgen. Doch es gelang ihr nie, so heftig sie auch auf das Tier einschlug.

Sie lag ihrem Vater in den Ohren, er möge ihr ein schnelleres Pferd geben, und er ließ sich erweichen, doch sie mußte ihm versprechen, in Sichtweite des Dorfes zu bleiben. Da er einen Wächter auf sie ansetzte, mußte sie gehorchen. Der alte Krieger berichtete, sie sei am Horizont immer noch sichtbar und er könne ihren Kopf und ihren Oberkörper auf- und abwippen sehen. Grass Heart wurde des Reitens ohne Ziel bald überdrüssig, ließ ihr neues Pferd im Pferch und kletterte auf einen hohen Baum im Dorf, um dort auf Bloody Dogs Rückkehr zu warten.

Das Kräftemessen zwischen dem Mädchen und dem jungen Burschen sorgte für Klatsch im Dorf, und man schloß sogar Wetten über den Ausgang ab. Good Plume verharrte in seinem Erdhaus und fertigte Pfeilspitzen an, doch gedemütigt, wie er war, verdarb er mehr, als er vollbrachte.

Ungeladen erschien seine Schwester Least Mouse, um mit

ihm über das Betragen seiner Tochter zu sprechen, und er sagte ihr: »Kümmere dich um deine eigenen Dinge. Ich komme zurecht mit ihr. Mach dir lieber Sorgen um deine eigenen Töchter.«

Least Mouse fügte sich. Ihre vier Töchter waren bösartig, hinterlistig wie die Wiesel und zankten unentwegt. Sie waren gierig, aßen unmäßig und hatten häßliche Schwären im Gesicht und traurig verhangene Augen.

»Aber frag mich nicht um Rat, wenn sie dir Schande macht«, entgegnete Least Mouse und schniefte vernehmlich.

Bloody Dog litt unter dem ungleichen Wettstreit und wurde überdies von sonderbaren Gefühlen übermannt. Es verwirrte ihn, daß Mädchen ihn so gar nicht fesselten; er fühlte sich viel wohler unter seinesgleichen und hielt sich bevorzugt an der Seite junger Krieger auf, deren Männlichkeit ihn anzog. Als er seine Neigungen nicht länger verleugnen konnte, wandte er sich verzweifelt an seinen Onkel und bat ihn, ihm eine Schwitzhütte zu errichten, damit er in einer Vision eine Lösung für seine Nöte finden könne.

»Das werde ich tun«, gab Long Catcher zur Antwort, »und vielleicht wirst du bekommen, wonach du verlangst, aber können wir nicht vorher darüber sprechen?«

»Nein«, sagte Bloody Dog, der errötet war vor Scham.

»Was dich auch plagt, es wird mit der Zeit verschwinden, sogar dieses Mädchen, das nicht von dir weicht.« Long Catcher liebte den Jungen wie sein eigen Fleisch und Blut; er hatte ihn in seine Obhut genommen, um ihn die Jagd und den Kampf und die Wege des Herzens zu lehren, wie es Brauch war in ihrem Dorf. Betrübt entsann er sich, wie der Junge sich ferngehalten hatte, wenn seine Gefährten spielerisch mit Speeren kämpften, und wie sehr er dieser Puppe zugetan war, einem erbärmlichen Ding, das seine Schwester wegwerfen wollte, bis er selbst sich dazu entschloß, weil es ungeeignet für ihn war, ein Spielzeug für Mädchen.

Long Catcher betrachtete aufmerksam das Gesicht des

Jungen, auf dem nun ein gequälter Ausdruck lag. Die Nase war gebogen, doch sie wirkte sanft, nicht wild. Die Stirn war gerundet wie die eines Mädchens, die Wimpern dicht wie das Fell eines Minks und der Mund zu weich für einen Mann.

»Wir können über alles sprechen, wir beide.« Und Long Catcher zog den Jungen auf die Matte und wartete.

Es dauerte lange, bis Bloody Dog Laut gab, und auch dann murmelte er so leise, daß sein Onkel ihn auffordern mußte, lauter zu sprechen. »Ich mag Mädchen nicht«, sagte er und verbarg den Kopf in den Armen.

»Ah«, seufzte Long Catcher mitfühlend.

»Ich mag nur Männer.«

Der Onkel nahm ein Stück süßen Borkengummi aus seiner Tasche und kaute gedankenverloren. Es war nicht seine Art, angestrengt zu denken, doch er bemühte sich um des Jungen willen. Er legte die Stirn in Falten, schlug sich mit der Faust an den Kopf. Nur ein Gedanke wollte sich einstellen, verstohlen wie ein Dieb, der aus einer geheimen Höhle kriecht: Man wird mir die Schuld geben.

»Ich glaube, ich weiß die Antwort«, verkündete er, »ja, ich glaube, ich weiß, was falsch ist.«

Als das vollbracht war, bemühte er sich weiter und schlug sich mit der Hand auf die Wange. Seine Nase begann zu bluten, und er mußte innehalten, um das Blut wegzuwischen. Sein Blick wanderte nach unten zu seiner blutigen Handfläche, und er starrte eine Weile auf den roten Fleck.

»Ja.« Seine Stimme klang nun kraftvoller. »Du bist so geschaffen. Ich glaube, daß dein Blut in eine andere Richtung fließt als meines. Ich glaube, es fließt verkehrt herum durch deinen Körper. Es mag sogar sein«, fuhr er fort, »daß dein Herz auf der falschen Seite sitzt. Wenn das so ist, kannst du nichts anderes tun, als Männer zu lieben.«

Das Kinn in die Hand gestützt, dachte Bloody Dog nach. Diese Erklärung schien ihm sehr glaubhaft; sein Blut floß verkehrt herum durch seinen Körper, weil sein Herz auf der falschen Seite saß. Er war so erleichtert, daß seine Stirn kühl wurde und der Schweiß ihm nicht mehr aus den Achseln rann. Er fragte sich, mit welchem bösen Fluch man seine Mutter vor seiner Geburt belegt hatte oder welcher böse Geist in ihr Erdhaus gekrochen war und seine Hand auf ihren geschwollenen Bauch gelegt hatte, in dem er schlummerte, damit sein Herz sich verschob und sein Blut in die falsche Richtung floß.

Er dankte Long Catcher und rannte nach Hause, leichtfüßig und leichten Herzens, wo es nun auch liegen mochte. Am nächsten Morgen zog er ein Kleid seiner Schwester an, wanderte durchs Haus und fühlte sich frei und ungehemmt. Er löste seine Haare, so daß sie ihm wellig bis zur Taille fielen, fügte ein wenig Zierrat hinzu, ging zum schimmernden Schild seines Vaters und betrachtete sich. Er war zufrieden mit seinem Anblick. Als seine Mutter ihn sprachlos ansah und seine Schwester weinte, weil er ihr so fremd war, legte er noch eine blaue Perlenkette und ein Armband an und ging aus dem Haus.

Zuerst wußte niemand, wer er war, doch dann erkannten sie ihn und blickten bestürzt oder verstört. Als seine Tante ihn im Haus von Long Catcher mit großen Augen betrachtete, hob sein Onkel nur die buschigen Augenbrauen.

»Dem Blut kann man nicht widersprechen«, sagte er zu Bloody Dog. Abends im Ratshaus tat er kund, daß er einen schwierigen Fall erkannt habe und ernsthaft erwäge, Medizin anzuwenden, was von den meisten mit achtungsvollem Schweigen angehört wurde. Nur die Medizinmänner johlten laut.

Die älteren gingen zu Bloody Dogs Eltern und teilten ihnen mit, daß ihr Sohn einen neuen Namen bekommen müsse. Sein Onkel gab aus diesem Anlaß ein Fest, und nach dem Mahl wurde ein Gesang abgehalten, zu dem die Frauen des Dorfes geladen waren.

Bloody Dog hieß nun Sweet Flag, und die Leute gewöhnten sich an sein neues Leben. Er war ein Berdache geworden.

Zu Anfang war er ein wenig unbeholfen in seinem Werben, doch bald strich er sich mit dem Truthahnflügel so anmutig über das Gesicht wie die erfahrensten Frauen. Er trug schöne Kleider mit aufwendigen Perlstickereien. Und er fand einen Beschützer, einen Mann, dem er zugeneigt war und der ihm die alten Kerle vom Leib hielt, die ihn in die Büsche vor den Toren zerren wollten. Er wohnte in einem eigenen kleinen Erdhaus auf der anderen Seite des Dorfes und empfing häufig Gäste, die er gepflegt bewirtete.

Als Grass Heart von alledem erfuhr, tobte sie und schrie und weinte bitterlich. Nichts konnte sie trösten. Sie wurde rastlos und klagte über Herzschmerzen, und Good Plume fürchtete um ihr Leben.

Eines Tages ging sie aus dem Haus und begegnete Sweet Flag zum erstenmal. Er sprach als erster, und er sagte: »Wir können immer noch Freunde sein.« Sein Lächeln war sanft und schüchtern.

»Niemals!« schrie sie aufgebracht. »Schau dich doch an! Ich habe genug Freundinnen, ich brauche keine mehr.«

»Es ist mein Blut«, erklärte er und wich ein paar Schritte zurück. »Und mein Herz – ich kann nichts daran ändern, ich bin so beschaffen.«

Darauf sanken Grass Hearts Schultern herab, ihr Rücken wurde krumm, und der Zorn in ihren Augen verlor an Kraft und erlosch schließlich. »Ich liebe dich«, sagte sie. »Ich werde dich immer lieben«, und sie hakte die Daumen in ihren Gürtel und zwang sich, aufrecht zu stehen, während sie ihn von Kopf bis Fuß betrachtete, langsam und sonderbar bedächtig.

»Was für eine Verschwendung«, murmelte sie. »Eine verdammte Verschwendung.«

Viel Zeit verging, bevor sie wieder mit ihm sprach.

Jake Moon beugte sich zu Grass Heart. »Ihr könntet mich lieben lernen, ich weiß es genau.« Sie schüttelte ärgerlich den Kopf. »Ich werd mit Eurem Vater sprechen«, sagte er.

Sie konnte sich seiner im Wald entledigen oder ihn nach Hause nehmen und ihrem Vater vorstellen, und sie entschied sich für letzteres. Es war gewiß erheiternd anzusehen, wie ihr Vater mit diesem Weißen kurzen Prozeß machte.

Sie schritt so zügig aus, daß Jake Moon ihr nur mit Mühe folgen konnte, und als sie ihr Dorf auf der Anhöhe erreichten, keuchte er heftig. Er bat sie, ihn einen Augenblick rasten zu lassen, bevor er den Weg zu den Palisaden hinaufstieg, und sie pfiff ungeduldig durch die Zähne, während sie wartete. Sein Gesicht war dunkelrot angelaufen, und warme Schweißrinnsale rannen ihm über den Rücken.

Als er ruhiger atmete, folgte er ihr durch die Straßen zu ihrem Haus. Neben der Veranda flackerte der Ast einer Kiefer. Drei Pferde waren am Geländer festgebunden und zuckten unermüdlich mit ihrem fransigen Schweif, doch sie vermochten nur wenige der Hunderten von Stechmücken zu vertreiben, die sie plagten. Grass Heart ging zu den Pferden und betrachtete jedes von ihnen. Dann glättete sie ihr Haar und strich über ihr Kleid.

Der Vorhang am Eingang des runden Hauses war zurückgezogen, um die frische Nachtluft hereinzulassen, und das Mädchen bückte sich und trat ins Innere. Eine alte Frau lehnte dort im Schatten an der Wand und summte vor sich hin. Sie hielt einen knorrigen Stock in der Hand und trat nach Grass Heart. Als sie das Mädchen verfehlte, schlug sie mit dem Stock nach ihren Beinen.

Grass Heart wich ihr behende aus. »Nimm dich in acht, sonst verdresche ich dich«, sagte sie. Jake Moon war erschüttert. »Das ist bloß Tall Hair«, erklärte Grass Heart. »Sie ist unsere Sklavin. Good Plume hat sie bei den Blood erbeutet, als ich noch klein war. Sie ist nicht mal ihr Essen wert. Sie hat einmal Würmer im Kopf gehabt, und seither ist sie von Sinnen.«

Er starrte auf den Raum, der vor ihm lag. Er war riesig groß und von Fackeln erleuchtet, die jedoch die Dunkelheit unter dem hohen Kuppeldach nicht zu erhellen vermochten. Ihm war, als spüre er das Gewicht der Erde auf seinem Kopf und als ginge von dem Gewölbe ein bedrohliches Surren aus. Er lehnte sich an einen der Pfosten, die das Dach stützten, und vermied es, nach oben zu blicken.

Rechterhand erkannte er die Umrisse von Pferden in einem Pferch, und zu seinen Füßen regte sich eine fette Sau mit Ferkeln und grunzte ob seines fremden Geruchs. Er warf einen Blick auf ihre Zähne, bevor er es wagte, sie aus den Augen zu lassen.

Grass Heart befahl ihm, sich nicht von der Stelle zu rühren, und ging in den hinteren Teil des Hauses. Als sie hinter die Feuerstelle trat, über der ein Topf dampfte, konnte er sie nicht mehr sehen, und seine Schenkel und Handgelenke kribbelten vor Angst.

Grass Heart ärgerte sich, als sie die weißen Männer bei Good Plume sitzen sah. Sie blieb zögernd beim Feuer stehen und spähte in den Topf. Alles haben sie verdorben, dachte sie, und bereute es, Jake Moon hierhergebracht zu haben. Wenigstens hatte sie ihn gezwungen, so schnell zu gehen, daß er mächtig ausholen mußte mit seinen kurzen Beinen, um mit ihr Schritt zu halten. Sie lächelte in sich hinein, bevor sie sich den weißen Männern zuwandte. Die drei blickten stumm zu ihr, und ihre Gesichter schienen ihr wie drei Monde auf einem Berggipfel.

Dem Agenten aus dem Fort jenseits des Flusses wurde schummerig, als ihr langer Schatten über ihn fiel. Ihr Vater räusperte sich. »Setz dich«, wies er sie an und deutete auf eine Rückenlehne. Er hatte ihr gleich angemerkt, daß sie Unruhe stiften würde, wenn sich ihr die Gelegenheit bot, und warf ihr einen warnenden Blick zu. Ihre weißen Zähne blitzten auf, als sie höhnisch lächelte. »Mr. Knipp hat diesen Mann hergebracht, damit er dich kennenlernt«, sagte Good Plume, nachdem der Agent den Mann neben ihm als Mr. Carl Bessie vorgestellt hatte. »Er ist Maler«, sagte Mr. Knipp, »und würde gerne ein Porträt von Euch malen.«

Seine Aussprache war etwas undeutlich, doch nach diesen Worten lehnte sich Mr. Knipp zufrieden zurück und faltete die Hände über seiner Weste.

Grass Heart beäugte den unbekannten weißen Mann ungeniert. Er war zu fett, wie Jake Moon, doch sein Gesicht war verschlossen, nicht offen, und sie dachte bei sich, daß er wohl in Gedanken und Handlungen eher zur Trägheit neigte, anders als der Agent, der zuviel trank und oft unvermittelt rührselig wurde.

Der dritte Weiße war Mr. Childs. Er beugte sich über ein großes schwarzes Buch, das in seinem Schoß lag, und nickte ihr nur knapp zu. Im Feuerschein sah sie die Schwären auf seinen Wangen und an seinem Kinn, Pusteln, die sonderbar leuchteten, und wandte sich angewidert ab.

Grass Heart hatte vorgehabt, dem Maler seinen Wunsch rasch zu gewähren, um diese Männer loszuwerden, aber ihr Vater vereitelte ihre Pläne, indem er sich mit Mr. Knipp über Dinge unterhielt, die ihr gleichgültig waren. Carl Bessie betrachtete sie müßig; er war übellaunig und hatte an diesem Abend nicht herkommen wollen. Er litt wieder an Magenbeschwerden, und sein Pferd hatte ihn in die Schulter gezwickt, als er in den Sattel steigen wollte, und dabei sein feines Cambric-Hemd zerbissen.

Und er war verärgert über Mr. Knipps Benehmen, der den Nachmittag mit einer Flasche Brandy zugebracht und ihm nichts davon angeboten hatte. Der Maler wünschte, er wäre in seinem Zimmer im Fort geblieben, wo er seine Pinsel reinigen und seine Skizzen ordnen wollte. Doch der Agent war hereingestürzt und hatte ihn buchstäblich am Arm weggezerrt, um im Dorf jenseits des Flusses jemandem einen Besuch abzustatten.

Knipp, dessen Atem nach Brandy roch, hatte ihm von einem Mädchen berichtet, das ein Gemälde wert sei, und noch dies und das über ihren Vater erzählt, einen angesehenen Häuptling, wie Bessie vermutete, dessen Unterstützung der Agent für seinen Pelzhandel benötigte. »Sie ist aber nicht wie She Sleeps?« hatte sich der Maler mit trockenem Tonfall erkundigt, denn das letzte Mädchen, das der Agent ihm empfohlen hatte, war unendlich schwierig gewesen und hatte den Maler beschuldigt, ihre Seele gestohlen und sie dem Bild übergeben zu haben.

Dem Mann namens Childs waren sie an einer Stelle am Flußufer begegnet, wo man das Wasser leicht durchschreiten konnte; es war Spätsommer, und es gab viele Untiefen. Knipp hatte ihn mit einem wilden Ruf begrüßt und darauf bestanden, daß er sie begleitete. Dazu erhob er einfach Anspruch auf das Pferd eines Jägers, der gerade vorüberritt. Carl Bessie hatte den Mann kaum beachtet und nur vermerkt, daß er ganz in Schwarz gekleidet war und sein Gesicht im Schatten eines breitkrempigen schwarzen Hutes lag. Vielmehr hatte ihn die Schönheit dieses Abends gefesselt, denn das Licht war wunderbar klar, und der Himmel leuchtete in zarten Farben. In diesem Land tat er sich schwer, die Entfernungen einzuschätzen, und sie kamen schneller in dem Dorf an, als er erwartet hatte.

Bessie entnahm nun der Unterhaltung zwischen dem Agenten und dem schwarzgekleideten Mann, daß Childs offenbar eine Art Priester war. Da er jedoch wußte, daß Knipp für Religion gar nichts übrig hatte, nahm er an, daß dessen Freundlichkeit auf den Brandy zurückzuführen war, denn geistige Getränke machten manchen Mann großzügiger, als es sonst seine Art war.

Später erfuhr er, daß Childs' Berufung aus seiner Einsicht in das Böse auf der Welt entstanden war und daß er sich besonders mit der Unzucht befaßte. Mr. Knipp meinte, der Priester sei in diesem Bereich sehr bewandert, und zur Freude des Agenten ließ er sich auch ausführlich darüber aus. Knipp fügte noch hinzu, er höre dem Priester ausgesprochen gerne zu, wenn er davon berichte, aber nur dann.

Als sie ihre Pferde am Geländer neben dem Haus anbanden, hatte Knipp ihm aus dem Mundwinkel zugeraunt: »Ich traue dem Burschen nicht«, und auf die Schuhe des Priesters gezeigt. »Aus dem Laden«, sagte er auftrumpfend, worauf Bessie der Mund offenstehen blieb.

Er kam aus dem Staunen nicht heraus, als Good Plume sie willkommen hieß. Der Indianer war riesig und hatte einen sonderbar schmalen langen Kopf. Über seinen Augen hingen weiße Haarfransen, die Bessie an Schnee auf einem Grabstein erinnerten.

Sie betraten das Haus, wobei Childs die anderen durch seine schlechten Manieren in Verlegenheit brachte. Er starrte verächtlich auf die Gegenstände, die sich dort befanden, und grunzte mißbilligend. Die beiden anderen wandten sich ab und ließen sich auf den angebotenen Plätzen nieder. Knipp sprach mit Good Plume, und Childs verstummte, kratzte sich am Geschlecht und befingerte die Bibel, die er aus seinem Mantel zutage gefördert hatte.

Schließlich kam die Tochter herein, gefolgt von einem stämmigen jungen Mann, den Bessie schon im Fort gesehen hatte. Als sie stehenblieb und in den Topf spähte, drehte sich Bessie beinahe der Magen um. Ihm kam der Gedanke, daß man sie vielleicht zum Essen bitten würde, und womöglich gab es gekochten Hund. Ihm wurde fast schwarz vor Augen, und er stöhnte laut, worauf alle zu ihm blickten und Knipp hustete, um das Geräusch zu übertönen.

»Eure Tochter ist schön«, sagte er zu Good Plume, worauf sie meinte, sie sei nicht schön, sondern schmuck. Childs warf den Kopf zurück, daß ihm fast der Hut vom Kopf fiel, und rief mit erhobener Stimme: »Eitelkeit, dein Name ist Weib!«

Grass Heart warf ihm einen kalten Blick zu, und Mr. Knipp bemühte sich hastig, weitere Äußerungen des Priesters zu verhindern, indem er sie fragte, was denn das Päckchen neben ihr enthalte. Sie hatte es vergessen und sah ihren Vater mit schräggelegtem Kopf an.

Seine Miene verfinsterte sich. Bessie entging nicht, was zwischen den beiden geschah, und er spannte unwillkürlich die Muskeln in seinen Armen und Beinen an, die unter einer Fettschicht verborgen waren.

»Du magst es öffnen, damit Mr. Knipp sehen kann, was darin ist«, sagte Good Plume. Er senkte den Blick, und seine Nasenflügel bebten.

Grass Heart schlug das Papier beiseite, ließ es fallen und hielt den Inhalt hoch, einen langen Streifen roten Samt, der an den Rändern schmutzig war und von dessen Enden goldene Troddeln hingen.

Childs stieß einen schrillen Schrei aus. »Die Schärpe einer Hure! Verderbnis, Verderbnis!«, und er schlug sich mit der Bibel so fest an die Stirn, daß er halb benommen war.

Bessie sprang mit einer Behendigkeit auf, die alle erstaunte, packte den Priester am Arm und zerrte ihn zum Ausgang, wobei jener rief: »Ich habe sie gesehen, o Herr, mit diesen Schärpen, einherstolzierend in gelben Stiefeln, Huren, o Herr, Huren! Huren aus St. Louis!«

Der Maler hielt kurz inne, um dem Priester auf den Mund zu schlagen. Mr. Knipp war ihnen gefolgt und eilte hinaus. »Laßt die Pferde stehen!« schrie er. »Hinunter zum Fluß!« Er sah sich noch einmal um und erblickte die Alte, die auf dem Rücken lag und mit ihren dürren Beinen in der Luft ruderte.

Am Ufer lag ein leeres Kanu mit Paddeln im Bug. Sie zerrten den wirr palavernden Childs hinein, und Knipp stieß das Boot vom Ufer ab. Sie ruderten so hastig, daß der am Boden liegende Childs bald durchnäßt war. Er gab ein Stöhnen von sich, bis Bessie ihm einen kräftigen Tritt versetzte, der ihn verstummen ließ.

Knipp keuchte. »Das hätte uns den Kopf kosten können, bei Gott! Er wußte, was der Trottel hier von sich gab. Er ist zweimal in St. Louis gewesen, seit ich ins Fort gekommen bin, und er weiß, was Huren sind und was sie tun. Er hat ein gutes Recht darauf, empört zu sein, würde ich meinen!« Knipp verstummte, um sich mit mehr Kraft dem Paddeln zu widmen. Bessie tat es ihm gleich und dachte daran, daß er dem gekochten Hund entkommen war. Er rülpste so laut, daß er einen Seetaucher aufstörte, dessen irres Gelächter sie noch mehr zur Eile antrieb.

Am anderen Flußufer zogen sie das Kanu an Land und ließen Childs darin liegen.

»An Eurer Stelle«, sagte Bessie – an der ich Gott sei Dank nicht bin, fügte er im stillen hinzu –, »würde ich diesen hirnlosen Priester wegschicken. Und dem Indianer ein Geschenk machen. Indianer lieben Geschenke. Sagt ihm, daß Ihr Childs verbannt habt. Er wird Euch dann wohlgesonnener sein. Und was St. Louis angeht: Nun, ich denke, jeder Mann war auf die eine oder andre Art irgendwann in seinem Leben in einem St. Louis.«

Er hielt inne, hing diesem Gedanken nach und nahm sich fest vor, ihn vor dem Schlafengehen in seinem Tagebuch zu vermerken.

Im Erdhaus schmauchte Good Plume seine Steinpfeife und starrte ins Leere, würdigte Grass Heart keines Blickes. Sie fragte sich, was aus Jake Moon geworden war. Er stand nicht mehr am Eingang, und sie kam zu dem Schluß, daß er verschwunden war, als der Krähenmann begonnen hatte, Grobheiten zu schreien. Sie sah Tall Hair zu, wie sie, erbost vor sich hin murmelnd, auf die Beine kam und in die Nacht hinausstolperte. Die Alte fand gelegentlich Spaß daran, über die Leiter aufs Kuppeldach hinaufzuklettern. Dann hockte sie da oben und starrte die Sterne an, bis ihr ganz schwummrig wurde und sie zu heulen begann wie ein Hund. Manchmal fiel sie auch beinahe herunter.

Grass Heart war zufrieden mit den Ereignissen dieses Abends und begann zu überlegen, was sie anziehen sollte, wenn sie gemalt wurde. Sie war gespannt darauf, dem Künstler bei der Arbeit zuzusehen, denn sie malte selbst gerne und hatte erst kürzlich die Türpfosten am Haus mit bunten Schmetterlingen und Schildkröten verziert, wobei sie ungerührt den dünnbeinigen Elch und den eckigen Büffel aus alter Zeit übermalte.

Ihr Vater legte schließlich die Pfeife nieder und räusperte sich, dann spuckte er zwischen seine Füße. »Nun«, sagte er mit jener Stimme, die er immer einsetzte, wenn er sie einschüchtern wollte, »erzähl mir von der roten Schärpe.«

Sie zögerte und tat, als fiele ihr die Antwort schwer, wohl wissend, daß er der Überzeugung war, sie könne ihn nicht anlügen und sage ihm nach innerem Kampf immer die Wahrheit.

»Jake Moon hat sie mir geschenkt«, sagte sie. »Du hast ihn im Fort Catherine vielleicht schon gesehen. Ein fetter weißer Junge mit einem komischen runden Kopf. Er war es, der Holy Wars Biberfallen gestohlen hat und sie gegen ein Pferd eintauschen wollte. Er will mich heiraten!« Sie lachte so laut, daß die Mäuse zwischen den Dachbalken zu zittern begannen.

Good Plume zuckte nur die Achseln. »Diese Troddeln könnte ich für meine neuen Leggings gebrauchen«, schlug er vor.

Verdrossen erhob sie sich, stapfte zur Feuerstelle und rührte mit einem eisernen Löffel in dem Topf. Bärenfleischstücke wirbelten an die Oberfläche, und sie verzog das Gesicht und sagte: »Arrghhh.« Sie wollte nichts davon essen, füllte aber die Schale ihres Vaters mit den verhaßten grauen Fleischbrocken. Er verzehrte sie mit Appetit.

Danach folgte eine Meinungsverschiedenheit über die Frage, ob die goldenen Troddeln an die Leggings oder das neue Hemd genäht werden sollten, das Tall Hair gerade fertiggestellt hatte. Grass Heart beendete das Gespräch schließlich mit der Bemerkung, es sei doch einerlei, da ohnehin keiner im Dorf über solchen Zierrat verfüge; es sei denn, Jake Moon besäße weitere Schärpen und habe noch auf andere Mädchen im Dorf ein Auge geworfen.

Dann stellte sie schadenfroh die Frage, die ihr Vater gehofft hatte, nicht hören zu müssen.

»Was ist eine Hure aus St. Louis?«

Er bedachte sie mit einem Blick, den sie nicht zu deuten wußte, und senkte den Kopf, so daß die Haare seine Augen verdeckten. Vor ihm lag die Schärpe, und er holte sein Messer hervor und begann die Troddeln abzutrennen.

»Bei Gott, so sag es mir schon«, verlangte sie.

Und so gab er ihrem Drängen nach.

~

Im Fort jenseits des Flusses hatte Mr. Knipp sich gerade eine Tasse Brandy eingegossen und die Füße auf den verschrammten Holztisch gelegt. Nun lächelte er, weil er sich an seine erste Hure in St. Louis erinnerte. Die Lampe flackerte in einem Luftzug. Irgendwo schlug ein Fensterladen zu, und ein Fuchs jaulte auf der Weide draußen.

Jake Moon, der seinem Maultier die Beine zusammengebunden und sich neben ihm zum Schlafen gelegt hatte, hörte den Fuchs auch.

Beim ersten Aufschrei des Priesters hatte er sich aus dem Staub gemacht. Er schämte sich dieser Hast und fragte sich besorgt, was Grass Heart von ihm denken mochte, wenn sie bemerkte, daß nicht nur der Agent mit seinen Freunden verschwunden war, sondern auch er. Am nächsten Tag wollte er gleich frühmorgens zu ihr gehen und ihr erklären, daß er nicht aus Angst vor Unbilden geflüchtet war, sondern weil er den Zorn ihres Vaters auf die drei weißen Männer fürchtete, mit denen er nur die Hautfarbe, nicht jedoch die Feigheit gemein hatte.

Das Maultier rührte sich und schnaufte. Sein Atem roch übel, und Jake legte sich anders hin. Er starrte zu den Sternen hinauf und träumte von Pferden.

Er hatte immer ein Herz für Pferde gehabt und sich nach einem dieser Tiere gesehnt, auf denen andere Männer stolz einherritten. Doch das Leben hatte Maultiere für ihn ausersehen.

Einmal hatte er ein Pferd besessen, kurz nachdem er seine Heimat in Missouri verlassen hatte. Eines Tages hatte er außerhalb einer eingezäunten Weide eine zierliche braune Stute entdeckt, die dort Unkraut fraß. Sie trug ihr Zaumzeug, aber keinen Sattel, und er beobachtete sie lange. Niemand erhob Anspruch auf sie. Er war kaum eine halbe Meile auf ihr geritten, da warf sie ihn ab, und er lag zwei Tage mit wundem Rücken in einem feuchten Gestrüpp. Seit damals hatte er keinen weiteren Versuch unternommen, sich ein Pferd anzuschaffen.

Irgendwann auf seiner Reise war er an Posey, sein Maultier, geraten, bei einem Handel, an den er sich nicht gerne erinnerte. Sie war durchaus willig gewesen, sich ihm anzuschließen. Das Alter hatte ihr übel zugesetzt, nur noch vereinzelte Streifen Fell zierten ihren Körper. Er fühlte sich minderwertig wegen ihres Aussehens und war jederzeit bereit zuzugeben, daß sie der häßlichste Vierbeiner unter der Sonne war.

Mit Dankbarkeit erinnerte er sich jedoch daran, wie sie einmal bereitwillig zwei Schaukelstühle vierzig Meilen weit geschleppt hatte. Die Frau eines Farmers hatte ihm neun Dollar für die Stühle gegeben, sie in ihre gute Stube gestellt und ihm dann ein köstliches Mahl vorgesetzt, das aus weißen Brötchen und Hühnern bestand, denen sie mit ihren fleischigen Händen schwungvoll den Hals umgedreht hatte.

Das Maultier von Fort Pierre flußaufwärts zu schaffen, hatte Jake sein letztes Geld gekostet. Ein Dampfer mit einem Schleppkahn fuhr zum Fort Union. Der Kahn war solide eingezäunt und bereits mit zwei Milchkühen, einem Kalb und drei Pferden besetzt. Alle Tiere waren an den Beinen gefesselt und an Eckpfosten gebunden. Nachdem Jake eine Stunde lang mit dem Kapitän gefeilscht hatte, willigte der schließlich ein, Posey mitzunehmen. Jake überhörte geflissentlich die verächtlichen Bemerkungen des Mannes, und Posey erwies sich als gefügiger Passagier, denn sie war viel zu mutlos, um aufzubegehren.

Als sie am Fort Catherine von Bord gingen, überschütteten die Männer Jake wegen Posey derart mit Hohn und Spott, daß er sich angewidert vornahm, endlich ein edleres Reittier anzuschaffen. Es gelang ihm jedoch nicht, die Biberfallen, die er in einem Bach gefunden hatte, im Fort gegen ein Pferd einzutauschen, und als ein wüst vernarbter Indianer auf ihn zukam und behauptete, die Fallen gehörten ihm, mußte Jake die Angelegenheit mit einer Büchse Molasse bereinigen, obwohl er keineswegs überzeugt war, daß der Bursche die Wahrheit sagte.

Jake glaubte nicht, daß er ein Auge zutun würde; Posey war unruhig und furzte oft, und Speichel tropfte ihr in langen gelben Fäden vom Maul. Er schaute zum Himmel auf und versuchte die Sterne zu erkennen, die er kannte, doch sie veränderten und bewegten sich, und er schloß die Augen, döste ein und träumte von Grass Heart und seiner Zukunft.

~

Grass Heart betrachtete sich eingehend in dem polierten Metallstück, das ihr als Spiegel diente. In einem mit Schnitzereien verzierten Hirschgeweih neben ihr steckte ein lodernder Kieferspan, in dessen unruhigem Licht sie ihr Gesicht begutachtete, wobei sie vor allem bei dem Fleck in ihrem linken Auge verweilte, einem winzigen weißen Oval, das wie ein Samenkorn geformt war. Ihr Haar glänzte, weil sie es häufig fettete, und als sie es wohlgefällig schüttelte, blitzten und blinkten ihre Perlen.

Aus ihrer bemalten Kleiderkiste nahm sie ihr schönstes Kleid, das aus weißem Elchleder gefertigt und auf der Brust mit Hunderten von Elchzähnen verziert war. Sie hängte es in den Eingang, und der Duft von Rosenblüten und getrocknetem Salbei wehte zu ihr herüber.

Sie spürte, daß ihr Vater sie beobachtete, und wußte, daß er sich nun genüßlich am Ohr kratzte, was immer darauf hinwies, daß er mit ihr zufrieden war. Am nächsten Tag würde er sie ins Fort bringen, und der Maler würde ein Porträt von ihr anfertigen. Als sie hinausging, kam Grass Heart an Tall Hairs Bettkasten vorüber. Die Alte schlief, eingerollt wie eine kleine Ratte. Gewöhnlich begleitete sie Grass Heart bei ihrem abendlichen Gang zum Frauengraben, doch heute ließ das Mädchen sie schlafen.

Grass Heart wollte alleine sein, die Abendluft auf der Zunge schmecken, die Dunkelheit riechen, den Wind berühren. Als sie über dem Erdgraben hockte, sah sie den Großen Krieger über den Himmel marschieren. Der Stern an der Spitze seiner Lanze schimmerte am hellsten, der Mond daneben war bleich und matt, als fürchte er den Speer des Kriegers.

Es war schon spät, niemand war unterwegs, nur ein Hund heulte im Dorf, und die Kojoten antworteten aus den Bergen. Grass Heart ging an den Maisfeldern vorüber und hörte Waschbären an den trockenen Stauden zerren und kleine Tiere durchs Gras huschen. Über ihr wanderten die Sterne, und plötzlich wurde ihr warm ums Herz vor Staunen; endloser Raum, Licht und Schönheit wölbten sich über der Welt, und die warme Erde unter ihren Füßen summte ihre geheimnisvolle Melodie.

Es kam ihr vor, als könne sie den Himmel berühren und sich einen Stern abzupfen, und sie rief ihm zu: »Hörst du mich, siehst du mich?«

Als sie es sich später in ihrem Bett bequem machte, sah sie, wie sich das erlöschende Feuer in den Augen des Kriegspferdes ihres Vaters spiegelte, das über die Balustrade blickte und sachte seinen federgeschmückten Schweif bewegte. Sie hörte das beruhigende Gähnen ihres Vaters auf seinem Lager und das Scharren der Mäuse im Holzstapel.

Sie setzte sich auf. »Vater«, rief sie, »weißt du, was? Wenn Little Foot und diese anderen Mädchen im Fort mit Mr. Knipps Männern dasselbe tun wie diese Frauen in St. Louis, bekommen sie nur paar Perlen oder Bänder. Ich finde, das ist kein guter Handel.«

Good Plume schwieg, und sie fügte nachdenklich hinzu: »Wenn ich jemals im Fort so etwas tun würde, dann würde ich viel Geld dafür verlangen.«

Vom Lager ihres Vaters war nur gedämpftes Lachen zu vernehmen. Sie gähnte herzhaft und schlief ein.

Lawrence Knipp erwachte spät. Er blickte blinzelnd auf den Sonnenstreifen am Boden seines Zimmers und schloß daraus, daß es schon nach acht sein mußte. Behutsam erhob er sich und hielt sich dabei den Kopf. Er spürte jedes Haar einzeln an diesem Morgen. In der Küche brachte ihm der dürre Koch, der sein langes weißes Haar mit einem roten Lumpen im Nacken zusammengebunden hatte, Kaffee. Knipp verspeiste ein Stück von einem Maismehlkuchen, den der Mann ihm servierte. Das Knirschen seiner Zähne hallte in seinem Kopf wieder. In dem nachlässig gebauten Kamin qualmte ein Feuer, und es war so heiß, daß Knipp fast übel wurde. Als er in sein Büro kam, setzte er sich mit einem Stuhl in die offene Tür und atmete dankbar die kühle Luft ein, die vom Fluß herüberwehte.

Er blickte auf das Fort und wünschte sich, es wäre größer und hätte höhere Palisaden.

Drei Seiten des Forts bestanden aus einer Reihe kleiner Räume. Manche waren durch Türen verbunden, zu anderen hatte man nur Zugang über Veranden an der Vorderseite. Im größten Raum waren die Pelze und die Handelsware untergebracht. Dort hielt er sich nur ungern auf, denn die Büffelfelle, die entlang den Wänden gestapelt waren, verbreiteten einen üblen Geruch.

Die Räume, in denen die Männer wohnten, waren mit simplen Pritschen ausgestattet und hatten nur ein Fenster und eine Tür. Oberhalb der Dächer verlief die Brustwehr, auf der sich die Wachen bewegten. An den Ecken befanden sich quadratische Türme. Die Vorderseite des Forts bestand aus einer Wand, die nur durch eine schmale Tür, die selten benutzt wurde, und ein Tor, das sich nach innen öffnete, durchbrochen war. Draußen vor der schmalen Tür stand ein kleines Gebäude, das kein Dach, aber eine massive Tür hatte. Hier brachte man Indianer unter, die für Unruhe sorgten.

Im Winter gab es heftige Schneefälle und Stürme, und es wurde bitterkalt, so daß die meisten Männer zum Ende des Herbstes wieder verschwanden. Die Sommer waren heiß, aber sie ließen sich aushalten, und dann arbeitete Mr. Knipp mit seinen Männern vom Morgengrauen bis zum Einbruch der Dunkelheit. Sie schlugen Holz, brachten Heu ein und lagerten es in den einfachen Ställen an der Rückseite des Forts. Man begab sich auf die Jagd nach Büffeln, Elchen und Hirschen, und Boote kamen den Fluß herauf, um die Lieferungen abzuladen und Pelze und Häute mitzunehmen, die wichtigste Handelsware. Manchmal brachten sie auch Passagiere, Abenteurer und Männer, die nach neuen Horizonten suchten, weil sie der alten überdrüssig geworden waren.

Und Indianer kamen aus den Dörfern am Fluß und aus der Prärie: Sioux, Cheyenne und Assiniboine aus den düsteren, feuchten Wäldern des Nordens, die ihre Felle eintauschen wollten. Die meisten blieben nicht lange, denn die Stämme waren sich selten wohlgesonnen. Doch die drei Stämme, die an den Ufern des Flusses lebten, hatten es nicht weit bis zum Fort, und manche von ihnen errichteten ihre Zelte aus Tierhäuten und blieben den Sommer über.

Jake Moon war einer der Abenteurer, doch bis jetzt hatte er nicht viel Glück gehabt. Er war viel früher aufgewacht als Mr. Knipp, weil die Holzfäller mit ihren quietschenden Wagen schon zum Tor hinausfuhren, als der Himmel über den schwarzen Bäumen noch frisch und rosenfarben war.

Poseys dürre Flanken bebten, und Jake rappelte sich schnell auf und sprang beiseite, bevor sich ein dicker gelber Strahl nur unweit von der Stelle ergoß, an der er zuvor gelegen hatte.

Jake trug seinen Hut auch beim Schlafen, und nachdem er seine Kleider glattgestrichen und sich umgesehen hatte, nahm er ihn nun ab und spähte hinein. In seiner Tasche befanden sich noch ein paar flache Kuchen mit Körnern. Er holte einen heraus, betrachtete ihn eingehend, und als sich ein paar Körner zu bewegen schienen, wischte er sie weg und führte sich den Kuchen zu Gemüte. Dann spazierte er zum Fluß, kniete sich hin und trank.

Das Maultier weigerte sich, in den Fluß zu gehen, als er es zur Furt führte, und er mußte seinem Wunsch mit einem Birkenstock Nachdruck verleihen. Zitternd stieg es schließlich in das braune Sommerwasser.

Von Poseys Rücken aus konnte Jake das Dorf auf der langgestreckten Anhöhe erkennen; Rauch tanzte über den runden Erdhäusern, und die bunten Stoffstreifen an den Weidenstäben, die sich über die Häuser erhoben, flatterten in der Morgensonne.

Frauen mit Körben auf dem Rücken traten durch die Tore und stiegen den Abhang hinunter zu den Gärten an den Flußauen. An der nördlichen Seite des Dorfes führte eine dunkle Holzwand zum Fluß hinunter, die das Dorf vor Wind schützte, und am südlichen Ende befand sich eine Klippe mit Felsbrocken am Fuße; dort hatte der Fluß einst seinen Lauf verlassen.

Westlich von dieser Stelle war Jake vor ein paar Stunden mit Grass Heart unterwegs gewesen, und er pfiff fröhlich, als er durchs Wasser ritt, das plötzlich nicht mehr im Schatten lag, sondern im Licht erstrahlte, denn der golden schimmernde Sonnenball schob sich über den Felsen hinter dem Fort zum Himmel empor.

Jake erreichte das Ufer und band Posey an einem Baumstumpf fest. Er zögerte noch ein Weilchen, bevor er sich dem offenen Dorftor näherte, munter und höflich lächelnd. Die Indianer, die an ihm vorüberkamen, beäugten ihn neugierig. Schließlich trat er durch die Palisaden, blieb am Rand der Straße stehen und sah einer Gruppe von Kriegern nach, die nur Lendenschurze trugen und deren Gesichter und Körper grell bemalt waren. Es waren große schmucke Männer, die sich ruhig unterhielten, und Jake beneidete sie zutiefst.

Plötzlich entdeckte er Grass Heart. Sie trug ein strahlend weißes Kleid, das über der Brust mit Tierzähnen verziert war. Er pfiff bewundernd, und sie wurde seiner gewahr und zuckte die Achseln, was die Tierzähne in Schwingung versetzte. Einen Augenblick lang hatte Jake den Eindruck, daß sie ihn angrinsten. Dann schritt Grass Heart aufrecht und unnahbar an ihm vorüber, ohne ihn eines weiteren Blickes zu würdigen, und ging zum Ufer hinunter, wo ihr Vater sie in seinem Rundboot erwartete.

Jake Moons Herz brach ohne einen Laut. Sein Traum verendete, wurde auf ihrem abweisenden Rücken davongeschleppt, ein wertloses Bündel, sein Traum von ihrem warmen Haus, der langstieligen Pfeife, dem flinken Pferd vor ihrer Tür und der Liebe in einem schmalen Bett.

Er verließ das Dorf und ging lange am Fluß entlang, bis zu einem Wäldchen von Espen und Birken am Rande eines Baches, in dessen klarem Wasser man den weißen Sand am Grund erkennen konnte. Er war gesäumt von grüner Brunnenkresse, und die Vögel, die hier Elritzen fingen, schienen ihn mit ihren steinernen Augen neugierig anzublicken.

»Dumme Vögel«, sagte er, setzte sich hin und weinte.

Mr. Knipp erwartete ihn, als er schließlich ins Fort zurückkehrte.

»Kommt mit«, sagte er zu Jake, und auf seinem Zimmer bot er ihm einen Sitzplatz und einen Drink an.

Der wehmütige Jake lehnte dankend ab.

»Ich möchte Euch einen Vorschlag unterbreiten«, begann Knipp.

Jake hörte ihm zu und zupfte unterdessen an seinem Hut.

Offenbar hatten sich durch Jakes Geschenk für die Tochter von Good Plume die Beziehungen zwischen dem Agenten und dem Indianer zum Schlechten gewendet, und um weiterer Unbill vorzubeugen, fand Mr. Knipp es angeraten, Jake fortzuschicken. Er hatte bereits dafür gesorgt, daß Jake noch am selben Abend flußabwärts reisen konnte, und hielt eine anständige Summe für ihn bereit, falls er einwilligen sollte.

»Ihr könnt im Frühjahr wiederkommen. Dann hat sich der Wind gewendet.« Er schwieg einen Augenblick und fuhr dann dort: »Habt wohl auch ein Auge auf das Mädel von Good Plume geworfen, schätze ich. Noch ein guter Grund dafür, mal eine Weile zu verschwinden.« Im stillen sagte er sich: Hoffentlich ertrinkt er im Fluß, bevor ich mich damit auch noch herumschlagen muß.

Jake hatte nichts zu verlieren und willigte ein. Er hegte sogar wieder Hoffnung: Er konnte im Frühjahr wiederkommen und Grass Heart ernsthaft den Hof machen. Doch Mr. Knipp mußte ihm das Versprechen geben, sich um Posey zu kümmern, während er fort war. Der Agent hatte keine Ahnung, wovon die Rede war, willigte jedoch ein und händigte Jake eine Summe aus, mit der er auskommen konnte, bis er wieder Arbeit gefunden hatte.

Die »Lady Elaine« lag unterhalb der Furt. Jake ging an Bord und winkte den fremden Indianern zu, die am Ufer standen.

Zunächst fand das Schiff nur mit Mühe die Fahrrinne, doch dann bewegte es sich südwärts, und das Pfeifen hallte von den Felsen wider und schreckte die Fledermäuse in ihren Höhlen auf.

Schon am ersten Abend auf dem Fluß verlor Jake sein gesamtes Geld beim Kartenspiel.

Good Plume saß vor seinem Haus in der Sonne und grübelte über Grass Hearts Benehmen am Vorabend nach. Er spürte, daß sie sich seinem Einfluß zusehends entzog, und fürchtete, daß ein skrupelloser Weißer sie über kurz oder lang in eine unehrenhafte Lage bringen würde. Der Gedanke erboste ihn, und er biß sich wütend auf den Zeigefinger.

In der Nähe johlten Kinder, und er vernahm ein sonderbares Rumpeln. Als er aufblickte, sah er einen Ochsenkarren die Straße entlangholpern. Vor seinem Haus hielt er an. Auf dem Kutschbock saßen Mr. Knipp und einer seiner Männer vom Fort. Good Plume erkannte sofort, daß es sich um einen förmlichen Besuch handelte. Der Agent trug seine bestickte Weste, ein Kleidungsstück, das er nur bei wichtigen Anlässen anzulegen pflegte.

Zwei prächtige Pfauen, die Schnäbel einander zugewandt, glitzerten auf der Weste. Ein Teil ihres leuchtend bunten Federkleids verschwand unter Mr. Knipps Achseln. Er hob den rechten Arm, um den Hut abzunehmen, und die goldenen Augen der Pfauen funkelten. »Häuptling«, sagte er.

Good Plume nickte ihnen mit ernster Miene zu, und die beiden Männer stiegen ab, schritten zur Rückseite des Karrens und hievten eine Tür von der Ladefläche. Sie war aus Eichenholz und mit Angeln aus Metall sowie Schloß und Riegel aus schwarzem Eisen versehen.

Grass Heart hatte den Lärm vernommen und trat zu Good Plume. Ihr Gesicht war ebenso unbewegt wie das ihres Vaters, als sie dem Agenten zusah, wie er unruhig über die prachtvollen Pfauen strich und sie dann kräftig klopfte, um sie von Staub zu befreien, der an ihnen haften mochte.

»Nehmt bitte diese bescheidene Gabe als Zeichen meines

Wohlwollens für Euer Haus an und als Entschuldigung für den unglückseligen Vorfall vom Vorabend«, sagte er.

»Diese Tür wird im Winter den Schnee von Euch fernhalten und jene Besucher, die Ihr nicht willkommen heißen wollt«, fügte er hinzu und zwinkerte vielsagend mit Blick auf Grass Heart.

Good Plume gestattete sich die Spur eines Lächelns, und Mr. Knipp ging neben ihm in die Hocke. Sie sahen Frankie Paradise zu, wie er die Pfosten und die Tür abmaß. Als er die Nägel einschlug, lauschte er dabei verstohlen der Unterhaltung der beiden Männer.

Plötzlich sprang eine alte Frau mit rasiertem Kopf und einer blau bemalten Wange aus dem Haus und schreckte ihn auf. Hin und her hüpfend, bewegte sie sich die Straße entlang, und Frankie sah zu seinem Erstaunen, daß auch ihre Füße blau bemalt waren. Er hatte nichts übrig für die Mandan, und wenn man ihn fragte, gab er freimütig zu, daß er alle Indianer haßte. Und da brachte er nun an einem Indianerhaus eine Tür an, eine Tür, die jahrelang in einem Lagerraum des Forts gestanden hatte, seit man sie aus dem Little Fort von Lewis und Clark gerettet und flußaufwärts befördert hatte, damit sie nicht von den Indianern zu Brennholz verarbeitet wurde wie der Rest des Forts. Er knurrte erbost über einen widerspenstigen Nagel und sagte sich, daß es ihn nichts anging, was Mr. Knipp wegschenkte.

Die Sonne schickte sich an, unterzugehen, als der Wagen quietschend wieder zum Fluß hinunterrumpelte. Grass Heart schwang die Tür hin und her, schob den Riegel auf und wieder zu, bis sie dessen überdrüssig war.

»Ich glaube, ich war zu freundlich zu ihm«, sagte ihr Vater, als sie ihm die Pfeife brachte, um die er gebeten hatte.

»Wo ist dieses alte Pißweib hingelaufen?« fragte Grass Heart. »Ich will ihr einmal sagen –«

»Halt ein!« schrie er. »Diese Wörter. Woher kennst du sie?« fragte er entsetzt. »Sie sind schrecklich!«

Grass Heart machte große Augen. »Von den weißen Männern, diesen Freunden von dir und den anderen, die ins Dorf kommen.«

»Sprich nicht so. Ich bitte dich.«

Sie verzog das Gesicht. »Tall Hair soll Wasser holen und rennt weg. Sie wird von Tag zu Tag fauler. Ich mache ihr die Hölle heiß, und es nützt nichts. Sprich du mit ihr.«

Als nächstes verlangt sie von mir, daß ich das alte Weib schlage, dachte Good Plume bei sich. Und ich verbiete ihr zu fluchen, aber sie schert sich nicht darum. Wenn nur ihre Mutter noch hier wäre, die wüßte, wie man sie zur Vernunft bringt. Ich kann sie nicht mehr belehren.

Er hatte sein Bestes getan. Es schmerzte ihn, sich einzugestehen, daß es nicht gut genug gewesen war, und er lenkte seine Gedanken auf einfachere Dinge, dachte über seine Verbindung zu dem Agenten nach und fragte sich, ob es richtig gewesen war, die Tür anzunehmen. Mr. Knipp beglückwünschte sich zu seinem Erfolg in dieser Sache, die für seine Geschäfte sehr von Nachteil hätte sein können, und reichte Paradise eine grüne Zigarre, die er seinem Helfer, der sich mit dem Geschirr des Ochsenkarrens abmühte, sogar anzündete. Sie holperten über den steinigen Weg zur Furt hinunter. Paradise, ermutigt durch die freundliche Geste, wagte zu fragen: »Warum habt Ihr den Indianern diese Tür geschenkt?«

»Zur Versöhnung«, antwortete Knipp und zog mehrmals an seiner Zigarre.

»Aber die sind doch gar nicht mit Euch verwandt«, murrte Paradise, und der Agent johlte vor Lachen, fiel dabei fast vom Ochsenkarren und verlor seine Zigarre.

Tall Hair kam schließlich wieder ins Haus geschlichen. Grass Heart schickte sie zum Wasserholen, und als sie mit vollen Büffelblasen an einem grünen Ast zurückkehrte, gab die Tür nicht nach, als sie dagegen trat. Sie stieß sich die Zehen und kreischte, bis Grass Heart ihr Gezeter nicht mehr ertrug und die Tür öffnete.

Die Alte holte ihre Axt unter dem Bett hervor und drohte, die Tür zu zerhacken, bis Good Plume sie nach draußen drängte und ihr die Waffe wegnahm. Schimpfend stapfte Tall Hair zum Bach zurück und setzte sich auf eine Sandbank unter einer Trauerweide. Bald kamen Frauen aus dem Dorf mit Tonschüsseln und klappernden, schimmernden Blechgefäßen herbei und warfen der Alten mit der blauen Wange und dem geschorenen Kopf mißbilligende Blicke zu. Eine war neugieriger als die anderen und fragte sie nach der Tür, und Tall Hair schniefte und bohrte in der Nase. Dann wollte die Frau wissen, was die weißen Männer am vergangenen Abend in Good Plumes Haus gewollt hatten.

»Sie haben ihre Pferde zurückgelassen«, sagte eine andere, »könnt ihr euch das denken! Haben die Pferde zurückgelassen und Red Thunders gutes Kanu gestohlen.«

»Und die beiden Tagediebe, die sie geschickt haben, um die Pferde zu holen, haben Red Thunder zwei Maß Schießpulver gegeben! Er hofft jetzt, daß sie das Boot wieder stehlen, und läßt es unbewacht am Ufer liegen.«

Die beiden Frauen sahen sich an und kicherten.

Tall Hair hielt es nicht länger aus. »Sie haben mich geschlagen«, jammerte sie und zeigte auf Stellen an Armen und Beinen, an denen sie blaue Male vermutete. »Ich mußte weglaufen und mich auf dem Dach verstecken!« Sie war so aufgeregt, daß ihr Speichel aus dem Mund tropfte. »Und Good Plume und das Mädchen, sie haben gestritten. Es war schrecklich. Sie ist eine Hexe.«

Die Frauen lauschten aufmerksam. »Ich hab sie gesehen«, flüsterte Tall Hair, und alle beugten sich zu ihr herab. »Sie hat Schlamm auf Okeedah, den Bösen, geworfen! Sie glaubt, niemand hat gesehen, aber ich habe sie beobachtet, sie hat es getan.« Als sie die Lüge aussprach, begann sie selbst daran zu glauben, und verbarg das Gesicht in ihrem Rock.

Die Frauen zischelten wie wütende Schlangen, murmelten »loo, loo, loo« und machten Zeichen mit den Fingern, um das

Böse abzuwenden. Hastig eilten sie mit ihren Gefäßen und Schüsseln von dannen. Nach einer Weile hob Tall Hair den Kopf, stellte erstaunt fest, daß sie alleine war, und fuhr fort, in der Nase zu bohren.

Der Sommer nahm Abschied; der erste Frost kam und ging, ein warmer blauer Dunst lag über dem Land, und die Reben färbten sich rot und schmiegten sich enger an die Bäume am Fluß, in dessen Wassern sich das satte Blau des Herbsthimmels spiegelte.

Der Geist des Winters entzündete seine Feuer am Nordhimmel, und die Menschen blickten des Abends zu ihnen auf und sahen dann hastig nach, wie viele Fellmäntel sie besaßen und ob sie genug Getreide und Körner in ihren Gruben verstaut hatten.

Die Jäger setzten das trockene Gras der Prärie in Brand, und man hörte das Donnern der Büffel, wenn sie flohen. Die Frauen sammelten die reifen Beeren von den Büschen am Flußufer; die Ernte war fast vorüber, und die letzten Früchte wanderten in ihre Körbe und ihre Münder. Auch gewaltige Bären machten sich über die Beeren her, schenkten den Frauen aber keine Beachtung, so daß man gemeinsam schmausen und einen vorsichtigen Frieden wahren konnte.

Good Plume verbrachte seine Tage auf dem Dach des Hauses, wo er zum Himmel aufschaute, rauchte und über sein Leben nachsann.

Vor allem machte er sich Gedanken über Grass Heart.

Ihre Mutter war kurz nach Grass Hearts Geburt am Biß eines tollwütigen Wolfs gestorben. Sie waren von einem Besuch bei Grass Hearts Großmutter zurückgekehrt, einer Cheyenne, deren Bande am Bad River ihr Sommerlager aufgeschlagen hatte. Der Wolf war am hellen Tag ins Lager gekommen, und Grass Hearts Mutter hatte das kleine Mädchen gerade gestillt und war zu den Pferden gegangen, um sie zu füttern, als das Tier erschien.

Good Plume hörte ihre Schreie am Teich, wo er sich gewaschen hatte. Er rannte herbei und fand sie auf allen vieren vor, Auge in Auge mit dem Wolf. Er tötete ihn mit einem Hieb seiner Axt. Doch er war zu spät gekommen. Sie starb unter Qualen, und er trauerte so heftig um sie, daß er sich vermutlich das Leben genommen hätte, wenn seine Tochter nicht dagewesen wäre.

Nun, im Herbst dieses Jahres und auch seines Lebens, zählte er an den Fingern die Sommer ab, die seither ins Land gegangen waren, und stellte erschreckt fest, daß es schon vierzehn waren.

Er liebte seine Tochter über alles, und sein Stolz auf sie trübte seinen Blick. Er verwöhnte sie und konnte nichts Schlechtes an ihr finden. Als sie in Liebe zu Bloody Dog entbrannt war (mit Sweet Flag konnte Good Plume sich niemals abfinden), litt er mit ihr. Und, besann er sich, seit einigen Monaten ging sie ins Haus der Frauen jenseits der Maisfelder und kehrte einige Tage später mit selbstgefälligem Gesicht wieder zurück. Als Mr. Bessie sie malte, hatte sie sich zurückhaltender als sonst gekleidet, fand Good Plume, doch er konnte dennoch nicht umhin, die Rundungen der Brüste unter den Elchzähnen zu bemerken.

Er hatte seit je gefürchtet, zu sterben, bevor sie jemanden gefunden hatte, der ihr mit soviel Liebe zugetan war wie er selbst und der für sie sorgen könne. Da er sich der Vorstellung ihrer Heirat nicht länger verweigern konnte, ergriff er die Gelegenheit und sprach mit seiner Tochter darüber.

»Es ist an der Zeit, daß du dir einen Mann nimmst«, sagte er. Sie bemerkte die Wehmut in seiner Stimme und schüttelte den Kopf. »Wir müssen an deine Zukunft denken. Ich werde nicht immer dasein, um für dich zu sorgen; du brauchst einen jungen Mann, der das tut.«

Grass Heart erwiderte: »Ich will nicht heiraten«, doch insgeheim fragte sie sich, wie das wohl sein mochte. Viele von ihren Freundinnen waren verheiratet, und sie flüsterten und kicherten in ihrer Gegenwart. »Ihr seid so anders«, beklagte sie sich dann. Schließlich benahmen sie sich überlegen und erhaben, und ihre Bäuche wurden rund, und Grass Hearts Empörung schwand, als sie immer kugeliger wurden.

Bald fanden sich in der Abenddämmerung junge Krieger vor ihrem Haus ein, und die ersten behutsamen Töne der Liebesflöten lehrten Good Plume das Fürchten. Zu Anfang verharrte Grass Heart hinter der Tür und gab sich sanfter, als sie je sein konnte. Doch das war ihr nicht lange möglich, denn Good Plume ging hinaus und stellte den jungen Männern taktlose Fragen, so daß sie binnen kurzem wieder in der Nacht verschwanden und die Liebesflöten verstummten. »Du verscheuchst sie, und ich weiß nicht einmal, wer sie sind. Du sagst, ich soll mir einen Mann nehmen, und dann sorgst du dafür, daß ich es nicht kann«, schimpfte Grass Heart.

»Mach dir keine Sorgen«, erwiderte er. »Ich weiß, was ich tue.« Er hatte sich eingeredet, daß er sie nur davor bewahrte, eine falsche Entscheidung zu treffen, daß er ihr bei der Auswahl helfen wollte; doch in Wirklichkeit verhinderte er, daß sie überhaupt eine Entscheidung treffen konnte.

»Sie werben schließlich nicht um dich. Dich will keiner heiraten.«

»Ich könnte mir wieder eine Frau nehmen, wenn ich wollte. Ich habe oft daran gedacht.« Er lachte leichthin.

»Wer will denn schon dich, einen unansehnlichen alten Mann.« Sie starrte ihn erbost an, und der Fleck in ihrem Auge war weiß wie Stein.

Er wußte genau, daß sie eifersüchtig war, und warf ihr ein falsches Lächeln zu. »Es gibt viele Frauen, die nur darauf warten«, sagte er.

Doch sie hatte ihn durchschaut und wandte sich ab. »Nur zu«, sagte sie. »Such dir eine neue Frau. Bis du eine gefunden hast, werd ich alt und häßlich sein.« Er antwortete nicht, und sie wußte, daß sie ihn wiederum geschlagen hatte. Tall Hair lauschte an ihrem Platz am Eingang, gluckste laut vor Lachen und schlug mit den Fäusten an den Pfosten. Vielleicht prügeln sie sich, dachte sie hämisch, und wartete auf den ersten Schlag. Doch Grass Heart nahm eine Angelschnur und eine Handvoll Knochenhaken aus einem Beutel und stolzierte hinaus.

»Sie braucht einen Mann«, sagte Tall Hair zu Good Plume. »Einen, der sie jeden Tag prügelt.«

»Raus mit dir!« schrie er und drohte ihr mit der Faust. »Raus aus meinem Haus!«

Sie wußte nicht, wohin sie sich wenden sollte, und so ging sie zum Bach und wartete auf die Frauen, die zum Wasserholen kamen. Sie würde ihnen von dem Streit berichten. Es war lange her, daß sie Steine nach ihr geworfen hatten.

Unter Grass Hearts Verehrern gab es einen, der den Vorstellungen der alten Frau entsprochen und das Mädchen auch beinahe geheiratet hätte. Doch dann geriet er in eine Glückssträhne, die sich als Pechsträhne erwies, und verlor Grass Heart.

Er war ein junger Krieger namens True Bear, ein schmukker Bursche, der einer Familie von geachteten Kämpfern entstammte. Sein Vater und sein Großvater gaben sich nicht zufrieden mit bereits errungenen Ehren, sondern waren stets auf neue Heldentaten aus, so daß True Bear im Kampf mit dem Feinde nicht die Stellung erringen konnte, die ihm zustand. Das ließ ihm keine Ruhe und stachelte sein leicht erregbares Gemüt noch weiter auf, und er geriet über den kleinsten Dingen mit seinen Brüdern und Schwestern in Streit.

Als er zum Mann wurde, wählte er den Donnervogel als Schutzgeist, weil er glaubte, somit mehr Achtung in seiner Familie und im Dorf zu gewinnen. Nichts dergleichen geschah. Die Streitereien im Dorf und vor allem in seiner Familie wurden nur heftiger, und so beschloß True Bear verzweifelt, zu heiraten und ein eigenes Zuhause zu haben, damit ihm endlich Ruhe und Achtung zuteil wurden.

Im Spätsommer gab es nicht selten Unwetter. True Bear, der seinem Eid vor dem Donnervogel treu blieb, nächtigte häufig am Flußufer, inmitten von Blitzen und dem Grollen des Donners. Eines Nachts, als er wiederum dort lag und auf die Stimme seines Schutzgeists wartete, dachte er an Grass Heart, die er zu seiner Frau machen wollte. Die Blitze des Geistes zuckten auf, und er spürte ein merkwürdiges Kribbeln auf der Kopfhaut. Er fürchtete sich nicht, bis ein Donnerschlag die Erde erschütterte und der Boden bebte und ihn aus seiner Decke warf. Er blickte zum dunklen Schlund des Himmels auf und wartete.

Plötzlich vernahm er schwache Rufe, die der Wind vom Fluß herübertrug. Er sah gelbes Licht von einem Schiff, das auf einer Sandbank festsaß.

Als das Unwetter sich legte, schwamm er zu dem Wrack hinüber. Seine Gedanken über Liebe und Pflicht hatte er vorerst vergessen. Das Boot war verlassen, und im ersten Licht des Morgens durchsuchte er es, fand jedoch nichts von Wert. True Bear fühlte sich betrogen. Er stand auf der Sandbank und schwang zornig sein Kriegsbeil.

Als er aus dem Augenwinkel eine Bewegung wahrnahm, erstarrte er, drehte dann ganz langsam den Kopf zur Seite. Unweit von ihm stand ein Mann und sah ihn von der Seite an. True Bear hob sein Beil, stemmte die Füße in den Sand und forderte den anderen mit einem Ruf zum Kampf heraus. Der tat desgleichen, doch es war kein Laut zu vernehmen, und True Bear streckte staunend die Hand aus und berührte Glas. Ein langer Spiegel in einem Holzrahmen steckte da im Sand. True Bear lächelte sich zu.

Von da an nahm sein Leben einen anderen Lauf.

Man hörte ihn schließlich rufen, kam mit einem Boot herbei und beförderte seine Beute nach Hause. Den anderen im Dorf war das Ding nicht geheuer, und sie beäugten es furchtsam. True Bear wurde mehr Achtung zuteil. Er verbrachte Stunden vor dem Spiegel. Er ersann neue kunstvolle Haartrachten und formte mit Hilfe von Lehm aufwendig verzierte Gebilde auf seinem Kopf. Eines Tages schlug seine älteste Schwester seine jüngste Schwester ins Gesicht, als sie darum kämpften, wer den Spiegel zuerst benutzen durfte. Die jüngste verlor ihr Auge. Es fiel auf den Boden, und eine Ratte schnappte es sich und rannte damit davon.

Trotz ihrer Verletzung sah die Schwester noch genug, um den schicksalhaften Spiegel mit True Bears Beil in Stücke zu hacken. Dann ging sie in den Wald und erhängte sich.

True Bear wurde nun von allen geächtet, und er verließ das Dorf und blieb lange weg. Als er zurückkehrte, heiratete er The Mink, ein garstiges Weib, das um Jahre älter war als er. Sie badete nie und roch wie ein Misthaufen. Von seiner Familie verstoßen, fristete True Bear ein erbärmliches Leben.

Good Plume hatte True Bear hoch geschätzt, doch als ein eitler, selbstgefälliger Geck aus ihm wurde, beachtete Grass Hearts Vater ihre Verehrer vorerst nicht weiter, und Grass Heart war es zufrieden, auf den nächsten Sommer und bessere Aussichten zu warten.

Der Weather-Keeper befragte die uralte graufiedrige Eule, die, mit einem Bein an einen hohen Balken gefesselt, in seinem Haus lebte. Der Vogel sagte einen langen strengen Winter mit heftigen Schneefällen und ungestümen Winden voraus. Der Weather-Keeper belohnte die Eule mit einer lebenden Maus und band sie wieder fest. Dann trat er mit seiner Trommel, einem mit Hirschleder bespannten Reifen aus Pappelholz, auf die Straße hinaus, wanderte durch das Dorf und tat seine Voraussage kund.

Good Plume sagte sich selbst das Wetter voraus, indem er in der Prärie die Höhe bestimmter Pflanzen abmaß und Farbe und Dichte des Fells mancher Tiere begutachtete. Nur sich selbst gestand er den Grund dafür ein: Es war ihm zuwider, ins

Winterdorf zu ziehen, das einige Meilen flußabwärts gelegen war. Es war düster und eng dort, die Häuser waren klein und stickig, und weil sich zu viele Menschen auf engem Raum drängten, kam es immer wieder zu Streitereien und Querelen.

In diesem Jahr fand er nichts, was die Voraussage des Weather-Keeper bestätigte, und während die anderen, die ins Winterdorf zogen, ihre Vorbereitungen trafen, zählte Good Plume gemeinsam mit Tall Hair die Fellmäntel und die Vorräte an Fleisch und anderen getrockneten Nahrungsmitteln. Er fand sie mehr als ausreichend. Tall Hair arbeitete fleißig, weit emsiger als gewöhnlich, und er sprach freundliche Worte zu ihr, die sie so durcheinander brachten, daß sie mit ihrem schmutzigen Rock vor dem Gesicht aus dem Haus rannte und über ein Gestell neben der Tür fiel.

Viele andere aus dem Dorf zogen es gleichfalls vor, an diesem Ort zu überwintern, und sie sahen den anderen zu, wie sie aufbrachen. Die alten Männer, die tänzelnden Pferde im Zaum haltend, ritten vorneweg. Dann folgten Frauen und Kinder. Sie führten Lasttiere oder Pferde, die Schleppgerüste zogen. Die Hunde, teilweise mit klapperndem Hausrat und Kleidung beladen, bellten und rangelten, während die älteren Kinder sie vorantrieben. In der Prärie umkreisten die jungen Männer die großen Pferdeherden, und Staubwolken stiegen zum hellen Himmel auf. Die Rufe und Schreie der Reisenden waren noch zu vernehmen, als sie selbst schon längst verschwunden waren; die Laute verharrten geisterhaft in der klaren kühlen Luft und verklangen ganz allmählich, bis nur noch das Seufzen des Windes und das stetige Raunen des Flusses zu hören war.

Hunderte von Meilen flußabwärts erging es Jake Moon wieder einmal nicht allzu gut. Er hatte den Ort niedergebrannt, an dem er Arbeit gefunden hatte.

Es fing damit an, daß der Kapitän der »Lady Elaine« ihn nicht mehr mitnehmen wollte und am Fort Pierre absetzte.

Jake hatte kein Geld, keine Pläne und niemanden, der ihn willkommen hieß, als er an Land ging. Er rief sich in Erinnerung, daß er nicht zum erstenmal magere Zeiten erlebte, setzte sich den Hut auf den runden Schädel und machte sich auf die Suche nach einem Lebensunterhalt.

Das Fort kam ihm verändert vor seit seinem letzten Besuch: Die hochgewachsenen Sioux mit den steinernen Gesichtern traf man häufiger an, auch im Laden des Händlers, wo sie an der Wand lehnten, und überall sprangen Halbblutkinder umher. Besonders beeindruckten ihn die Trapper, die mit Pelzen handelten, Burschen, deren Haut so dunkel war wie die von Indianern und die Mützen mit bunten Bändern und kurze Capes aus gestreiften Decken trugen. Zu gerne wäre er einer von ihnen gewesen und nicht ein ärmlicher Kerl mit schmutziger Kleidung aus gewöhnlichem Tuch und abgelaufenen Stiefeln.

Er mußte ein paar Tage hungern, bevor er endlich Arbeit in einem Maultierhof fand, wo er die Tiere füttern und das Gelände sauberhalten mußte. Es gab wenig Lohn, aber man gestattete ihm, im Heuschober zu nächtigen, und er schätzte sich glücklich, denn es ging dem Winter entgegen, und dort war es warm und trocken.

Ab und an, wenn er über seine schlechten Aussichten für die Zukunft nachsann, wurde er trübsinnig und ergab sich dem Trunke. Dann schmerzte ihm am nächsten Tag der Kopf vom Fusel, und er warf Kiesel nach den Maultieren, die der Gestank des billigen Whiskys unruhig machte. Wenn sie ihn rochen, hagelte es für sie gewöhnlich Knuffe und Hiebe, und deshalb lärmten und zeterten sie dann, bis Jake sich in den hintersten Winkel der Scheune verzog und einschlief.

Eines Abends lernte er einen einfältigen kleinen Mann kennen, von dem er das Zigarrenrauchen lernte. Es wurde Jake zur Gewohnheit, und er rauchte auch auf dem Hof, bis einmal ein Funke in einen Heuballen fiel und ihn in Brand setzte. Die

Maultiere bekamen es mit der Angst zu tun, stürmten durch eine schadhafte Stelle im Zaun, die Jake zu reparieren versäumt hatte, und rasten durch die Siedlung, wobei Veranden und Holzstege, Gärten und zum Trocknen aufgehängte Wäsche in Mitleidenschaft gezogen wurden. Jake verlor seine Arbeit und wanderte einsam durch die Siedlung.

Eine Mrs. Rosen, die es reute, als sie ihn so verloren umherstreifen sah, rief ihn eines Tages zu sich, als er vorüberkam, und drückte ihm einen Teller in die Hand. »Eßt!« wies sie ihn an.

Sie betrieb eine Küche in einer simplen Bretterhütte, in der sie an hungrige Trapper und Schiffer Essen verkaufte; eine kleine stämmige Frau, die Männerhosen trug und in ihren schweren Stiefeln zwischen Herd und Wandborden hin und her stapfte. Ihr Repertoire an wüsten Flüchen, mit denen der sperrige Herd und ungehobelte Gäste bedacht wurden, war bemerkenswert, und sie hing irgendeinem sonderbaren Glauben an, der sie nicht selten dazu veranlaßte, in Zungen zu sprechen, während sie in einem Topf mit Bohnen rührte oder Elchfleisch briet. Sie gab Jake Moon zu essen, weil er sie an einen Heiligen erinnerte und seine leuchtend blauen Augen und die stachligen Haare ihr frommes Herz anrührten.

Sie war es, die Jake vorschlug, doch bei Willow Woman unterzukommen, einem Halbblut, das zwei kleine Jungen hatte, deren Herkunft keiner kannte. Willow Woman putzte gelegentlich bei Mrs. Rosen, im Austausch gegen Essensreste, und er lernte sie kennen, als er an diesem Abend dort aß.

So tief war Jake gesunken, daß er einwilligte, nach Willow Womans Kindern zu sehen, während sie ihren Geschäften nachging, der Hurerei bei Bootsleuten, Holzfällern und anderen Männern, die wenig Geld und keine hohen Ansprüche hatten.

Sie bat Jake nur, sich um ihre Jungen zu kümmern; sie war eine wunderbare Mutter und liebte die beiden von Herzen.

Wenn er Zeit hatte, ging Jake jagen; er hoffte, etwas auf den

Tisch bringen zu können, um sich für die Logis erkenntlich zu zeigen. Er wanderte über das braune eisverkrustete Gras der Sümpfe in die Niederungen, wo Moorhühner und Präriehühner in der späten Nachmittagssonne umherspazierten, mußte jedoch feststellen, daß er als Schütze nicht viel taugte. Doch die einsamen Ausflüge bekamen ihm gut, es tat ihm wohl, wenn die reine kalte Luft an seinen Wangen kribbelte und seine Gedanken klarer wurden. Sein Herz war leichter, und er fühlte sich weniger beladen, wenn er zur Hütte zurückkehrte, doch er kam nie auf den Gedanken, daß er die Vögel, auf die er anlegte, deshalb nicht treffen konnte, weil die alte Büchse, die Willow Woman gegen einen Umhang eingetauscht hatte, einen durchgerosteten Lauf hatte.

»Ist doch einerlei«, sagte sie ihm, wenn er mit leeren Händen zurückkehrte und sich dafür entschuldigte. »'n Onkel von mir gibt uns bestimmt 'n Stück von seiner Antilope.«

Doch Jake Moon kam sich nutzlos vor, hockte auf seinem schadhaften Stuhl und starrte aus dem schadhaften Fenster. Er grübelte darüber nach, wie er Willow Woman und den Jungen, die sich meist ohne ihn vergnügten und selten mit ihm sprachen, das Leben leichter machen konnte.

Er beschloß, die Jungen Lesen und Schreiben zu lehren, um ihrem Dasein einen anderen Sinn zu geben. Behutsam brachten sie ihm bei: »Das ist nix für uns. Wir sin doch zu dumm.« Er fragte sich verwirrt, wo sie so sprechen gelernt hatten. Es schien ihm, als kämen sie aus den Wäldern von Arkansas. Doch das Geheimnis blieb ungelüftet, da er sich nie dazu durchringen konnte, nachzufragen.

Sie bewohnten zusammen eine Hütte, die aus zwei Räumen bestand. Die Wände waren rissig, und Wind und Regen drangen durchs Dach. Das einzige Fenster war mit löchrigem Ölpapier zugeklebt.

Er gelobte sich, daß er die Hütte wohnlicher gestalten wolle. Aus einem leerstehenden Haus in der Nähe holte er Bretter, Nägel und Schindeln. Als der erste Schnee fiel, hatte

Jake das Dach und die Wände ausgebessert und das Fenster abgedichtet. An einer Sommerkochstelle, die gelegentlich von der indianischen Frau des Händlers benutzt wurde (sie konnte sich nicht daran gewöhnen, unter einem Dach zu kochen), entdeckte er einen guten Herd und schaffte ihn mitsamt Rohr und allem Zubehör in einer besonders dunklen Nacht nach Hause, indem er ihn auf eine Schubkarre lud, die er gefunden hatte. Er stellte ihn in dem Raum auf, in dem sie schliefen, und hackte Holz, das er sich von einem Stapel hinter dem Schuppen eines Nachbarn nahm. Er sagte sich, wenn er Maß hielt mit seinen Leihgaben, würde der Nachbar es wohl nicht bemerken.

Willow Woman zeigte sich hocherfreut über die Neuerungen und nahm Abstand von ihrem Plan, den Winter in einem Lager von Verwandten in den Black Hills zu verbringen. Das Haus war warm und behaglich, die Kinder fröhlich und zufrieden. In diesem Jahr würde der Winter schnell vorübergehen, dachte sie mit Wohlbehagen.

Sie sah Jake an. Er saß in einem Schaukelstuhl, den er, so nahm sie an, wohl gefunden und ausgebessert hatte, und hielt ein Plätteisen in der Hand, auf dem ihre Söhne Eicheln knackten. Der Herd bollerte und glühte, und sie gähnte, wobei ihre kräftigen weit auseinander stehenden Zähne zum Vorschein kamen.

»Gibt nix Schönres wie 'n gutes Feuer, bloß 'n bißchen Liebe«, sagte sie und zwinkerte Jake zu. Der errötete.

»Ich bin verlobt«, sagte er hastig und war selbst verdattert, weil er eine solche Lüge vorbrachte.

»Da kriegt 'n Mädel 'n großzügigen Mann«, sagte Willow Woman.

Er wies auf den ärmlichen Raum und sagte. »Jetzt lebst du wie eine Königin!«

Ein Lächeln trat auf ihr rundes Gesicht, und sie ging zu ihrem Bett, legte sich nieder und schlief sofort ein.

»Sieht deine Mama nicht allerliebst aus, wie sie da so

liegt?« fragte Jake Homer, den älteren Jungen. Der blickte zu seiner Mutter und meinte: »Doch, wahrhaftig.«

Später, als er alleine im Schaukelstuhl am warmen Ofen saß, hörte Jake, wie draußen der Wind über die Ebenen der Nacht sauste, und er dachte an Grass Heart und hoffte, daß auch sie ihn nicht ganz vergessen hatte. Er versuchte sich an ihr Gesicht zu erinnern, doch er sah nurmehr einzelne Züge vor sich; die Rundung ihres Kinns, die Kante eines Wangenknochens, die Neigung eines Augenlids.

Sein Herz verzehrte sich dennoch nach ihr, und er stöhnte, während Willow Woman von einem verlorenen Liebsten träumte und Bettwanzen, die durch die Wärme des Herdes aus ihrer Winterstarre erwacht waren, sich am zarten Fleisch von Homer und seinem Bruder gütlich taten.

Weit oberhalb am Fluß, der nun halb zugefroren war, genossen Grass Heart und ihr Vater die milde Witterung. Sie machten Besuche bei den anderen im Dorf, vergnügten sich mit Steinspielen und sahen einem Zauberkünstler zu, der lebende Vögel und andere Dinge aus seinem Bauch hervorholte, indem er sie, von Rauchschwaden umweht, aus seinem Munde zog. Wie immer gab es viele Wetten – wenn es warm war und der Boden trocken, wettete man bei Pferderennen, aber es wurde auch darum gewettet, ob abends ein Wolf oder ein Kojote zuerst heulte oder ob das Boot eines Mannes schneller war als das eines anderen.

Unter Anleitung einer Frau, die im Haus neben ihnen wohnte, lernte Grass Heart, Borstenstickereien anzufertigen. Ihre Stiche gerieten aber immer unregelmäßig und zu groß, was ihrer Lehrerin mißfiel, und so verlor sie bald das Interesse am Sticken und gab sich in diesem Winter nicht weiter mit nützlichen Dingen ab.

Als der Winter sich schon dem Ende zuneigte, fiel eines

Tages ein warmer Regen, auf den ein Schneesturm folgte, der aus dem grauen Norden herangezogen war. Das Dorf wurde unter einer Schneeschicht begraben, das Fort war von aller Welt abgeschnitten. Alle blieben in ihren Behausungen.

Mr. Knipp las sämtliche Bücher mehrmals, die er von seinen Männern geliehen hatte, und wandte sich schließlich der Bibel zu, die dem Koch gehörte. Die fand er jedoch so trübsinnig, daß er sie dem Koch rasch wieder zurückgab und statt dessen lieber viel trank und endlos lange schlief.

Seine Männer waren streitsüchtig, spannen Intrigen und murrten und gerieten immer wieder in Handgemenge.

Frankie Paradise dagegen schien keinen Grund zur Klage zu haben. Er hatte einen Plan ersonnen und ihn aufgezeichnet. Er wollte den Fluß nahe der Furt teilen, eine Mühle heranschaffen, im nächsten Sommer Mais aus den Gärten der Indianer erwerben und dann seinen eigenen Schnaps brennen, den er gewinnbringend verkaufen würde. Als er Mr. Knipp seine ausgereiften Pläne vorlegte, grunzte der Agent, benommen vom Rum, nur verächtlich und schickte ihn weg.

Am Tag nach dem Schneesturm vermißte Grass Heart ihr neues schwarz-weiß-geflecktes Pony, das sie bei einer Wette mit ihrem Vater gewonnen hatte. Sie beklagte sich bitterlich, daß ihr Vater die Stute nicht wie sein Pferd mit ins Haus genommen, sondern draußen an die Veranda gebunden hatte.

»Sie ist nur beim Sturm davongelaufen«, versicherte er ihr. »Sie wird bald zurückkommen.«

»Sie ist gestohlen worden«, behauptete Grass Heart. »Wenn ich den Dieb erwische, schneide ich ihm seine verdammten Eier ab!«

Er sagte ihr, sie solle ihre Zunge hüten, nicht einmal der ungehobeltste und einfältigste weiße Mann würde solche Wörter in seiner Nähe benutzen, und sie starrten sich so lange wütend an, bis Grass Heart den Löffel weglegte, mit dem sie gerade gegessen hatte, und sich ans Feuer setzte.

Sie hustete lautstark und faßte sich an den Hals, als habe sie

Schmerzen. »Ich glaube, ich werde krank«, wimmerte sie. Sie wußte, wie sehr es ihren Vater ängstigte, wenn sie Anzeichen einer Krankheit zeigte, und hustete noch einmal.

Er horchte, weil er den Verdacht hatte, daß sie ihm etwas vormachte, doch das Husten wurde heftiger. Er stand auf und rief nach Tall Hair.

»Bring mir meine Robe und meine Stiefel«, wies er die Alte an. Sie stolperte davon, um seine Winterkleidung zu holen, und jammerte dabei über ihre schmerzenden Knochen, bis Grass Heart sie anschrie und zum Schweigen brachte.

Sie hatte ihre Worte und ihr dummes Husten sofort bereut, als ihr Vater sich an die Sklavin wandte, und bekam vor Scham Schluckauf, den sie hinter vorgehaltenen Händen zu verbergen suchte.

Good Plume hatte sich angekleidet und seinem schwarzen Pferd ein Seilhalfter angelegt, und nun führte er das Tier aus dem Pferch neben dem Eingang. Den plötzlichen Ruf seiner Tochter, als sie ihn bat, nicht fortzugehen, vernahm er nicht mehr. Als er mit dem Pferd durch die Tür trat, fegte der Wind ins Haus und trieb den Schnee herein. Gelber Qualm wirbelte umher, und das Feuer loderte hoch auf.

Tall Hair kauerte davor und schreckte auf, als ihr ein Gedanke kam. Sie hatte etwas Wichtiges vergessen, doch sie sprach nicht, sondern wandte sich wieder dem Feuer zu und murmelte verstört vor sich hin.

Den ganzen Nachmittag öffnete Grass Heart immer wieder die Tür einen Spaltbreit und spähte hinaus. Der umherwirbelnde Schnee blendete sie, und im Wind hörte man das Ächzen der vereisten Bäume am Flußufer. Sie stapfte durchs Haus und kickte unmutig alles beiseite, was ihr im Weg war. Als Good Plume nicht zurückkehrte, kam die Angst über sie wie ein Fieber, und sie begann zu weinen. Tall Hair erwachte und fragte, was geschehen sei.

»Er kommt nicht wieder! Ich habe ihn vertrieben!« weinte sie.

»Sie ist weggelaufen«, erwiderte Tall Hair.

»Mein Vater, du Dummkopf, nicht mein Pony!« Grass Heart holte aus, um die Alte zu schlagen. Sie verfehlte sie knapp an der Wange, aber Tall Hair heulte dennoch auf.

Plötzlich hielt sie inne; ihre trüben schwarzen Augen verdrehten sich, und sie kehrte hastig zu ihrem Kastenbett zurück, legte sich hin und bedeckte ihr Gesicht mit ihrer Robe. In dem dunklen Stoff, der einen säuerlichen Geruch verströmte, sah sie deutlich die Hufbezüge von Good Plumes großem Pferd. Mit Urin und Mist verschmiert, lagen sie in der dunkelsten Ecke des Stalles, wo sie selbst sie hingeworfen hatte. Sie dachte: Er wird auf dem Eis ausgleiten. Sie versuchte zu schlafen und hielt sich die Ohren zu, damit sie das Weinen des Mädchens nicht hören mußte.

Es wurde kalt im Haus, und Grass Heart wischte sich mit dem Ärmel übers Gesicht, erhob sich und legte trockene Holzscheite auf das Feuer. Dann zog sie ihren Deckenmantel mit Kapuze und ihre schweren Pelzstiefel an, ging hinaus und zog die Tür hinter sich zu. Der eisige Wind raubte ihr den Atem und webte Eiskristalle in den Pelzbesatz an ihrer Kapuze. Sie lief, wenn der Wind nachließ, und blieb stehen, wenn er durch den Schnee wirbelte, und irgendwann fand sie den Holzzaun und folgte ihm bis zu dem Tor zum Fluß, das auch im Winter geöffnet war.

Die schrillen Schreie des schwarzen Pferdes führten sie schließlich zu Good Plume. Das Tier lag auf dem Eis, sein gebrochenes Vorderbein ragte hoch wie ein winkender Arm; in einiger Entfernung stand ihr Pony. Ihr Vater lag neben dem Pferd auf dem Rücken. Grass Heart ging auf die Knie, hob seine Kapuze an und blickte ihm ins Gesicht. Er lächelte.

»Du mußt ihn töten«, sagte er.

»Nein«, entgegnete sie und blickte beiseite. Der Wind trug ihre Atemwolken davon.

»Doch«, sagte er, und es kam ihr plötzlich vor, als sei ihr Magen verschwunden und ihr Herz an seine Stelle gerutscht.

Good Plume zog die Axt mit der scharfen Klinge aus seinem Gürtel. Wie benommen griff sie danach. Ihre Hand steckte in einem Fäustling. Der Handschuh war feucht vom Schnee, und der Griff der Axt rutschte, als sie auf das Pferd einschlug. Die Klinge streifte den Schädel, und ein Blutrinnsal sickerte aus der Wunde.

»Nicht so«, sagte Good Plume. »Du mußt ihn mit aller Kraft in den Hals treffen.«

Seine Stimme gab ihr Kraft, und sie holte aus und schlug auf die Stelle ein, auf die ihr Vater wies, immer wieder, bis die scharlachrote Flüssigkeit heiß und dampfend hochspritzte, ihren Mantel und ihre Ärmel befleckte und eine Lache um ihre Stiefel bildete. Der Geruch drang in ihren Mund, und sie leckte sich über die Lippen und sah nur die Klinge, die in das zerfetzte rote Loch traf.

Mit einem letzten Aufseufzen erschauderte das Pferd und lag still. Seine Augen hatten die Farbe von altem Eis angenommen, und seine Zunge hing im Schnee.

Grass Heart ließ die Axt fallen, wandte sich ab und erbrach sich. Dann saß sie lange zitternd im blutgetränkten Schnee.

»Du bist nicht sehr gut im Töten«, sagte Good Plume nach einer Weile.

»Aber ich habe es gelernt«, erwiderte sie mit unbewegter Miene.

»Gib mir die Axt«, sagte er mit einem trockenen Grinsen. »Mein Bein ist auch gebrochen.«

Ihre Augen wirkten hohl, als sie ihm die Axt reichte. »Gehen wir nach Hause«, sagte sie, stapfte zu ihrem Pony und band ihm ein langes Seil um den Hals, dessen Ende sie am Gürtel ihres Vaters befestigte. Das Tier zitterte und wehrte sich, als es Blut an ihr witterte, und Grass Heart band ihm ein Stück Rohleder um die Nase und zerrte es zu der Stelle, an der ihr Vater lag. Sie half Good Plume auf und schob ihn auf den Rücken des Ponys. Seine Füße hinterließen krumme Schleifspuren im Schnee, als sie nach Hause zogen.

Noch bevor sie das Tor erreichten, brach die Dunkelheit herein. Erschöpft trieb sie das Pony durch die verschneiten Straßen zu ihrem Haus. Tall Hair bereitete für Good Plume einen Kräutertrank zum Einschlafen zu, und Grass Heart schnitt ihm behutsam die nassen Kleider vom Körper und betrachtete das Knie. Kein Knochen drang durch die Haut, aber die Form des Knies war nicht richtig, und sie rief der Alten zu, sie solle ihr einen Kienspan bringen, damit sie besser sehen könne.

Das Knie war nach außen verdreht und fühlte sich zu weich und nachgiebig an, als sie es vorsichtig abtastete. Sie rieb Good Plumes Nase und seine Wangen mit Bärenfett ein, und als er zu ruhen schien, zog sie ihren Mantel aus und wusch sich das Blut von Gesicht und Händen.

Sie saß die ganze Nacht bei ihm und wachte über seinen Schlaf, und als der Morgen kam und sie hinaussah, war mit der Dunkelheit auch der Wind verschwunden. Der Himmel war blau, durchwoben von den ersten Sonnenstrahlen, die auch auf den schwarzen Felswänden hinter dem Fort glitzerten. Im Tal unten wand sich der Fluß dunkel zwischen den schneebedeckten schwarzen Bäumen entlang.

Ihr Pony stand da, wo sie es angebunden hatte, und Grass Heart betrachtete es gedankenvoll. Dann ging sie zum Holzstapel, suchte sich einen kräftigen Prügel aus und schlug damit in regelmäßigen Abständen auf das Tier ein, bis es sich losriß und schnaubend und nach seinen Flanken beißend aus dem hinteren Tor in die Prärie hinausstob. Grass Heart sah ihm nach, bis es verschwunden war, dann sank sie in den Schnee und blickte zu den Gänsen und Kranichen auf, die hoch oben in langen bebenden Reihen dahinzogen, mit ihren Flügeln die Wasser des Himmels schlugen, bis sie im Norden den Frühling erreichten.

Etwas war mit ihr geschehen, sie wußte es. Es war so gewaltig, daß sie kein Wort dafür fand, so erschreckend und bedrohlich, daß sie nicht mehr daran denken wollte. Doch es hatte sie verändert, hatte ihr etwas gegeben oder etwas genommen, das konnte sie nicht ermessen, und sie zitterte, als habe ein Geist ihren Arm gestreift.

Zuletzt war es Tall Hair, die Grass Hearts Zukunft bestimmte. Die alte Sklavin hatte so viele Winter über qualmenden Feuern zugebracht, daß über ihren Augen eine graue Haut zu liegen schien. Sie sah nicht, daß das Eis auf dem Fluß schon dünn geworden war, und sie betrat es, vor sich hin redend und mit den Armen wedelnd. Der Fluß gab ein dumpfes Stöhnen von sich und verschlang sie.

Man vermißte sie erst abends beim Essen. Grass Heart wärmte den kalten Eintopf und ließ dabei den Kessel anbrennen. Als ihr Vater gegessen hatte, trug sie den verkohlten Kessel zum Zaun hinter dem Haus und warf ihn in die Abfallgrube. Eine Nachbarin brachte ihnen schließlich die Nachricht, daß Tall Hair auf dem Eis eingebrochen und ertrunken sei, und Grass Heart hatte – was selten vorkam – ein schlechtes Gewissen, und sagte zu ihrem Vater, es täte ihr leid, daß die alte Sklavin nicht mehr da sei und daß sie oft so grob zu ihr gewesen sei.

Doch nun sah sich Grass Heart vor Aufgaben gestellt, die sie zu bewältigen außerstande war, und sie war gezwungen zu handeln. Sie hatte keine Ahnung, wie man einen Haushalt führt, und ihr Vater konnte wegen seines Beins nicht mehr auf die Jagd gehen.

Die anderen waren aus dem Winterdorf zurückgekehrt, und Grass Heart erwog nüchtern, welcher junge Mann für sie in Frage kam. Ihre Wahl fiel auf einen mit vier älteren Schwestern, zwei davon Witwen mit wenig Aussicht auf eine zweite Ehe.

Star Blanket galt als guter Jäger, und das sprach für ihn. Ansonsten war an ihm nichts bemerkenswert. Good Plume hielt ihn für einen dieser Jungen mit unklaren und unsteten Umrissen, deren Zukunft man kaum voraussehen konnte, weil sie so lange brauchten, um eine zu entwickeln.

Auch die vier Schwestern waren wenig eindrucksvoll, die verheirateten wie die verwitweten. Sie waren unscheinbar und galten als dümmlich. Die Jüngste hatte ein Gewächs auf der Wange, das wie Moos an einem abgestorbenen Baum aussah, und Good Plumes einzige Bedingung für die Heirat war, daß diese Schwester keinen Zutritt zu seinem Haus erhalte.

Star Blanket war verdutzt darüber, wie schnell alles vor sich ging. Er war kaum von seinem Pferd gestiegen, da kam Grass Heart angeschlendert und fragte ihn mit reizendem Lächeln und Augenaufschlag, wie es im Winterdorf gewesen sei.

»Wie immer«, antwortete er, zu verblüfft, um sich wortreicher zu äußern. Ihr beiläufiges Gerede verwirrte ihn, und als sie ihn fragte, ob er sie abends besuchen wolle, brachte er nur ein »Ja« hervor.

Sie wanderte nach Hause, äußerst zufrieden, weil es so einfach gewesen war, ihn zu umgarnen, und bevor er richtig begriffen hatte, was geschah, waren sie verheiratet.

Er habe sich nicht einmal ausziehen und seinen Schild aufhängen können, und schon sei er Ehemann gewesen! berichtete er Magpie, der verwitweten Schwester, und drängte sie, ihre Habe zu packen und mit ihm im Haus seiner Frau zu leben. Ohne ein Wort der Widerrede willigte sie ein.

»Sie ist die Tochter eines Häuptlings und an Kochen und derlei nicht gewöhnt«, sagte Star Blanket. Er dachte sich, daß er vielleicht bei einem Raubzug im Sommer eine Frau von einem anderen Stamm erbeuten könne, obwohl er nicht genau wußte, wie man das machte. Dann würde auch Magpie ein ruhigeres Leben führen können.

Seine Schwester hatte ihm Anweisungen zugeraunt, und so tastete sich Star Blanket in der fünften Nacht durch die Dunkelheit, um die Vorrechte eines Gatten wahrzunehmen. Nachdem er sich vergewissert hatte, daß Good Plume schlief, begab er sich zum Bett seiner Frau. Atemlos bestieg er sie und stellte fest, daß sie in ihr Schlafgewand gehüllt war. Sie wachte auf und gab einen ungeduldigen Laut von sich, und er drang in sie ein, worauf er ein leichtes Kribbeln spürte. Dann wurde sein Glied schlaff. Grass Heart wartete, aber nichts geschah. Sie versetzte ihm einen kräftigen Stoß, und er fiel aus dem Bett und blieb dabei mit dem Fuß an einem Kasten mit Pfeilspitzen hängen, der darauf umfiel. Star Blanket wurde fast ohnmächtig.

Als er sich wieder in sein Bett zurückgeschleppt hatte, gelobte er sich, das kein weiteres Mal zu versuchen; es war zu gefährlich und zu unergiebig.

Grass Heart sah dem Mond zu, wie er über den Rauchabzug im Dach hinwegzog. So ist das also, dachte sie verächtlich, schürzte die Lippen und gab einen derben Laut von sich. Aus Magpies Bett war ein unterdrücktes Kichern zu vernehmen.

»Sei still«, sagte Grass Heart verdrossen. »Ein Trottel in der Nacht reicht mir.«

~

Jake Moon sah Willow Woman zu, wie sie den alten Bärenfellmantel anzog, den sie abends zur Arbeit trug, wenn es kalt war. Es war ein dicker Pelz von undefinierbarer Farbe, der Generationen quicklebendiger Flöhe beherbergte, die nun im bitterkalten Wind davonwehten wie Zuckerkristalle.

Manchmal begleitete er sie bis zu Mrs. Rosens Hütte, wo er dann am Herd saß und pechschwarzen Kaffee aus einer zarten Tasse mit Blumenmuster trank, die Mrs. Rosen in einer Schublade aufbewahrte, zusammen mit einer geladenen Pistole, einigen Silberlöffeln und einem Stück bestickten Musselin, mit dem sie ihre Haare zu bedecken pflegte, wenn sie ihn bewirtete.

Eines Morgens, als er erwachte, war die Luft plötzlich weich geworden, und von Süden wehte ein lauer Wind. Vögel sangen, und die ersten Blätter spähten hervor, herausgelockt von der Sonne, die wie eine Goldmünze am strahlend blauen Himmel hing. Der Winter war für ein weiteres Jahr vorüber.

Jake war Willow Woman dabei behilflich, das Bettzeug aus dem Haus zu schleppen und zum Lüften über Hecken und Äste zu hängen. Die Jungen rannten fröhlich grinsend umher, und sie lasen sich alle vier gegenseitig die Läuse aus den Haaren. Dann holten sie Wasser aus dem Fluß, auf dem das Eis geschmolzen war, erhitzten es auf dem Herd und badeten einer nach dem anderen. Jake war als erster dran.

In frischen sauberen Kleidern saß er auf der schmalen Schwelle der Hütte und dachte müßig an Grass Heart und an sein Maultier Posey, seinen einzigen Besitz von Wert. Er hatte es williger und kräftiger in Erinnerung, als es tatsächlich war, und rückblickend erschien es ihm sogar als wahrer Freund, der ihn nie im Stich gelassen hatte, wie manch anderer. Er kratzte sich am Kopf und versuchte sich zu entsinnen, ob ihn jüngst irgend jemand betrogen hatte, konnte dann aber erleichtert feststellen, daß ihm niemand einfiel.

Als die Schiffe wieder den Fluß heraufkamen, hatte er kein Geld, um mitzufahren. Erst im Sommer gelang es ihm, und das hatte er auch nur der Großzügigkeit von Mrs. Rosen zu verdanken.

Eines Abends stellte sie einen Rohlederbeutel neben seine Kaffeetasse. »Willow Woman hat mir gesagt, daß Ihr im Fort Catherine wichtige Geschäfte tätigen müßt.« Sie senkte den Blick und rückte ihr Musselinhäubchen zurecht. Jake bemerkte, daß sie eine Brandwunde auf dem Handrücken hatte, und sie verbarg die Hand rasch vor seinen Blicken. »Ich hab gesammelt. Hier.«

Er hob den Beutel an und vernahm das muntere Klirren. »Ich kann Euer Geld nicht nehmen, das wäre nicht recht.«

»Ist auch bloß geliehen, nicht geschenkt.«

»Ich kann es Euch nicht zurückzahlen«, sagte er zu dem Beutel und stellte ihn auf den verschrammten Tisch zurück.

»Ich besitze nur ein Maultier.«

»Argghhh«, sagte sie. »'n Maultier will ich nicht.«

»Was anderes hab ich nicht.«

»Willow Woman sagt, Ihr sollt dort oben heiraten. Die Tochter eines Häuptlings. Dann gibt es Aussteuer. Schreibt mir ein Papier und unterzeichnet mit Eurem Namen. Pelze«, verlangte sie und schlürfte einen Schluck Kaffee.

Bedächtig betrachtete sie ihn über den Rand ihrer Tasse hinweg. So muß Jesus im Tempel ausgesehen haben. Ein heiliger Knabe, dachte sie.

Jake zählte das Geld. Es war mehr, als er für die Reise brauchte. Davon konnte er sich sogar noch neue Kleidung kaufen.

»Ist gut«, sagte er.

Sie reichte ihm einen Bleistift und einen Zettel und sah aufmerksam zu, wie er mühselig die Worte zu Papier brachte. Schließlich reichte er ihr den Zettel und legte den Bleistift neben seine Tasse.

Als er gegangen war, wusch sie die Tassen aus und setzte sich dann im Licht der Lampe nieder, um zu lesen, was er geschrieben hatte. Danach begann sie mit klarer kräftiger Stimme zu singen, eine wehmütige Hymne von Tod und Vergeltung und Strafe, die in die warme Nacht hinausdriftete.

Bevor sie sich auf ihrem schmalen Bett zum Schlafen legte, verstaute sie den Zettel bei ihren anderen Errungenschaften in der Schublade. Er lag zuoberst auf einem Stapel ähnlicher Schriftstücke.

»Wieder einer«, sagte sie und schob die Schublade zu. »Junge Unschuld.«

Als der Juli schon halb vorüber war, begab sich Jake an Bord der »St. Peter«. Er trug einen neuen mit Seidenband besetzten Rock und einen makellosen Hut mit Gänsefedern. Vom Bug aus winkte er Willow Woman und ihren Söhnen zu, bis sie aus seinem Blickfeld verschwunden waren.

Später würde er ihrer manchesmal mit Herzlichkeit gedenken und sich sagen, daß die Welt ein besserer Ort wäre, wenn es mehr Menschen von ihrer Sorte gäbe.

In den Dörfern am Fluß wartete man auf den Büffel, um zu den Jagdgründen zu ziehen, doch man entdeckte nur vereinzelte Scharen. Die Sioux, die immer eine Bedrohung darstellten, blieben weit im Westen und trieben die Herden voran, um sie vom Fluß fernzuhalten, und White Cow, Häuptling der Mandan, berief die Mitglieder des Stammesrats ins Ratshaus ein, um Abhilfe zu schaffen. Man kam ohne weitere Unstimmigkeiten zu dem Schluß, daß man den Büffeltanz abhalten mußte, um die Herden herbeizulocken.

Die jungen Krieger, die für die Teilnahme in Frage kamen, wurden ins Ratshaus gerufen, wo White Cow sie erwartete, umgeben von den Ältesten. Er hielt einen mit Wieselfellen bedeckten geflochtenen Korb in Händen, auf dem der Schädel eines großen Präriewolfs mit aufgesperrtem Maul ruhte. Man wies die jungen Männer nun an, durch das Maul des Tiers in den Korb zu greifen, einen Stein herauszunehmen und ihn hochzuhalten. Es gab weiße Steine und einen einzigen schwarzen Stein. Als Star Blanket nervös die Hand zwischen den spitzen Wolfszähnen hindurchsteckte, brachte er den schwarzen Stein zum Vorschein.

Was dies zu bedeuten hatte, begriff er erst allmählich, als White Cow ihn umarmte, ihm sagte, was für eine große Ehre dies für ihn bedeute, und dem jungen Mann auf den schmalen knochigen Rücken schlug. Star Blanket sah zum erstenmal den Schneidezahn aus Metall im Mund des alten Häuptlings und nahm die neidischen Blicke und das mißgünstige Raunen der anderen Krieger nicht wahr.

Ihm kam in den Sinn, daß er nun gewiß die Achtung von Grass Heart und Good Plume gewinnen könne, die ihm zustand, doch zu seinem Bedauern mußte er vollkommenes Stillschweigen geloben. Er durfte niemandem auch nur ein Wort über seine künftige Rolle verraten, und seine Stellung blieb, wie sie war.

Die ersten drei Tage der Zeremonie verbrachte Star Blanket einsam in der Prärie, wo er fastete und betete. Am vierten Tag verwandelte er sich in den Geist des Büffels.

Er stand in seinem Kostüm auf dem Hügel auf der Westseite des Dorfes, zitternd vor Aufregung. Außer einem Lendenschurz war er nackt, und sein Kopf steckte im gewaltigen Schädel eines Büffelstiers, der von einem Holzrahmen aufrecht gehalten wurde. Durch die kleinen Augenhöhlen konnte er nicht viel erkennen. Unter seinem Kinn hing ein zottiger Bart, der ihn an der haarlosen Brust kitzelte. Die großen spitzen Hörner schimmerten in der hellen Sonne. Star Blanket hatte sie mit Sand und Spucke und weichem Hirschleder poliert. Zwischen seinen Gesäßbacken hing ein Büffelschwanz herab, zwischen seinen Beinen baumelte ein langer Holzstab mit einer rot bemalten Rundung am Ende, und an seinen Füßen steckten falsche Hufe.

Einer von denen, die sich auf dem Tanzplatz versammelt hatten, entdeckte ihn, und ein lautes Raunen ging durch die Menge. Star Blanket stürmte den Abhang hinunter.

Unten erwarteten ihn die Büffeltänzer, die Felle und Köpfe von Büffelkühen trugen, mit den Hufen scharrten, schnaubten und sich betrugen wie Bisonkühe, die zum Begatten bereit waren.

Die Rundung seines Holzstabs stieß an Steine, und Star Blanket nahm ihn in beide Hände und hielt ihn fest. Schweiß rann ihm in die Augen, denn es war heiß in dem Schädel, und er bekam kaum mehr Luft, doch er lief keuchend weiter.

Als er den Tanzplatz erreichte, stampfte er mit den Hufen und schnaubte, was nicht recht gelingen wollte, weil seine Nase vom Staub verstopft war. Er stürzte sich auf eine Büffelkuh und bohrte seinen Stab in ihr Hinterteil. Eine nach der anderen verharrte nun, beugte sich vor und bot ihm ihr Hinterteil, und er steckte den Stab zwischen ihre Beine und tat, als begatte er sie, was bei der Menge für wildes Gejohle sorgte. Die Beine wurden ihm weich, und sein Nacken schmerzte unter der Last des Schädels, doch er ruhte nicht, bevor alle Kühe besprungen waren.

Die Kühe waren müde und zufrieden und trotteten mit hängenden Köpfen davon. Star Blanket wandte sich den Frauen zu, die drängelten und sich anstießen, um in seine Nähe zu kommen, und er scheuchte sie und schwenkte seinen Stab. Sie kreischten und liefen weg, und dann trafen ihn Steine und Stöcke, Striemen schwollen auf seiner Haut, und er konnte kaum noch sehen, weil man ihn mit Staub bewarf. Plötzlich war er völlig blind, blieb stehen und gab, schwankend vor Erschöpfung, ein dumpfes Brüllen von sich. Ein derber Stoß ließ ihn taumeln, und jemand riß ihm den Stab zwischen den Beinen weg und schlug ihn damit.

Dann entfernte sich die Menge, und er trottete mit letzter Kraft davon, den Hügel hinauf, eine verlassene und verletzte Gestalt, die keiner mehr brauchte.

Er wanderte zu dem kleinen Bach im Wald, entledigte sich des Schädels, der Hufe und des Schwanzes und stieg ins Wasser, müde und doch stolz, denn nun würde der Büffel kommen, und es würde genug Fleisch für alle geben und warme Felle zum Schlafen und Häute, die man gegen Waren des weißen Mannes eintauschen konnte.

Sein Stolz machte es ihm leichter, die Meile bis zum Versteck seines Ponys zurückzulegen, das er in einem niedrigen Zedernhain zurückgelassen hatte, und im bleichen goldenen Zwielicht ritt er ins Dorf zurück. Im Haus war keiner da, um ihn zu empfangen, und er beendete sein Fasten mit kaltem Eintopf aus dem Kessel.

Geschwächt von seiner Mühsal, kroch er in sein Bett und sank sofort in tiefen Schlaf. Er erwachte erst, als Magpie hereinkam und das Feuer anzündete. Bald darauf folgten Grass Heart und ihr Vater. Star Blanket setzte sich mit stolzgeschwellter Brust im Bett auf. Good Plume gab ein höfliches Grunzen von sich, doch das Mädchen blickte nur finster, als es ihn sah.

Er war zutiefst gedemütigt, als der Büffel sich trotz seines Auftritts nicht einstellte, und regelrecht verzweifelt, als er zu einem Treffen mit White Cow und den anderen alten Häuptlingen einbestellt wurde. Sie schalten ihn, und manche murrten, er habe beim Fasten oder bei seinen Gebeten betrogen. Einer behauptete gar, er sei mit dem Herzen nicht bei seinem Auftritt gewesen. Als Beweis führte er an, daß er es den Frauen zu leicht gemacht habe, ihm den rot bemalten Penis abzunehmen, was bedeutete, daß er ein Schwächling und Feigling sei und des Geschlechtsakts nicht fähig.

»Du hast es nicht verdient, den Namen eines Kriegers zu tragen«, warf ihm der alte Mann vor, und sie gestatteten es Star Blanket nicht, auch nur ein Wort zu seiner Verteidigung vorzubringen.

Seine Demütigung war grenzenlos, als Freundinnen von Grass Heart ins Haus kamen und sie ihnen gestand, daß ihr Gatte beim Geschlechtsakt auch nicht eindrucksvoller gewesen sei als der Büffelgeist, worauf Good Plume lauthals lachte und die Frauen hinter vorgehaltener Hand kicherten.

Star Blanket rannte hinaus, versetzte Grass Hearts Hund einen Tritt und spuckte auf die Bilder am Türpfosten. Die Spucke rann über die Flügel eines Schmetterlings und verwischte sie. Doch bald war alles wieder getrocknet und sah so frisch aus wie zuvor.

Verzweifelt ob seines Versagens, ging er alleine auf die Jagd, und in einem Gestrüpp aus Büffelbeerensträuchern, deren rote Früchte gerade zu reifen begannen und Wespen anzogen, die gierig auf den Blättern umherkrochen, begegnete er einer alten Bärin. Sie tötete ihn mit einem Streich ihrer saftbeschmierten Pranke.

Als Star Blankets Pferd ohne ihn zurückkehrte, sandte man einen Suchtrupp aus, dem sich Good Plume trotz seines verletzten Knies anschloß. Er hatte starke Schmerzen und mußte auf einen Holzstoß klettern, um auf sein Pferd zu steigen. Ein leichter Regen setzte ein, als sie die kleinen Schluchten und Täler unweit des Flusses durchsuchten. In einem fanden sie Star Blanket schließlich. Er lag im nassen Gras. Sein Gesicht war verschwunden, und Mäuse hatten sein Hirn aufgefressen.

Sie trugen ihn nach Hause. Grass Heart und Magpie nähten ihn in seine Roben ein, und man brachte ihn zu einer geheimen Stätte im Wald, wo die Leiche in eine Astgabel gelegt wurde. Dort ruhten bereits andere, ein einsamer geisterhafter Totenstamm, und Grass Heart schauderte, denn die Regentropfen klopften auf die Blätter wie knöcherne Finger.

Sie weigerte sich, um Star Blanket zu trauern, aber Magpie brachte sich halbherzig Schnittwunden an Armen und Beinen bei und bedeckte Gesicht und Haar mit Asche. Sie fürchtete, daß sie nun nach dem Tod ihres Bruders ins Haus ihrer Eltern würde zurückkehren müssen. Doch ihre Sorge war unnötig; sie war für Good Plumes und auch für Grass Hearts Wohlbefinden unverzichtbar geworden, und keiner sprach je davon, sie fortzuschicken. Die beiden wurden sich mit ein paar stummen Blicken einig, und Magpie blieb im Haus, wenn auch nicht so lange, wie man zunächst glauben mochte.

~

Am frühen Morgen stand die Julisonne rund und schimmernd wie Good Plumes Schild am Himmel, sandte ihre Strahlen über die Maisfelder und schien heiß auf Grass Hearts Kopf.

Der Fluß lag reglos und braun da wie ein Pfad in den Wäldern. Die Kinder im Dorf saßen träge im Schatten, und auf der Prärie drängten sich die Pferde unter den Bäumen. Schweiß rann über ihre Flanken, und Fliegen hockten auf ihren Augenlidern. Die Hunde dösten in den Häusern und knurrten im Schlaf.

Als Grass Heart das Pfeifen des Schiffes an der großen Biegung des Flusses vernahm, legte sie ihre Hacke nieder. Das Pfeifen hallte von den Felswänden wieder und wurde beantwortet vom dumpfen Knallen der Kanone im Fort. Grass Heart blickte zu Magpie hinüber, die sich weiter über ihre Knochenhacke beugte und den Boden bearbeitete, und zuckte die Achseln.

Magpie hatte darauf bestanden, daß sie mitkam in den Garten. Grass Heart stellte sich ungeschickt an, grub zu viele kleine Pflanzen aus und lehnte sich häufig auf ihre Hacke, um ihrer Schwägerin zuzusehen, die mit stetigen Bewegungen die Erde lockerte. Magpie war eine hervorragende Gärtnerin, weshalb Good Plume ihr in diesen Sommer die Pflege seines Tabakbeets anvertraut hatte. Ihre Schwester Rabbit Ear hatte auch auf dem Maisfeld gearbeitet, doch nun saß sie mit anderen Frauen, die sich ausruhten, in der Laube. Sie hatten ihre Mokassins abgestreift, wedelten mit den Füßen in der heißen Luft und lachten lauthals.

Eine von ihnen stieß Rabbit Ear an und deutete auf Grass Heart. »Die würde ich nicht auf mein Feld lassen«, sagte sie, »sie verhext es gewiß.«

»Ich esse auch nichts, was von ihrem Feld kommt«, erwiderte Rabbit Ear. »Sie arbeitet aber sowieso nichts, steht nur herum.«

»Und schwitzen tut sie auch nicht«, bemerkte die andere. Alle kicherten und blickten zu der entfernten Gestalt hinüber.

Grass Heart hatte gesehen, daß man auf sie zeigte, und sie wußte, daß über sie gesprochen wurde. Sie sah die verklebten Wangen und schmutzigen Füße der Frauen vor sich, und es kam ihr vor, als könne sie ihren Schweiß riechen. Sie wischte sich mit dem Ärmel über die Stirn.

Das Schiff arbeitete sich mühsam voran und legte schließlich am Fort an. Die Wellen schaukelten Grass Hearts kleines Boot, das sie im grünen Schatten der Bäume festgemacht hatte.

Gelangweilt wanderte sie hinunter zu dem kleinen Strand.

Sie stieg in ihr Boot, manövrierte sich mit ihrem geschnitzten Paddel in die Strömung des schwerfälligen Flusses und ließ sich treiben. Eine riesige Schildkröte, deren schnabelförmiges Maul sie an ihren Vater erinnerte, schwamm vor ihr durchs Wasser. In den Marschen standen Reiher und reckten ihre langen Hälse über das Schilf; ihr Gefieder schimmerte wie Messing im Sonnenlicht. Schläfrig tauchte Grass Heart ihr Paddel in die schlammigen Untiefen, band es an das Bootsseil und saß dann einfach da, ohne an etwas zu denken.

Ein weißer Mann, der sein Kanu in der Mitte des Flusses verankert hatte und vorgab zu angeln, beobachtete sie und behielt dabei das Dorf im Auge. Sie konnte ihn nicht sehen.

Mr. Knipp hatte den Mann dorthin geschickt. »Nehmt Eure Angel mit«, hatte er befohlen.

»Das ist Unsinn«, hatte der Mann widersprochen. »Es gibt keine Fische da, und wenn es welche gäbe, würden sie um diese Tageszeit nicht anbeißen. Ich werd aussehen wie ein Trottel.«

»Dann seht Ihr aus wie gewöhnlich«, raunzte der Agent. »Tut, wie Euch geheißen.«

Sein Kopf glühte nun unter dem weichen Hut, den er trug, und sein Hemd war schweißdurchtränkt. Die Sonne auf dem Wasser blendete ihn, und er rieb sich unentwegt die Augen und zwang sich, an seinen Auftrag und die Flasche Whisky zu denken, die Mr. Knipp ihm versprochen hatte. Er sollte alle Boote zurückschicken, die vom Dorf kamen und sich dem Fort nähern wollten.

Doch das erwies sich als unmöglich; es gelang ihm zwar, einige zurückzuschicken, doch unterdessen drängten sich vier andere an ihm vorbei, und er notierte die Anzahl der Insassen auf dem Papier, das man ihm gegeben hatte. Er hatte das unbestimmte Gefühl, daß er nicht genau verstanden hatte, warum er das tun sollte. Man hatte ihm gesagt, er solle feststellen, wie viele Mandan im Fort Handel treiben wollten, wenn ein Schiff eingetroffen sei.

»Wenn Ihr sie nicht aufhalten könnt, dann zählt sie«, hatte der Agent gesagt. Der Mann stritt nun heftig mit vier Frauen und einem Mann in einem Boot und bemerkte deshalb nicht, wie Grass Heart langsam am westlichen Ufer flußaufwärts paddelte.

Jake Moon fühlte sich schon den ganzen Morgen kränklich. Als sie am Fort Catherine anlegten, drängte er sich zwischen den Indianern hindurch, die sich am Fuße der Laufplanke versammelt hatten, und ging sofort zum Handelskontor, wo er einem Mann, den er noch vom Vorjahr kannte, seine paar Habseligkeiten anvertraute.

»Seid Ihr krank?« fragte der Mann und sah ihn prüfend an. Auf sein Gesicht trat ein wissender und furchtsamer Ausdruck, und er trat er ein paar Schritte zurück und ließ Jakes Bündel fallen. »Geht weg«, sagte er.

Jake ging zur hinteren Weide, um nach Posey zu sehen. Seine Beine fühlten sich weich an wie Wasser. Posey graste, und ihr rattengraues Hinterteil ragte in die Luft. Er mußte grinsen, als er das stetige Mahlen ihrer Zähne vernahm, zog mit zittriger Hand ihren Kopf hoch und sagte: »Da bin ich wieder.« Sie betrachtete ihn mit ihren runden Augen. Er ließ sie los und ging zu den Ställen hinüber, wo er sich in eine unbenutzte Box legte, in der es kühl und dunkel war, und rasch vergaß, wo er sich befand und warum er hierher gekommen war.

An Bord der »St. Peter« brüllte Mr. Knipp nach Leibeskräften, während seine Männer fluchend die Indianer abzudrängen versuchten, die auf das Schiff geklettert waren.

»Runter! Runter!« schrie Knipp und fuchtelte mit einer großen Pistole. Er trug nicht einmal einen Hut. Plötzlich feuerte er die Pistole ab, und den Knall hörte auch der Mann im Kanu.

»Habt ihr das gehört? Mr. Knipp meint es ernst. Ihr dürft nicht ohne seine Erlaubnis auf das Schiff!« sagte er zu den Indianern, die mit ihm stritten. Sie kehrten sofort um, ohne ein weiteres Wort zu verlieren, und paddelten zum Ufer zurück. Erschöpft und erleichtert griff der Mann wieder zu seiner Angelrute und lehnte sich zurück.

»Die Sonne macht mir noch eher den Garaus als die Indianer«, sagte er laut.

Grass Hearts Boot lag unter dem Bug der »St. Peter«, wo man es von oben nicht sehen konnte. Sie erschrak, als der Schuß losging, und wäre fast ins Wasser gefallen, denn sie hatte gerade mit den Fingern den Namenszug des Schiffes betastet. Er war so achtlos und schief geschnitzt, daß er ihre Aufmerksamkeit erregt hatte. Als der Schuß krachte, setzte sie sich ruckartig hin, und ihr kleines rundes Boot geriet ins Schwanken. Mr. Knipp stand direkt über ihr, und sein Mund öffnete und schloß sich über seinem dicken Hals.

Die Indianer am Ufer rannten aufgeregt umher. Einige waren bei dem Schuß über Bord gesprungen und hinübergeschwommen. Es waren die Habenichtse, die im Umkreis des Forts in Tipis hausten, deren Form sie von den Sioux abgeguckt hatten. Doch ihre Zelte waren viel kleiner und aus ungegerbten Häuten hergestellt, die muffig rochen. Manche hatten sich auch wacklige Häuser gebaut. Sie lagerten des Tags unter den Bäumen oder hockten an der Wand des Forts. Wenn ein kalter Wind ging, blieben sie in der Sonne, wenn es heiß war, hielten sie sich im Schatten auf. Die Männer hatten große Freude an den Umtrieben der Weißen und tauschten, was sie besaßen oder sich aneignen konnten, gegen Whisky. Wenn sie ihn tranken, fielen sie um wie tot, doch solange sie friedlich waren, störte sich keiner daran. Ihre Frauen taten es ihnen gleich, und ihre Töchter folgten den weißen Männern fügsam in die Büsche.

Grass Heart fand, daß es schlecht war von Mr. Knipp, sie dort zu dulden. Sie fand, man solle sie wegschicken, denn ihre wahren Aufgaben waren Büffeljagd, Pferdediebstahl und Kriegszüge.

Sie hätte das nie zu äußern gewagt, doch die beiden letzteren Unternehmungen fand sie lächerlich. Man trieb riesigen Aufwand mit Reinigung und Fasten und den kunstvollen Bemalungen der Kriegspferde und der Krieger selbst. Sie hielt das für Verschwendung, wenn man bedachte, wie lange es dauerte, um die Wurzeln und Beeren für die Farben zu sammeln und zu kochen.

Und wenn die Männer dann Glück hatten, kehrten sie mit ein paar Mähren zurück, die sie umgehend verschenkten, um sich als gütig zu erweisen, und mit ein paar blutigen Skalps von Feinden, auf die sie furchtbar stolz waren. Ihre Frauen befestigten die Skalps an Reifen und führten mit ihnen einen Tanz auf, bei dem sie schrien und die Skalps schwenkten, als sei etwas besonders Kostbares erbeutet worden.

Die Jagd auf Haare – sie diente nur der Prahlerei der Männer. Grass Heart fand, daß sie zuviel prahlten und großtaten. Sie war dankbar, daß Good Plume die Skalpjagd schon aufgegeben hatte, als sie noch ein Kind war, denn sie hatte zu oft erlebt, wie man Krieger ins Dorf zurückbrachte, die quer über einem Pferd lagen wie erlegtes Wild, verwundet oder gar tot. Wenn ein Mann zu Tode gekommen war, mußten sich alle Frauen aus seiner Familie die Haare abschneiden und sich mit Messern Schnitte an Armen und Beinen beibringen, bis man das Blut förmlich in ihren Mokassins schwappen hörte. Kein Wunder nennt uns der weiße Mann Wilde! dachte sie.

Und nun stand da Mr. Knipp oberhalb von ihr und brüllte. Sie starrte in sein rotes Gesicht. »Verschwindet!« schrie er. »Hört Ihr mich nicht? Weg da, geht nach Hause, kommt nicht mehr auf diese Seite des Flusses!«

Sie war so verblüfft, daß sie kein Wort hervorbrachte. Sie sah ihn nur an, und der Mund blieb ihr offenstehen.

»Zum Teufel, so fahrt nach Hause!« kreischte er, und Grass Heart wendete ihr Boot und paddelte wutentbrannt zurück, um ihrem Vater Bericht zu erstatten.

Mr. Knipp war selbst erstaunt über seine rigorosen Anweisungen, und er legte die Hand über die Augen und sah Grass Heart nach, als sie an dem Mann im Kanu vorüberpaddelte.

Er hatte getan, was er konnte, indem er die Indianer von der »St. Peter« verjagte, und als er dem Kapitän weitere Befehle gegeben hatte, ging er in sein Kontor. Dort wartete ein Priester auf ihn, und der Agent holte, ohne zu zögern, einen Steinkrug unter dem Tisch hervor und bot dem Mann etwas zu trinken an.

Pater Bernard sah Mr. Knipp mit seinen sanften grauen Augen an und wunderte sich, wie der Agent in wenigen Zügen soviel trinken konnte. Dann brachte Mr. Knipp ein recht beschmutztes Taschentuch zum Vorschein, tupfte sich damit geziert Mund und Schnurrbart ab und fragte: »Möchtet Ihr vielleicht Wasser oder Tee?« Er klang nicht sehr bemüht; der Pater war ihm lästig, und Mr. Knipp legte keinen Wert auf dessen Anwesenheit in seinem Fort. Er legte nur Wert darauf, in Ruhe den Inhalt des Kruges zu verringern.

Der Priester blieb stehen und wartete. Er war ein kleiner Mann, ganz in Schwarz gekleidet, mit einem runden Gesicht, und er mißbilligte die Trinkgewohnheiten des Agenten, doch das ließ er sich nicht anmerken.

»Wie ist er überhaupt an Bord gekommen?« wollte Mr. Knipp wissen. »Hat denn niemand seinen Zustand bemerkt?« Und er hob den Krug aufs neue.

Pater Bernard fühlte sich an die Misere seiner Schwester erinnert, bis zu der Geste mit dem Taschentuch, wiewohl sie sich auch manchmal mit dem Ärmel oder dem Saum ihres

Kleides oder sogar mit dem nackten Arm den Mund wischte und dabei nicht geziert, sondern eher trotzig wirkte.

»Da war der arme Bursche noch wohlauf. Er wollte nach Fort Union, um dort für das neue Unternehmen zu arbeiten. Gewiß, er sah krank aus, aber nicht so angegriffen, daß ihm jemand Fragen stellte. Er starb des Nachts, im stillen und unter Fremden, was fürwahr traurig ist.«

Mr. Knipp ertappte sich dabei, wie er auf den kahlen sonnenverbrannten Schädel des Priesters starrte. Dessen Kopf neigte sich langsam nach links zur Schulter, und als Mr. Knipp spürte, wie sein Kopf unwillkürlich auch zur Seite sank, wandte er den Blick ab.

»Ich habe den Kapitän angewiesen, nichts auszuladen, sondern wieder abzulegen«, sagte er. »Einige von der Mannschaft haben sich gewiß schon angesteckt.« Er hob den Krug und trank glucksend. Ein leichter Wind strich durchs Fenster und zauste sein Haar. »Und diese Indianer! Man konnte sie nicht fernhalten, hätte auf sie schießen müssen. Sie haben sich gewiß angesteckt.«

»Mir ist zu Ohren gekommen«, murmelte der Priester, »daß sie alles stehlen, was nicht niet- und nagelfest ist.«

Mr. Knipp konnte zuerst nicht glauben, daß der kleine Mann es ernst meinte, doch er fuhr fort: »Kleinere Diebstähle kommen überall in der Flußgegend vor. Die Männer auf dem Schiff beklagten immer den Verlust persönlicher Gegenstände, wenn wir anlegten, um Holz zu laden, und Indianer an Bord kamen.«

Er rieb sich gedankenverloren die Wangen und sagte: »Ich bleibe hier und helfe. Ich hatte die Krankheit schon.«

»Das kann ich nicht zulassen«, rief Mr. Knipp aus. »Ich habe schon dafür gesorgt, daß man Euch zu Pferd zum Fort Union bringt.«

Der Priester schüttelte den Kopf; ein Sonnenstrahl leuchtete auf seiner rosafarbenen Glatze und umgab sie mit einer Art Heiligenschein. Der Agent, vom Schnaps erhitzt, mußte an Engel denken und ließ seinen Krug unter dem Tisch verschwinden.

So beharrlich Mr. Knipp dem Priester auch zuredete, er ließ sich nicht erweichen, und nachdem der Koch dem Mann eine Schüssel Wasser und ein Stück Stoff zum Waschen gebracht hatte, verließ Mr. Knipp sein Kontor. Als er sich noch einmal umschaute, sah er den Priester fröhlich herumplanschen. Wie eine Amsel in der Pfütze, dachte er grimmig.

Engel und Vögel? Er beschloß, an diesem Tag lieber nichts mehr zu trinken, und ging zum Ufer, um zuzusehen, wie die »St. Peter« ablegte. Der Durst plagte ihn, doch er beschäftigte sich eingehend mit seinen Papieren, bis Pater Bernard ihn abholte, um den Sonnenuntergang zu betrachten.

»Ich bin verrückt nach Sonnenuntergängen«, sagte Pater Bernard, und Mr. Knipp schauderte unwillkürlich. Er fand den Priester ausgesprochen sonderbar.

Abends beim Essen legte der kleine Mann sein Messer weg, schob seinen Teller beiseite und sagte: »Ich habe ihn getauft, ohne sein Einverständnis.«

»Ja«, sagte Mr. Knipp. Seine Hände waren unruhig, und er hatte keinen Appetit. Der Steinkrug war inzwischen leer. »Wir sollten uns darum kümmern«, sagte er.

Im Stall traten sie zu dem Mann, der auf einem Brett lag. »Er stinkt schon«, meinte der Agent.

»Zum Himmel«, flüsterte der Priester.

Mr. Knipp lachte nervös, verstummte jedoch, als er das weihevolle Gesicht des Priesters sah. »Haltet die Laterne«, wurde Mr. Knipp befohlen, und er tat wie geheißen, wenn auch mit Mühe, denn das Taschentuch, das er sich unter die Nase hielt, wollte unentwegt wegrutschen. Pater Bernard begann Wasser aus einer kleinen Flasche zu verspritzen und dabei in einer fremden Sprache vor sich hin zu murmeln. Als er zum Ende kam, packten sie das Brett mit dem Mann und schleppten es in die Nacht hinaus.

Fiedrige Wolken verdeckten den Mond, und es war nicht

allzu hell. Sie entschieden sich für eine Stelle neben dem Pferdetrog, wo die Erde feucht und leicht aufzugraben war. Mr. Knipp hatte zuvor Schaufeln neben der Stalltür abgestellt, und sie machten sich an die Arbeit. Im Nu hatten sie ein flaches Grab ausgehoben. Sie senkten den Leichnam in die Grube hinab und bedeckten ihn mit Erde. Dann entfernte sich der Agent pietätvoll, während der Priester seine mysteriösen Handlungen zu Ende brachte.

Angesichts der dunklen Gestalt vor der Weide im Mondlicht wurde Mr. Knipp unheimlich zumute, und er merkte, daß er trotz der Wärme fröstelte. Mit der Laterne in der Hand lehnte er an der Stallwand und sann über den morgigen Tag nach.

»Das Leben ist ein Traum«, sagte er laut und unterdrückte ein Rülpsen.

»Aus und vorbei«, sagte eine Stimme an seinem Ohr, und er ließ die Laterne fallen.

»Einerlei, sie brannte ohnehin nicht mehr«, sagte Pater Bernard und bückte sich, um sie aufzuheben. Das war Mr. Knipp entgangen.

Er verstaute die Schaufel und die Laterne hinter der Stalltür, und in seinen vier Wänden trank er sich in den Schlaf und wurde von sonderbaren Alpträumen heimgesucht.

Derselbe Mond schien über Black Deers Haus im Dorf. Black Deer trat hinaus ins silbrige Licht. Schnellen Schrittes ging er die Straße entlang, denn er hatte Erfreuliches im Sinn. Er zog seine kostbare rote Decke zurecht, die er um die Schultern gelegt hatte; seine Liebesflöte war mit einem Lederband an seinem Zopf befestigt und klackte bei jedem Schritt gegen die Knochenkette, die er um den Hals trug.

Ihm war bewußt, daß er einer der reichsten und mutigsten Krieger der Mandan war, doch seine Frau hatte eine Zunge wie eine Schlange. An diesem Abend war sie ihm wohlgesonnen und behandelte ihn freundlich. Sogar ihre Mutter hatte ihn wider Willen angelächelt und ihm ein zusätzliches Stück Fleisch gegeben. Sie hatte sogar ihren gehorteten Zucker hervorgeholt und ihm erlaubt, sich soviel davon in den Kaffee zu rühren, wie ihm behagte.

Black Deer war an diesem Tag vor dem Morgengrauen aufgestanden und hatte an der großen Biegung des Flusses gewartet, bis die »St. Peter« vorüberkeuchte. Er war an Bord geklettert, hatte sein Boot an der Reling festgebunden und den Mann aufgesucht, mit dem er schon einmal Handel getrieben hatte.

Sie wurden sich rasch einig, Black Deers Minkpelz gegen ein Stück roten Flanell. Der Mann benahm sich sonderbar, achtete darauf, daß sie nicht gesehen wurden, und verlangte dann von Black Deer, daß er den Stoff unter seinem Hemd verstecke. Black Deer war mißtrauisch, dachte, der Stoff sei vielleicht gestohlen, und befolgte die Anweisungen. Unbemerkt kletterte er über die Reling und paddelte zufrieden nach Hause. Der Stoff lag, in ein Stück Rohleder gewickelt, am Boden des Boots. Black Deer ruderte behutsam, damit kein Wasser ins Boot spritzte.

Seine Frau, Her Enemy, zeigte sich begeistert über das Geschenk, lobte ihn und war sichtlich beeindruckt von seinen Fähigkeiten als Händler. Deshalb zeterte sie auch nicht, als er zum Fluß ging, um zu baden, und als er sich danach die Haare fettete, sein neues Hemd anzog und den Nachmittag mit Freunden verbrachte.

Her Enemy zeigte das Geschenk zuerst ihren Verwandten, dann eilte sie mit dem leuchtenden Stoff über dem Arm zu ihren Freundinnen.

Abends war sie noch immer guter Dinge und schalt die Kinder nicht, wie sie es gewöhnlich tat. Black Deer kramte nach seiner Liebesflöte und entdeckte sie schließlich im hinteren Teil des Hauses in einem Rehlederbeutel zwischen

Säcken, in denen getrockneter Salbei und Drüsenklee aufbewahrt wurden. Die Schwiegermutter beugte sich mit dem Säugling auf dem Schoß zum Feuer, als Black Deer mit seiner Decke unter dem Arm an ihr vorüberschlich.

Draußen stolzierte er zum Haus von Seven Birds, die gleich herauskam, als sie den wehmütigen Klang seiner Flöte vernahm, und mit unter seine Decke kroch. Ihr Haar duftete nach dem Rauch von Süßgras, als er sie an sich zog. Die Liebe machte ihn schwindeln. Er hatte das Mädchen zu seiner zweiten Frau erkoren, und es hatte eingewilligt.

Er hielt sie fest umschlungen und knabberte sachte an ihrem Ohr, als Jake Moon jenseits des silbrig schimmernden Flusses erwachte, weil eine Stimme »aus und vorbei« sagte.

Die Stimme sprach hinter der Wand, an der er lag. Er hob den Kopf und erbrach sich, wobei sein bestes Hemd besudelt wurde, dann legte er sich auf den Bauch und übergab sich in seinen neuen, gebraucht erstandenen Hut, rollte sich auf die Seite und beschmutzte seine einzige Hose. Es kam ihm vor, als läge er im Sterben.

»Es ist noch nicht aus und vorbei mit mir«, sagte er, doch dann verlor er das Bewußtsein und merkte nicht mehr, was mit ihm geschah.

~

Pater Bernard blieb die ganze Nacht auf, und als sich im Osten scharlachrot die Sonne am Horizont erhob, stand er am Flußufer und lauschte dem Erwachen der Welt. Seine Morgengebete hatte er schon gesprochen.

Waldhühner pfiffen im langen Gras auf den Anhöhen. Wasservögel glitten auf dem stillen dunklen Wasser dahin. Es schien wieder ein drückend heißer Tag zu werden, und Pater Bernard atmete in tiefen Zügen die kühle frische Luft ein.

Ein paar Indianer kamen aus ihren Behausungen gestolpert, nackt oder nur notdürftig bekleidet mit einem Lendenschurz. Die Mädchen stakten scheu über das stachlige Gras, weil sie die Blicke des Paters spürten. Männer wie Frauen gingen stumm und bedächtig einher.

Der Pater fand es bemerkenswert, daß diese Menschen täglich im Fluß badeten, ungeachtet der Witterung. Im Winter schlugen sie sogar ein Loch ins Eis und sprangen hinein. Kein Weißer, der bei Trost war, wäre auf solch einen Gedanken verfallen.

Ein Mädchen sang laut beim Baden, und ihr Körper funkelte in der Sonne, als die ersten Strahlen das Wasser berührten. Der Pater sah ihr zu, stumm und ergriffen ob ihrer natürlichen Verbundenheit mit dem flüssigen Element, der weichen Luft, die im Schatten der Bäume blau und violett schimmerte, und dem strahlenden rosafarbenen Morgenlicht, das die Haut des Mädchens mit einem zarten Hauch überzog und in ihrem Haar glitzerte.

Sie stolperte und stand einen Augenblick still, dann stürzte sie mit dem Gesicht nach vorn, und er rannte zu ihr und hob sie auf. Seine schwarze Sutane trieb auf dem Wasser.

Als er später an dieses Vorkommnis zurückdachte, kam es ihm vor, als sei ihr Leib angeschwollen, als er sie noch in Armen hielt, und als sei ihre Haut schwarz geworden, wie er sie niederlegte.

Grass Heart zog ihr Boot auf das grasbewachsene Ufer. Ihr Gesicht war rot vor Zorn, und sie überhörte die Rufe von Freunden, die sie zum Beerenpflücken mitnehmen wollten, lief schnurstracks ins Dorf und rief schon nach ihrem Vater, bevor sie überhaupt ihr Haus betreten hatte.

Good Plume war nicht da. Auch Magpie war nicht aufzufinden, und so stand Grass Heart in dem dämmrigen Erdhaus und stampfte wütend mit dem Fuß auf. Einer ihrer Mokassins löste sich, und sie riß den anderen auch noch herunter und schleuderte ihn ins Feuer. Fluchend stapfte sie auf und ab, doch ohne Zuschauer verrauchte ihr Zorn allmählich. Sie tröstete sich, indem sie ihren Zierrat durchsah, und als sie sich nach einer Weile beruhigt hatte, setzte sie sich hin und dachte darüber nach, warum Mr. Knipp so aufgebracht gewesen war und sie so rüde angeschrien hatte. Es gab wohl etwas, das dieses sonderbare Betragen bewirkt hatte und von dem sie nichts wußte.

Sie kam zu dem Schluß, daß es mit dem Schiff zu tun hatte. Er wollte vielleicht nicht, daß sie etwas Bestimmtes erfuhr oder damit in Berührung kam. Der Grund lag gewiß nicht nur in der Regel, daß sie ohne Good Plume das Fort nicht zu betreten hatte. Sie sann darüber nach.

Soll ich es meinem Vater sagen oder nicht? Weiß er etwas darüber? Soll ich warten, bis er darüber spricht? Sie hielt es für klüger zu warten.

Good Plume kehrte am späten Nachmittag zurück. Er war beim Stammesrat gewesen und berichtete, daß die Sioux sich nicht mehr am Fluß aufhielten, sondern gen Westen in die Prärie gezogen waren und daß die Männer nun auf Büffeljagd gehen wollten.

Sie hörte ungeduldig zu, und als kein weiteres Thema zur Sprache kam, servierte sie ihm sein Essen. Nachdem sie selbst gegessen hatte, holte sie eine Stickerei hervor und legte sie wieder beiseite, ohne eine einzige Reihe beendet zu haben. Magpie ließ einen eisernen Löffel in den Kessel fallen. Grass Heart erschrak wegen des Schepperns und schrie Magpie an.

»Du brauchst gar nicht so garstig zu sein«, sagte Magpie, streckte ihre breite flache Nase himmelwärts und machte sich auf, um ihre Schwester zu besuchen. »Eines Tages wirst du wohl merken, daß andere Menschen auch Gefühle haben«, sagte sie beim Hinausgehen.

Good Plume betrachtete seine Tochter prüfend, bemerkte ihre Verfassung, räusperte sich und sagte, sie sei so schreckhaft wie eine Maus. »Was beunruhigt dich?« fragte er.

»Ahhh«, antwortete sie und knackte mit den Fingerknöcheln. »Im Fort ist etwas nicht in Ordnung.«

Good Plume zog an seiner Pfeife. Lange Schwaden stiegen zum Rauchloch empor, durch das der Himmel so rund und blau aussah wie das Auge eines weißen Mannes.

»Mr. Knipp war wütend, und sie haben die Indianer aus dem Lager von dem Schiff vertrieben, das heute angekommen ist. Er war scheußlich zu mir und hat geschrien, ich soll nach Hause gehen. Geflucht hat er auch.« Sie beobachtete ihn unruhig, konnte jedoch seine Miene nicht deuten.

»Ich dachte, die Weißen führen vielleicht wieder Krieg gegen die Sioux und wollen nicht, daß wir hier davon erfahren.« Diese Unwahrheit war ihr unvermittelt in den Sinn gekommen und ging ihr leicht über die Lippen, weil sie wußte, wie sehr ihn die Kriege der Weißen gegen die Indianer aufbrachten.

Wie sie erwartet hatte, begann er nun zu sprechen. »Ich habe davon nichts gehört, aber es wäre möglich. Diese weißen Männer führen immer irgendwo Krieg gegen jemanden; sie scheinen nur im Kampf zufrieden zu sein.« Er redete sich in Rage, schlug sich mit der Faust auf sein verletztes Knie und zuckte zusammen. »Sie bekämpfen sich sogar untereinander. Das habe ich auf meinen Reisen gehört. Und wenn sie über Kriege sprachen, dann redeten sie nur vom Sieg, niemals von der Niederlage, und wenn sie nicht siegen konnten, riefen sie einen Waffenstillstand aus, fertigten neue Waffen an und kämpften weiter. Es ist jämmerlich! Für uns wäre alles einfacher, wenn sie nicht immer siegen wollten, sondern nur kämpfen würden, bis es zu dunkel, zu kalt oder zu heiß wäre. Es gibt viele Gründe, einzuhalten mit dem Kämpfen!«

Er schwieg einen Augenblick, dann fügte er betrübt hinzu: »Es ist ein Wunder, daß noch welche von ihnen übrig sind bei all den Kriegen. Und sie sagen, sie siegen immer. Ich weiß nicht, wer siegt, wenn sie gegeneinander kämpfen. Doch bei uns machen sie keine Ausnahme. Ihnen fehlt der Sinn für das richtige Verhältnis.«

Er erhob sich, kratzte seine Steinpfeife mit einem Ästchen

aus und gähnte. »Morgen werde ich zum Fort gehen und herausfinden, was dort los ist.«

»Aber Mr. Knipp sagte, keiner darf hinein«, erwiderte Grass Heart.

»Mr. Knipp hat mir nicht zu sagen, wo ich hinzugehen habe und wo nicht. Kein kleiner Agent, der seine Tage damit zubringt, unser Volk zu betrügen und seine Nase in eine Flasche zu stecken, befiehlt Good Plume, was er zu tun hat. Er ist nur hier, weil wir es ihm erlauben, vergiß das nicht.«

»Geh nicht«, sagte sie ängstlich. »So hör doch. Du wirst alt, und du kannst dich schlecht bewegen mit deinem verkrüppelten Bein. Misch dich nicht in deren Sachen ein.«

Er lachte sie aus, und sie blickte ihn bitterböse an, nahm ihren Hocker und setzte sich mit dem Rücken zu ihm an den Eingang.

Good Plume hatte am nächsten Tag mit seiner Tochter den Knife River hinauffahren und Welse angeln wollen. Als er aus dem Ratshaus getreten war, hatte er zum Himmel aufgeblickt, um das Wetter abzuschätzen. Die Sonne ging unter, und rote flammende Streifen zeigten sich am Himmel. Good Plume hatte nichts Bestimmtes im Sinn und stand gedankenverloren auf der Lichtung vor dem Ratshaus. Der alte Hoop Feather kam vorbei und grüßte ihn. Good Plume vermied es, den Alten anzusehen, denn er litt an irgendeinem Übel, das eine Hälfte seines Gesichts krumm und schief gemacht hatte. Er sprach undeutlich, wobei ihm der Speichel aus dem Mund troff, und meinte, er hoffe auf Regen, denn der Garten seiner Frau vertrockne bald. Dann betrat er das Ratshaus.

Dort berichtete er den anderen Männern, die dort ihre Pfeife rauchten, über die Gerissenheit seines Schwiegersohns, der sich auf das Schiff gestohlen hatte. Dreimal breitete er beide Arme aus, um zu zeigen, wie lange das Flanellstück war, das er eingetauscht hatte, und berichtete, wie Her Enemy es zerteilen und damit sein gutes Hemd verzieren würde, und die Männer äußerten sich dazu mit anerkennendem »ho«.

Good Plume kam sich ein wenig lächerlich vor, als er nachsah, ob seine Tochter und Magpie fest schliefen, bevor er sich im Dunkeln erhob und mit seinem Bündel unter dem Arm zur Tür hinausschlich. Auf der Veranda blieb er stehen und überzeugte sich, daß der Mond über den Bäumen am Fluß stand. Daraus schloß er, daß die Nacht schon halb vorüber war, und er huschte durchs Dorf bis zum Zaun, kletterte darüber und ließ sich in den Graben dahinter gleiten. Da die Sioux weitergezogen waren, standen nur unten bei den Gärten Wachen, und denen ging er aus dem Weg, indem er den Hang hinaufstieg. So gelangte er zu jenem Teil des Flusses, an dem die Felsen herabgestürzt waren. Er suchte sich einen Weg zwischen ihnen und machte am Ufer Halt, um sich kurz auszuruhen.

Die Luft war reglos und barg noch die Hitze des Tages in sich. Zahllose Laute erfüllten die Nacht; Good Plume kannte die Töne der Insekten und kleinen Tiere und lauschte dem Jaulen eines Kojoten, in das andere einstimmten. Ihr Gesang klang entfernt und wehmütig: jeder Ton wurde höher und höher, als ziehe man ihn gen Himmel, und stürzte dann Klang um Klang wieder zur Erde. Ein Hase, der sich an dem saftigen Gras am Ufer gütlich tat, erschreckte Good Plume, indem er plötzlich ins Dickicht flüchtete, und der Häuptling lachte über sich selbst.

Er watete in den Fluß, bis ihm das Wasser zu den Knien reichte, ließ sich lautlos hineingleiten und schwamm so stetig und geschmeidig zum anderen Ufer, daß kaum eine Welle auf sein Dasein verwies. Das Bündel beförderte er auf seinem Kopf. Am anderen Ufer legte er sich in den Sand, ein wenig atemlos und belustigt über sich selbst. Da tue ich nun, als sei ich wie früher ein Krieger, der von Feinden verfolgt wird, oder ein Pferdedieb, dachte er grinsend, dann wurde er wieder ernst.

Wenigstens würde ihm Grass Heart nicht vorwerfen können, er habe unüberlegt gehandelt. Er würde weiterhin so bedachtsam vorgehen, bis er wußte, was im Fort geschah.

Er erklomm die Felswand im Osten, wobei er oft innehalten mußte, da sein verkrüppeltes Knie ihn behinderte. Gegenüber erhob sich die Sonne am Horizont, und ihre Strahlen wanden sich durch ein Band purpurfarbener Wolken und tauchten die Prärie in gelbes Licht. Good Plume legte sich in eine Höhle und schlief dort eine Weile. Als er erwachte, war sein Knie noch steifer geworden, und er mußte das Bein nachziehen, als er auf dem Felsgrat weiterging. Er konnte sich nicht hinhocken, um zum Fort hinunterzublicken, und Rennen war für ihn nurmehr eine Erinnerung.

Die Sonne stieg höher, schillerte auf den Felsen und blendete ihn. Nicht lange, dann kam er zu der Stelle, an der die Felswand in einen steilen Abhang überging, zu dessen Fuße die Weiden des Forts gelegen waren. Unter Mühen ging er in die Hocke und blickte hinunter auf das Fort. Er verharrte lange so, bevor er sich aufrichtete und den Abstieg begann.

Er hatte an der Anlegestelle am Fluß und im Hof Bewegung wahrgenommen, aber nicht beim Lager der Indianer, und er wunderte sich, daß es überall so still war. Viele schliefen tagsüber, aber irgendeiner saß immer im Schatten und besserte ein Boot aus oder schwamm im Fluß. Als er näherkam, entdeckte er, daß die Zelte und Hütten der Indianer verschwunden waren. Nur schwarze Kreise im Gras waren von ihnen zurückgeblieben.

Zuerst dachte er, die weißen Männer hätten die Indianer getötet und alles verbrannt, was von ihnen geblieben war. Doch das wäre gewiß nicht lautlos geschehen, und den Aufruhr hätte man im Dorf gehört. Und die Wachen an den Gärten hätten Feuer und Rauch bemerkt.

Die Pferde auf der Weide rannten davon, als sie seiner gewahr wurden, und er betrat durch eine Hintertür die Stallungen, ohne von jemandem gesehen oder aufgehalten zu werden. Er suchte hie und da herum, entdeckte jedoch nichts

Bemerkenswertes. Durch eine schmale Tür trat er in den Hof hinaus und fand sich unversehens einem weißen Mann gegenüber.

»Wo zum Teufel kommst du wohl her?« fragte der, ein untersetzter Bursche mit Augen wie Pflaumenkernen. »Du hast hier nichts zu suchen!« schrie er.

Good Plume beäugte ihn mit unbewegter Miene. Das war einer dieser kleingewachsenen weißen Männer, die es für nötig hielten, besonders laut zu sprechen. »Ich will zu Mr. Knipp.«

»Geht nicht. Kann keinen Indianer zu ihm lassen«, sagte der Mann und wollte fortfahren, doch Good Plume unterbrach ihn.

»Er wird mich empfangen.«

Dann erkannte er in dem Burschen den Mann, der die Tür an seinem Haus angebracht hatte.

Ein anderer Mann kam herbei. »Er empfängt gar keinen«, sagte er und spuckte auf den Boden. »Der hat genug von euch Indianern.«

»Sagt Mr. Knipp, daß ich hier bin.«

»Du wagst es zu widersprechen, du Hundesohn?« schrie der erste und hob den Arm.

»Laß ihn doch, er wird nicht weit kommen«, sagte der andere und kratzte sich am Geschlecht. Seine Hosen waren zu eng, und er hatte einen Ausschlag bekommen, der ihm keine Ruhe ließ.

Good Plume fand den Agenten am Fluß, wo er auf einer Bank unter einem Baum saß. Sein Kopf war mit einem weißen Tuch umwickelt. Er nickte dem Indianer langsam zu, beugte sich dann zu einem Eimer neben seinen Füßen hinab, befeuchtete das Tuch und legte es wieder auf seine Stirn.

»Was wollt Ihr?« fragte er.

»Wo sind die Angehörigen unseres Volkes?« wollte Good Plume wissen.

Der Agent wies mit zittriger Hand zum Fluß. »Die meisten

sind weg«, sagte er. Seine Stimme war unstet, und er roch durchdringend nach Whisky.

Good Plume blickte angewidert auf den Agenten nieder, der nun vor sich hin murmelte. Als Good Plume die Wörter »Verderben« und »Tod« vernahm, wiederholte er seine Frage. Mr. Knipp fuhr fort, sich den Kopf zu befeuchten und vor sich hin zu reden. Good Plume ließ sich nieder, mit dem Rücken an den Baum gelehnt, und wartete.

Was Grass Heart gesagt hatte, traf zu: Der Agent hielt etwas geheim, etwas, wovor er sich fürchtete.

In der Nähe, unter eine Gruppe von Ulmen, befand sich ein altes Gebäude, das man früher als Kühlhaus benutzt hatte. Zwei Männer traten heraus und gingen auf sie zu. Good Plume spürte ihre Blicke und hob das Kinn.

»Wie ist es im Dorf?« fragte Mr. Knipp hinter seinem weißen Tuch hervor. »Wie viele Tote?«

Zunächst konnte Good Plume nicht begreifen, was der Agent meinte, doch dann erhob er sich mühselig, um zu flüchten. Mr. Knipp streckte den Arm aus und hielt ihn fest. »Ihr könnt nicht mehr weg«, sagte er. Sie rangen miteinander, und der Agent rief nach den beiden Männern, die angerannt kamen und Good Plume von hinten festhielten.

Als er nach seinem Messer greifen wollte, merkte er, daß es verschwunden war. Doch es wäre nun auch nutzlos gewesen. Sie führten ihn zu dem alten Gebäude unter den Bäumen.

Einer der beiden entriegelte die Tür und öffnete sie. Sie schoben Good Plume hinein, und er fand sich einem weißen Mann mit kahlem rosafarbenem Schädel gegenüber. Er trug ein schwarzes Gewand. Draußen hatte Mr. Knipp sein weißes Tuch fallenlassen, und Good Plume sah seine roten geschwollenen Augen. Er hatte geweint.

Die Tür wurde zugeschlagen, und mit einem Krachen, das so laut war wie das Pochen von Good Plumes Herzen, wurde der Riegel vorgeschoben.

»Wo bin ich?« fragte er.

»In einem Seuchenhaus«, antwortete der Mann. Ein Sonnenstrahl fiel durch ein schmales Fenster und beleuchtete seinen rosigen Schädel. Der Mann betrachtete den alten Indianer mit ruhigem Blick.

»Die Blattern«, sagte er und verschwand im Dunkeln.

~

Black Deer stürzte erneut, diesmal neben die erloschene Feuerstelle. Trommelschläge erschütterten seinen Kopf, Flammen fraßen an seinem Leib. Eine Hand kam auf dem leblosen Körper von Her Enemy zu liegen, die andere tastete nach den Pfeilen, die er geschärft und fallengelassen hatte, als ihm schwarz wurde vor Augen.

Die Kinder wimmerten nicht mehr in ihren Betten, die Großmutter lag stumm irgendwo im Haus, wo er ihr eine Robe aufs Gesicht gepreßt hatte, um ihre Schreie zu ersticken. Der alte Vater war verschwunden.

Der schöne rote Stoff hatte den Tod gebracht. Er hatte ihn seiner Frau gegeben. Sie und ihre alte Mutter hatten Teile an die Frauen im Dorf weitergereicht. Seine Kinder hatten ein Stück davon zum Spielen zu ihren Freunden gebracht. Der Alte mit dem schiefen Mund hatte ein weiteres Stück ins Ratshaus getragen, und Seven Birds hatte eines mit ihren schlanken Fingern in den Suppenkessel gelegt.

Seine Hand fühlte die Pfeile, er packte einen und bohrte ihn sich in den Hals.

~

Grass Heart hatte sich die Ohren mit Moos verstopft und die Tür verriegelt. Den ganzen Tag saß sie da, außer sich vor Furcht und in sich zusammengekauert.

Sie war erwacht, weil sie jemanden schreien hörte. Magpie rannte durchs Haus, schlug mit dem Kopf an Pfähle und stöhnte. Als Grass Heart sich vom Bett erhob, klammerte Magpie sich an ihr fest, dann stieß sie Grass Heart wieder von sich und rannte durchs Haus, ohne ein Wort hervorzubringen. Plötzlich riß sie die Tür auf und rannte hinaus, und als Grass Heart ihr folgte, hörte sie die Schreie und sah, wie der Tod die Menschen dahinraffte.

Sie verriegelte die Tür und zog sich in den hinteren Teil des Hauses zurück. Erst da fiel ihr auf, daß ihr Vater verschwunden war.

Der Tag wollte kein Ende nehmen; der Himmel über dem Rauchabzug wurde grün, dunkelblau, schließlich schwarz und silbrig, als die Mondsichel darüber hinwegwanderte. Grass Heart holte sich die Leiter, die sie immer benutzt hatten, um Vorräte auf den Dachbalken zu verstauen, lehnte sie an einen Pfosten und stieg hinauf. Mit ihrem Messer hackte sie ein Loch in das Dach, das aus getrockneter Erde und fest verwobenen Zweigen bestand. Als die Öffnung groß genug war, kletterte sie hindurch. Sie setzte sich aufs Dach und wartete auf das Morgengrauen.

Die Berge im Osten verbargen die Sonne noch, doch ihre Strahlen berührten die Berge im Westen. Das maisgelbe Gras regte sich im sanften Morgenwind. Lange Schatten erhoben sich wie Nebel über dem Fluß, der sich in einem großen Bogen um die Felsen wand, gen Süden; und Grass Heart hielt vor Grauen den Atem an.

Unter ihr stürzte eine Frau aus einem Haus, fiel auf den Rücken und starrte in den Himmel. Ein Mann war ihr gefolgt. Er trug ein Wolfsfell, eine Schulter war nackt, und in seinem geflochtenen Haar steckten Rabenfedern. Unter jedem Arm trug er ein Kind, einen Säugling hielt er an einem Bein fest, und er sang sein Todeslied. Aus dem Mund des Säuglings quoll Blut, der Mund des Mannes war nurmehr ein schwarzes Loch in seinem verquollenen Gesicht. Sein Gesang schwebte über den Schreien im Dorf und füllte Grass Heart mit grenzenloser Trauer.

Schließlich warf er die Kinder neben der Frau zu Boden. Ein Messer blitzte auf, und er stach wie ein Wahnsinniger auf sie ein, dann richtete er sich auf, warf den Kopf in den Nacken, bohrte sich das Messer in die Brust und stürzte auf seine Familie.

Krähen flogen aus den Wäldern herbei und ließen sich auf den Maisfeldern nieder. Grass Heart hörte sie krächzen, und sie hörte die Schreie und das Stöhnen im Dorf. Sie blickte auf das Wüten des Todes und zog sich wieder in ihr Haus zurück.

Am folgenden Tag wagte sie es erneut, aufs Dach zu klettern. Die Toten vom Vortag lagen noch immer auf der Straße. Hunde fraßen an den Leichen und hatten den Säugling schon halb verschlungen.

Ein Laut drang an ihr Ohr, und sie sah zum hinteren Tor hinüber und erblickte ein zerlumptes Häuflein von Menschen, dem ein alter Mann voranschritt. Er trug einen langen Stab, an dem eine Okeedah-Figur baumelte. Sie trug neue Kleidung und war frisch angemalt worden, Stroh quoll aus ihren Ärmeln. Die Kappe saß schief auf dem Kopf, und das Gesicht hatte keine Augen, war aber mit schwarzen Punkten übersät. Die singenden, weinenden Menschen stiegen die Anhöhe hinauf und verschwanden auf der anderen Seite. Grass Heart kannte viele von ihnen, doch ihr Vater war nicht unter ihnen.

Am Abend suchte sie nach ihm und Magpie, doch sie wagte es nicht, die Häuser zu betreten, hastete nur im Schein von verlassenen Feuerstellen und Fackeln durch die Straßen. Was sie sah, war so grauenvoll, daß sie in ihr Haus zurückrannte, fast dem Tode nah vor Entsetzen.

~

Als trotz seiner Rufe niemand die Tür öffnete, schlug Good Plume mit beiden Fäusten dagegen.

»Laßt das. Es nützt Euch nichts«, sagte der kleine weiße Mann.

Good Plume blickte um sich. Der Raum war niedrig und dunkel und von einem Gestank erfüllt, der ihm Tränen in die Augen trieb. In dem Streifen Sonnenlicht, der durchs Fenster fiel, erkannte er einen Arm, schwarze Haare, ein Gesicht. Die Augen öffneten und schlossen sich unentwegt. Er trat zu den Pritschen an den Wänden und blickte auf sie hernieder. Dort lagen Menschen, deren Haut von frischen Pusteln übersät war, die sich weiß von der dunklen Haut abhoben. Andere hatten offene Schwären und ihre Glieder waren aufgequollen, als würden sie platzen. Der Priester stand mit einem Eimer in der einen und einem Lappen in der anderen Hand neben einem Mann, dessen Gesicht kaum mehr menschlich wirkte und aus dessen verzerrtem Mund gelber Schleim quoll.

Die Männer hatten Good Plume sein Bündel nachgeworfen, bevor sie die Tür verriegelten, und er nahm es an sich. Er legte das Gesicht an die Eisenstäbe am offenen Fenster und atmete hastig. Ich bin in einem Gefängnis, sagte er sich, und ihm wurde heiß vor Zorn.

Good Plume wußte, was Blattern waren. Er hatte sie im Fort Atkinson gesehen, als er mit zwei anderen Häuptlingen der Mandan in Friedenszeiten eine Reise unternommen hatte und den Fluß hinuntergefahren war. Weiße starben eher selten daran, und der Agent dort hatte ihm von der magischen Nadel berichtet, mit der die Ärzte ihnen die Krankheit eingaben. Er hatte das damals für eine sinnlose Art von Medizin gehalten. Doch die Indianer konnten sich dieser Krankheit nicht erwehren.

Draußen schillerte der Fluß rostrot im Sonnenuntergang. Good Plume sah nur den Streifen zwischen dem Fort und dem Dorf; wenn er die Augen überschattete, konnte er die runden Umrisse der Häuser erkennen, und er versuchte herauszufinden, ob sich dort etwas bewegte. Der schwarze Rock erschien neben ihm. »Ich bin Pater Bernard«, sagte der Priester. »Setzen wir uns.«

Sie setzten sich Seite an Seite auf eine Pritsche nahe des

Fensters, wo die Luft am frischesten war. Good Plumes Profil zeichnete sich scharf gegen den roten Himmel ab. »Warum bin ich hier?«

»Mr. Knipp will verhindern, daß sich die Krankheit weiter ausbreitet.« Der Pater sagte nicht, wie nutzlos diese Maßnahme war. Er wünschte nur, er könne den Sonnenuntergang sehen, der großartig zu werden versprach.

Der Pater war kraftlos und erschöpft; er sehnte sich nach Schlaf, doch er versagte ihn sich. Zuerst hatte man diejenigen begraben müssen, die gleich gestorben waren, in hastig ausgehobenen Gruben, die kaum Grab genannt werden konnten. Es waren zu viele gewesen, und schließlich hatten Männer aus dem Fort Handschuhe übergestreift und im Schutz der Dunkelheit Leichen zum Fluß geschleift und sie hineingeworfen. Der Pater hatte geholfen, die Hütten zu verbrennen, während Mr. Knipp diejenigen, die gesund zu sein schienen, von den Kranken trennte.

Im Fort wurden die Männer, die erkrankt waren, von solchen versorgt, die schon einmal Blattern gehabt hatten. Von beiden Arten gab es nicht viele, und einige, die behauptet hatten, sie könnten sich nicht anstecken, stahlen in der ersten Nacht Pferde und ritten davon. Zuerst wollte Mr. Knipp den Indianern jegliche Hilfe versagen; er meinte, sie stürben ohnehin. Nach einigen Mühen gestattete man dem Priester schließlich, das alte Gebäude zu benutzen.

Der Agent beklagte sich bitterlich. Jetzt war die beste Zeit für den Pelzhandel, und das Unternehmen, für das er tätig war, erwartete eine größere Anzahl an Pelzen als im Vorjahr. Nun konnte er seinen Vertrag nicht erfüllen, und er verwünschte sein Schicksal.

Pater Bernard behielt seine Gedanken für sich; er konnte mehrere Männer als Helfer gewinnen, und sie zimmerten gemeinsam die Pritschen, verstärkten die Tür und brachten an beiden Seiten eiserne Schlaufen an, durch die man die schwere Bohle schieben konnte, mit der die Tür von außen verriegelt wurde. Der Pater ließ sich einschließen, und weil er in verschlossenen Räumen Angst bekam, brach ihm der Schweiß aus. Mr. Knipp ließ Wasser und Essen bringen und versprach, täglich dafür zu sorgen. Wenn man Tote wegschaffen mußte, sollte Pater Bernard ein weißes Tuch an einem Stock aus dem Fenster hängen.

Tagsüber war es sehr heiß gewesen, und fette grünschillernde Fliegen, angezogen vom Gestank der schwärenden Leiber, ließen sich auf den beiden Männern nieder. Die beiden holten ihre Pfeifen und Tabaksbeutel hervor, und der Pater erzeugte einen Funken mit seinem Feuerstein. Sie rauchten, und die grauen Schwaden verwoben sich ineinander.

Good Plume war unruhig. Er wollte nicht gezwungen sein, die Nacht mit dem Geist eines Toten zu verbringen, der einen Weg nach draußen suchte, und fragte: »Wenn jemand stirbt, bleibt er dann hier?«

Der Priester schüttelte den Kopf. »Nein, die Leiche wird abgeholt.« Er starrte auf seine Füße. Seine Stiefel hatten Löcher.

»Kommt Ihr aus dem Dorf jenseits des Flusses?« fragte er.

Und so schilderte ihm Good Plume, daß seine Tochter beunruhigt gewesen war und er deshalb im Dunkeln aufgebrochen war, ohne etwas von der Krankheit im Fort zu ahnen. »Ich hätte ihren Rat befolgen sollen«, sagte er. »Da bin ich nun, eingekerkert, und ich werde die Blattern bekommen. Sie wird mir nie vergeben.« Er wandte sich ab, denn ihm war in den Sinn gekommen, daß er vielleicht hier sterben und sie nie mehr wiedersehen würde, und seine Seele krümmte sich vor Trauer.

Pater Bernard dachte an den toten jungen Mann, den sie vor kurzem erst so hastig neben dem Pferdetrog verscharrt hatten. Der Bursche hatte seinen Namen geflüstert, und dann war sein Puls immer schwächer geworden und schließlich ganz versiegt in dem knochigen Handgelenk. Er hatte ihn in den Armen gehalten, während der Junge stöhnte und gurgelte und Blut aus seinem Mund rann. Wie dieser Tod die Welt verändern würde! Mit unserer Gier bringen wir ihnen Krankheit und Tod und lassen Haß in ihnen aufkeimen. Der Haß nährt sich aus dem Blutvergießen und macht eine Gruft aus ihren Herzen, läßt die Tugend verrotten, zerstört Stolz, Ehre, Tapferkeit.

Jemand bat flüsternd um Wasser, was den Pater aus seinen düsteren Gedanken riß; mit einer Tasse voll Wasser eilte er zu einer Frau, doch sie konnte es nicht mehr zu sich nehmen. Kurz darauf tat sie ihren letzten Hauch, und Pater Bernard band das weiße Tuch um den Stock und hängte ihn aus dem Fenster. Er trat über Good Plume hinweg, der am Boden lag und zu schlafen schien, und sah zu, wie die Flagge vor dem Nachthimmel hin und her flatterte. Der Mond zog seine Bahn am Himmel. Ziegenmelker flogen lautlos über den Fluß. Pater Bernard träumte von zu Hause.

Eine Hand packte seinen Knöchel. »Ich bin krank«, sagte Good Plume und erbrach sich.

»Habt Ihr Fieber?« Der Priester befühlte die Stirn des Indianers und spürte, wie sich Pusteln bildeten. Dann sank Good Plume ins Delirium.

Er schrie und brüllte und kreischte. Unter großen Mühen schleppte der Priester ihn zu einer leeren Pritsche, und in einem schrecklichen Augenblick packte der Indianer ihn am Hals und sagte: »Ich glaube, ich werde Euch töten.« Dann lockerte sich sein Griff, er holte aus und stieß dabei die Laterne, die an einem Balken hing, zu Boden. Es wurde dunkel.

»Ich bin blind!« schrie er heiser und fiel mit dem Gesicht nach vorn auf die Pritsche. Sein Kopf stieß an die Wand, und danach lag er ganz still.

Pater Bernard zündete die Laterne wieder an und ließ sich neben der Tür nieder. Er wußte, daß der Morgen nahte, und wartete darauf, daß man die tote Frau abholte.

Als die Männer kamen, waren sie so übermüdet, daß sie vergaßen, die Tür hinter sich zu verriegeln. Good Plume sprang von seiner Pritsche und rannte hinkend an ihnen vorbei zum Fluß. Es gelang ihm, ins Wasser zu gleiten, bevor sie ihn erwischten.

Der Mond warf einen Silberstreifen auf den Fluß, und sie entdeckten ihn. »Laßt ihn nicht entkommen!« schrie der Priester und rannte ihnen mit wehender Sutane nach.

Sie zogen ihn heraus. Er wehrte sich nicht, wirkte benommen und ließ sich zurück ins Seuchenhaus zerren. Frierend lag er auf dem Erdboden und sah zu, wie sie die tote Frau packten und hinaustrugen wie eine tote Ziege. Die Tür wurde verriegelt, und das dumpfe Knallen hallte im stillen Morgengrauen wieder. Der erschrockene Priester, dessen rundes Gesicht bleich war vor Erschöpfung, schalt den Indianer.

»Ihr dürft nicht weglaufen«, sagte er, und zu seinem Erstaunen begann der alte Mann zu lachen.

»Ich fühle mich jetzt recht gut und stinke nicht mehr. Ich glaube, ich werde ein Weilchen schlafen«, sagte Good Plume, legte sich auf seine Pritsche und schloß die Augen.

Jake Moon ging es besser. Er war noch schwach, aber er konnte ohne Hilfe vom Krankenraum des Forts zum Seuchenhaus laufen, was Frankie Paradise von ihm verlangte.

»Der kleine Bursche da drin muß mal 'n Auge zutun«, sagte er zu Jake, »und da Ihr soweit wohlauf seid, daß Ihr herumlaufen könnt, und außerdem ungebunden, nicht geheuert wie wir, sollt Ihr das machen, meint Mr. Knipp.«

Jake fühlte sich wohlauf, wenn er von dem nagenden Hunger absah, der sein ständiger Begleiter war. Sein Bauch war nie voll genug, und er hatte den üblen Verdacht, daß die beiden Kerle, die auf der Krankenstation die Küche betrieben, seine Essensrationen selbst verputzten. Ihre runden gesunden Bäuche waren ihm ein Dorn im Auge.

»Mr. Knipp hat mir nichts davon gesagt«, erwiderte er.

»Ich bin auch nicht erpichter darauf, kranke Indianer zu pflegen, als Ihr.«

»Mr. Knipp sagt zu keinem mehr was, der hockt nur betrunken in seinem Zimmer, und wir kriegen so gut wie nichts von ihm zu sehen. Aber solange ich hier was zu sagen hab, da geht Ihr.« Und Frankie grinste bösartig.

Als man die Tür des Seuchenhauses für Jake öffnete, schlug ihm der grauenhafte Geruch entgegen, und ihm wurde furchtbar übel. Er tastete sich in dem trüben Licht zu einer leeren Pritsche und ließ sich vorsichtig darauf nieder, einen Zipfel von seinem Hemd im Mund. Als er schließlich mit flatternden Lidern auf dem Rücken lag, stieg ihm ein ganz anderer Geruch in die Nase, und er beugte sich hinunter, um nachzusehen, wobei er ohnmächtig wurde und von der Pritsche fiel.

Als er die Augen wieder aufschlug, blickte er in das Gesicht eines alten Indianers, das so dicht vor seinem war, daß er jede einzelne feine Runzel erkennen konnte. Die Runzeln erinnerten ihn an Vogelspuren im Schlamm.

»Dummer Kerl, Ihr habt meine Pfeife zu Boden geworfen! Was habt Ihr gegen meine Pfeife!« Good Plume hob die Pfeife auf und betastete sie behutsam.

»Warum liegt Ihr auf dem Boden?« fragte der Priester, der herbeigelaufen kam.

»Er ist aus dem Bett gefallen, als er mir meine Pfeife wegnehmen wollte«, murrte Good Plume. »Schau sich einer den an, er hat Löcher im Gesicht!« Er pikte Jake in die Rippen. »Kommt zum Fenster, das will ich sehen.«

Jake verspürte nur den Wunsch, sich wieder hinzulegen, und machte Anstalten dazu, doch der alte Indianer zerrte ihn zum Licht.

»Ihr habt Pech gehabt«, meinte er. »Ich war auch krank, aber ich habe mich selbst geheilt. Ich habe keine Narben, und ich sage Euch, warum. Ich bin in den Fluß gefallen!« Er legte eine bedeutungsvolle Pause ein. »Ja, so geschah es, und der Priester sollte den Ärzten sagen, daß sie die Menschen in kaltes Wasser stecken sollen, wenn das Fieber über sie kommt. Damit kann man die Blattern heilen!«

Pater Bernard stellte die beiden einander vor und blickte etwas betroffen, als Good Plume sich bei Nennung von Jakes Namen abwandte und den jungen Mann mit offenem Mund und ausgestreckter Hand stehen ließ. Als Jake begriff, daß der Indianer sich ihm nicht wieder zuwenden würde, ließ er die Hand sinken. Wenn Grass Hearts Vater ihm nicht die Hand schütteln wollte, konnte er nichts daran ändern.

»Er ist ein schwieriger Mensch«, raunte der Priester, »macht Euch keine Gedanken. Und es entspricht nicht der Wahrheit, daß er keine Pockennarben hat, sie sind unter seinen Haaren auf der Stirn und so tief, daß sie nicht mehr verschwinden werden. Eines Tages wird er in einen Spiegel schauen und sie entdecken, und dann wird er nicht mehr so eingebildet sein wegen seiner Wunderheilung.«

Es hatte Jake zutiefst erschüttert, daß sein Gesicht gezeichnet war von der Krankheit, und als er sich unbeobachtet fühlte, beugte er sich über den Wassereimer am Fenster, doch er sah nur die trübe Flüssigkeit, auf der Zweige und Äste herumschwammen.

Später versicherte ihm Pater Bernard, daß alles gut verheilt sei und die Narben verschwinden würden, da er noch jung war, aber Jake unterstellte dem Priester, daß er log, und brütete in einer Ecke vor sich hin.

Es regnete in dieser Nacht, Blitz und Donnerschlag tobten durch das Tal. Jake erhob sich von seiner Pritsche und gesellte sich zu dem Priester und dem Indianer, die am Fenster standen und hinausblickten. Im grellen Licht der Blitze sahen sie Bäume, die sich im Winde bogen, und die aufgewühlten Wasser des Flusses. In der Lampe war nurmehr wenig Öl, und Pater Bernard zündete eine Kerze an, die der Sturm jedoch sofort löschte. Sie sprachen kaum. Der Priester rauchte seine Pfeife und gab Good Plume von seinen Tabakvorräten etwas ab, und der Indianer fügte etwas Salbei hinzu, da ihm der Geschmack nicht behagte. Jake hockte am Boden, an die Wand gelehnt. Er hatte die gefalteten Hände auf die Knie gelegt und horchte auf die Donnerschläge. Der kühle feuchte Wind tat ihm wohl. Sein Magen krampfte sich zusammen vor Hunger, und vom Geruch der Pfeife wurde ihm ganz schwindlig.

Pater Bernard erzählte dies und das: wie der Fluß im Mondschein aussah; wie er einmal Büffelrippe gegessen hatte, die über einem Feuer aus grünem Holz gebraten war, und wie ihm übel davon wurde, weil sie so fett war. Er erwähnte seine Familie und den Namen seiner Schwester; die letzte Silbe, ah, hörte sich an wie ein Seufzer. Good Plume hörte die Traurigkeit in seinen Worten und blickte den Priester erstaunt an.

Sie waren alle drei müde und brauchten Schlaf, doch keiner rührte sich, bis das Unwetter über die Berge nach Osten abzog und nur noch der Regen sanft aufs Dach trommelte. Dann gähnten die drei Männer ausgiebig, und jeder begab sich wortlos zu seiner Schlafstatt zurück.

~

Eines Tages kam ein Schiff den Fluß herauf. Die Pfeife blieb stumm, und es legte so geräuschlos wie möglich an; man stakte es mit langen Stangen zur Anlegestelle. Mr. Knipp hatte das Schiff erwartet; man hatte ihm einen berittenen Boten vom Fort Pierre geschickt, der nachts unterwegs war und sich tagsüber versteckte. Er brachte dem Agenten eine wichtige Nachricht: Das Fort solle umgehend geräumt werden. Man werde ihm ein Schiff schicken, um seine Männer und alle Güter und Vorräte zu verladen.

Diese Nachricht hatte ihn aus seiner Teilnahmslosigkeit gerissen; er rannte aufgescheucht herum und bellte Befehle, die meist widersprüchlich und wenig nützlich waren. Frankie Paradise schickte er mit den Pferden zum Fort Pierre, in Begleitung eines jungen Burschen, der kaum reiten, geschweige denn eine Herde im Zaum halten konnte. Die zwei Milchkühe, die Lieblingstiere des schlaksigen Kochs, wurden erschossen und in der heißen Sonne liegengelassen, die Ochsen in die Prärie hinausgetrieben.

Die Männer stopften Papiere, Akten und Geschäftsbücher in Säcke; die wertvollen Metallscheiben, mit denen man die Pelze auszeichnete, wurden in eine Kiste geworfen, die bei der Abfahrt versehentlich stehenblieb. Kleidung, Gebrauchsgegenstände und persönliche Dinge landeten zusammen in irgendwelchen Behältnissen, und vieles blieb in der Eile zurück. Seine eigenen Bündel verschnürte Mr. Knipp jedoch mit dickem Seil und achtete darauf, daß sie zuerst an Bord geschafft wurden, als das Schiff eintraf.

Das Zusammentreffen mit Pater Bernard verschob er bis zuletzt, denn er hoffte, den Priester auch zur Abreise bewegen zu können. Er sagte sich, daß er es vor seinem Gewissen nicht verantworten könne, ihn zurückzulassen, doch auch Eigennutz spielte eine Rolle. Wenn er den Priester bei den Indianern zurückließ, würde man später ihn, Mr. Knipp, dafür verantwortlich machen, wenn man sich an dem Mann rächen und ihn foltern oder töten würde. Vor solchen Visionen scheute Knipp zurück wie eine Maus vor einem Kojoten, und er legte sich in Gedanken seine Rede zurecht, als er sich auf den Weg machte zum Seuchenhaus.

Er rief den Namen des Priesters, und kurz darauf tauchte dessen kleines rundes Gesicht hinter den Gitterstäben auf. Der Agent bedeutete ihm, herauszukommen, und schob die schwere Bohle beiseite, mit der die Tür verriegelt war.

Sicherheitshalber hatte er einen starken Holzfäller mit einem Gewehr mitgebracht, der sich unter einem Baum in der Nähe niederließ, während die beiden Männer redeten. Der Holzfäller hatte riesige Hände und beschäftigte sich unterdessen mit einem Messer. Er schnitzte Vögel aus Eschen- und Pappelholz, das er sich aus den Wäldern holte, zauberhafte Wesen, die er später heimlich in selbstgefertigte Nester aus

Gräsern und Blättern bettete und in die Bäume setzte. Das war sein Geheimnis, das er vor den anderen im Fort verbarg.

Mr. Knipp zupfte an seinem Schnurrbart und bedeutete dem Priester, daß er sich neben ihm auf der Bank unter der Ulme niederlassen solle. Knipp trug seine Pfauenweste, und die Tiere hüpften und tanzten bei jeder Bewegung. Der Priester blickte wie gebannt auf die leuchtenden Farben.

»Ich habe Weisungen bekommen«, sagte Knipp. »Die Pelzhandelsgesellschaft beendet ihre Geschäfte hier. Das Fort wird geräumt. Seht Ihr, es mußte sich hier ohnehin nie jemand gegen die Indianer verteidigen; sie waren immer friedlich. Doch ich fürchte, damit ist es nun vorbei. Und für mich gibt es hier nichts mehr zu tun. Wir brechen jetzt auf, und Ihr kommt mit.«

»Das ist ganz unmöglich!« rief Pater Bernard aus. »Ich muß mich um die Kranken kümmern!«

Der Agent beugte sich über seine Stiefel und zog die Schnürsenkel fester, weil er die Röte in seinem Gesicht verbergen wollte. Gewöhnlich fiel es ihm nicht schwer zu lügen. Täuschung gehörte zu seinem Gewerbe, doch einen Priester zu belügen war etwas anderes. Einen Augenblick lang mußte er gegen Schuldgefühle ankämpfen.

»Doch nicht nur ich habe Anweisungen erhalten, und sie kamen auch nicht nur von meiner Gesellschaft. Die Regierung in Washington will, daß wir hier verschwinden, auch Ihr. In diesem Teil des Landes soll es keine missionarische Arbeit mehr geben. Euer Bischof hat zugestimmt. Also, ab mit Euch auf Euer Zimmer. Packt Eure Siebensachen. In einer halben Stunde müßt Ihr bereit sein.« Er stand auf. Die Bedrückung des Priesters entging ihm nicht, und in diesem Augenblick hatte er ihn beinahe gern.

Der Mann hatte ihm wahrlich genug Schwierigkeiten bereitet, als er mit dem toten Jungen von der »St. Peter« kam, den sie dann gemeinsam neben dem Pferdetrog verscharrt hatten, und er hatte ihn ohne jedes Mitgefühl in den Augen angesehen, als ihm, Knipp, ein Krug zerbrach, dessen Inhalt er dringend benötigt hätte, um sich bei Laune zu halten. Der Priester hatte jedoch nur dagestanden, in sein schwarzes Gewand gehüllt, und ihn mit diesen grauen Augen betrachtet.

Doch dann hatte der Priester das Seuchenhaus betreut und ihm damit eine Last von den Schultern genommen; er stand also in der Schuld von Pater Bernard. Die wollte er abtragen, indem er den Mann dazu bewegte, mitzukommen, auch wenn er dazu lügen mußte. Er schlug dem Priester so schwungvoll auf den Rücken, daß der ins Schwanken kam, und lächelte.

»Dann habe ich keine Wahl«, sagte Pater Bernard schließlich. »Ich muß meinem Bischof gehorchen.«

Mr. Knipp faßte ihn am Arm. »Wir haben alle keine Wahl.«

Er war vergnügt ob seines Sieges, ärgerte sich dann jedoch, als der Priester seinen Sorgen wegen der Kranken im Seuchenhaus Ausdruck gab. Knipp versprach, ihnen für die nächsten Tage genügend Essen und Wasser dazulassen. »Bald können sie sich selbst Wasser vom Fluß holen, sie genesen ja allmählich. Und etwas zu essen können Indianer sich überall beschaffen, das wißt Ihr ja.«

Er rief den Holzfäller herbei, packte Pater Bernard fest am Arm und zog ihn eilig mit sich. Sein Versprechen vergaß er sofort wieder.

Erst auf dem Schiff fiel es ihm wieder ein, und er zuckte die Achseln. Dann kam ihm ein Gedanke, und er versuchte sich angestrengt zu erinnern, ob die Tür des Seuchenhauses verriegelt gewesen war, als er sich mit dem Pater entfernte. Er sah die Tür nur verriegelt vor sich. Das Bild ließ ihm keine Ruhe, und zu Pater Bernards äußerstem Mißfallen versuchte er dieser Erinnerung zu entkommen, indem er hemmungslos trank. Der Pater ging neben seinem Bettzeug, das er auf Deck ausgebreitet hatte, auf die Knie und betete für den Mann, nachdem er den Herrn um ein paar Gaben für die armen zurückgelassenen Seelen gebeten hatte.

Mr. Knipp unterhielt derweil die Mannschaft mit derben

Liedern. Als er vorführen wollte, wie die Indianer tanzten, brach er mitten in der Bewegung zusammen und begann zu schluchzen.

Das Schiff fuhr weiter nach Süden, zwischen den schwarzen Bäumen entlang, durch die man weder Mond noch Sterne sah.

Grass Heart hatte gesehen, wie das Schiff den Fluß heraufkam. Sie stand auf einem Dachbalken und blickte durch ihren Ausguck im Dach. Brauner Rauch quoll aus dem Schornstein, wie wenn man grünes Holz verfeuert. Keine Pfeife, keine Rufe, kein Kanonendonner war zu hören. Das Schiff legte an, und danach konnte sie nichts mehr erkennen, es war zu weit entfernt. Am nächsten Morgen war es verschwunden.

Benommen vor Enttäuschung, stieg sie von der Leiter und ritzte eine weitere Kerbe für diesen Tag in den Türpfosten. Ihre Augen waren kein helles Licht mehr gewöhnt, und ihre Hände zitterten. Die Wasserkrüge waren leer bis auf einen, und sie trank ein paar kleine Schlucke und kaute auf einer Handvoll getrockneten Maiskörnern herum. Dann kehrte sie zum Türpfosten zurück. Sie hatte nicht richtig gezählt und starrte verwirrt auf die Kerben. Schließlich wandte sie sich zur Tür, entriegelte sie und trat hinaus.

Die Laute aus dem Dorf erschütterten sie nicht mehr; sie waren schwächer und seltener geworden, und sie hatte sich daran gewöhnt. Doch sie konnte sich nicht entschließen, am hellichten Tag durch die Straßen zu gehen, und kehrte wieder ins Haus zurück.

In der Abenddämmerung war sie bereit.

Die Hunde waren mit ihrer Beute in den Straßen beschäftigt, und sie lief mit abgewandtem Kopf an ihnen vorbei. Vor einem Haus saß ein Mann, den sie zunächst für tot hielt, doch als sie näherkam, roch sie den Rauch und sah, daß sich die kleine Klappe an seiner Pfeife öffnete und wieder schloß. Ein Rudel Wölfe zog durch eine Straße, ihr Fell schimmerte fahl im Dämmerlicht. Der Mann blickte zu ihnen hinüber. Er wollte das Mädchen nicht sehen und nicht sprechen, und Grass Heart setzte ihren Weg zur Dorfmitte fort. Sie hielt sich die Nase zu, um den Gestank nicht zu riechen, und ab und an begegnete sie anderen, die alleine umherzogen, vom Grauen gezeichnet. Auch sie sprachen nicht; es war, als hätten ihre Zungen so lange getrauert, daß sie sich nicht mehr rühren konnten.

Grass Heart kehrte in ihr Haus zurück, verriegelte die schwere Tür hinter sich und überlegte sich nüchtern und entschlossen, wie sie die Suche nach ihrem Vater angehen wollte.

Im Morgengrauen war sie gerüstet. Einen Beutel mit Nahrungsmitteln hatte sie an ihren Gürtel gebunden, ihr Messer steckte in der perlbestickten Scheide, die sie oberhalb des Knies angebracht hatte. In der einen Hand hielt sie einen Eschenstab, in der anderen die kurze Lanze mit zwei Spitzen von Good Plume, eine gefährliche Waffe, die er seit seiner Jugend nurmehr selten benutzt hatte. Mit dem letzten Wasser aus dem Krug befeuchtete sie eine Handvoll Moos, stopfte sich etwas davon in die Nasenlöcher und verstaute den Rest in ihrem Essensbeutel. Sie verließ das Haus, ohne sich noch einmal umzudrehen.

Auf die Toten, die sie schon einmal gesehen hatte, warf sie nur noch einen flüchtigen Blick; die meisten waren bis zur Unkenntlichkeit zerfetzt. Wo Leichen übereinander lagen, hob sie vorsichtig mit ihrem Stock die Decken und Roben an. Sie hielt Ausschau nach einem sehr großen toten Mann mit langem schmalem Schädel.

Weißglühend stand die Sonne am Himmel, und es war brütend heiß. Im Schatten der Häuser lagen hechelnde Hunde mit aufgeblähten Bäuchen, friedlich Seite an Seite mit grauen Wölfen, in deren gelben Augen ein ungewöhnlich sanfter Blick lag. Auf den Dächern hockten Raben und Geier, und ihr

Gekrächze und Gekreisch jagte Grass Heart Schauder den Rücken hinunter; sie kamen ihr vor wie eine Heimsuchung, und sie senkte den Blick.

Der Weather-Keeper lag nackt auf dem Bauch in seinem Haus, die Haut an seinem Gesäß warf Blasen, und das Eulenorakel wanderte auf einem seiner Arme auf und ab.

She Sleeps fand Grass Heart bedeckt mit einer Robe auf einer erhöhten Plattform in ihrem Haus, auf der die meisten Tiere sie nicht erreichen konnten. Ratten hatten ihre Finger abgenagt, doch ansonsten war sie unberührt, und als Grass Heart ihr Gesicht aufdeckte, das so schön war wie eh und je, fragte sie sich, woran She Sleeps gestorben war. Dann entdeckte sie unter ihrem Kleid die Stichwunde in ihrer Brust.

Man's Voice und seine Familie saßen an einer Wand, vom ältesten Sohn bis zur kleinsten Tochter aufgereiht, daneben seine drei Ehefrauen in der Reihenfolge ihrer Familienbande. Allen war die Kehle durchgeschnitten worden. Grass Heart konnte sich zuerst nicht erklären, was die schwarzen Linien auf ihrem Gesicht und ihrem Hals zu bedeuten hatten, doch als sie näherkam, sah sie die geschäftigen Ameisen, die dort umherwanderten.

Dog Soldier hatte seinem Neugeborenen den Schädel mit einem Felsbrocken zertrümmert, den er noch in der Hand hielt; er saß neben der Leiche seiner Frau und sang leise. Sein Gesicht war unverändert, doch seine Augen blickten irr, und Grass Heart entfernte sich rasch von der Tür und setzte ihre Suche fort.

Sie ging in jedes Haus, und fast überall bot sich ihr ein grauenvoller Anblick. Als die Seuche zuschlug, hatten ihre Stammesmitglieder verrückte Dinge getan, die sie nicht begreifen konnte. Benommen von den entsetzlichen Erlebnissen, ließ sich Grass Heart auf einer dunklen leeren Veranda nieder und wartete, bis sie sich wieder kräftiger fühlte.

Der Pfad über die Prärie war von Knochen gesäumt. Das Sonnenlicht blendete sie und war so gnadenlos hell, daß es sogar die blauen Schatten unter den Bäumen verblassen ließ. Grass Heart ging den Pfad entlang, bis sie keine Skelette mehr fand, dann hielt sie sich Richtung Süden, bis sie bei dem kleinen Bach anlangte. Sie bückte sich, um zu trinken, erbrach sich dann aber heftig, als sie die Beine eines Kindes unter dem Moos herausragen sah; der Rest des Körpers war von den grünen Pflanzen verdeckt.

An dem Felsabhang über den Gärten hielt sie inne und blickte nach unten, dann stieg sie den Berg hinunter. Zwischen den Felsen lagen Skelette, und sie betrachtete prüfend jeden Schädel. Die meisten waren zertrümmert, weil die Menschen sich hier in den Tod gestürzt hatten, doch keiner glich dem ihres Vaters. Vertrocknete Haut, die von den Vögeln noch nicht weggepickt worden war, haftete an Felsen. Satt und träge hockten Möwen und Krähen auf den größten Felsen. Sie flogen nicht davon, als sie näherkam, sondern starrten sie gleichgültig an, und Grass Heart schrie und schlug mit ihrem Stock nach ihnen. Einige sprangen beiseite, kehrten jedoch gleich wieder auf denselben Platz zurück und stellten gereizt die Flügel auf.

Ein Ring an einem Finger, ein bunter mit Perlen bestickter Mokassin, Messingarmreifen und Ohrringe. Ein Fetzen blauer Stoff, eine lange Kette aus seltenen Muscheln, eine Wange, auf die ein gelber Kreis gezeichnet war. Kurze dünne Zöpfe, geflochten mit geblümtem Kattun, lange schimmernde Zöpfe, geflochten mit Kupferdraht.

Zu all dem gehörte der Name eines Menschen, und die Verzweiflung schüttelte Grass Heart wie die Fieberkrankheit.

Sie hatte Leichen entdeckt, doch nicht die ihres Vaters, und sie setzte sich an den Fluß und ließ den Kopf zwischen den Knien hängen.

Die Sonne war über den Himmel gewandert und in einer leuchtenden Wolkenbank abgetaucht. Es gab keinen Ort mehr, an dem sie suchen konnte, außer dem Fort, und sie ließ sich nach vorn sinken und tauchte das Gesicht in den Fluß, ließ das Wasser über ihre schweißverklebte Haut strömen, über ihre Augen, ihre Wangen, in ihren Mund.

Schließlich erhob sie sich und ging am Ufer entlang. Sie entdeckte ein Rundboot ohne Paddel und schob es in den Fluß hinaus. Die Dämmerung setzte ein, und das Wasser färbte sich blutrot im Licht der untergehenden Sonne. Sie orientierte sich am ersten Stern im Osten. Als sie sich dem anderen Ufer näherte, sah sie Hirsche am Ufer trinken, die ihr das weiße Hinterteil zukehrten und im Zwielicht davonsprangen. Präriewölfe stimmten ihr Lied an; eine Mondsichel stand plötzlich über dem Berg; eine Brise kräuselte die Wasser des Flusses.

Grass Heart versteckte das Boot sorgfältig in einem Dickicht, kletterte auf einen Baum, der ihr einladend erschien, legte ihren Beutel, ihren Stock und ihre Lanze in eine Astgabelung und schlief ein, den Rücken an den mächtigen Stamm gelehnt. Einmal erwachte sie. Ein Bär schnüffelte auf dem Waldboden herum, dann verschwand auch er.

Pater Bernard war noch nicht zurückgekehrt. Good Plume und Jake sprachen halblaut darüber, was wohl geschehen war, konnten sich aber nicht einig werden.

Good Plume hockte am Fenster; er sah Männer, die Säcke und Kisten zur Anlegestelle trugen.

Es war schon dämmrig, und seine Augen schmerzten vor Anstrengung. Jake Moon besserte eine gebrochene Latte in seiner Pritsche aus. Als ihm das gelungen war, kam er zum Fenster, hockte sich dicht neben den alten Indianer und wollte wissen, was es zu sehen gab. Der alte Mann mochte sich nicht dazu äußern, sondern bemerkte lediglich: »Schnauft mir nicht so ins Gesicht, Euer Atem riecht schlecht und der Rest von Euch auch.«

Gekränkt zog Jake sich zurück, und Good Plume wanderte

mit der Pfeife in der Hand umher. Er hatte eine Vermutung, was die verstohlenen Umtriebe betraf: Mr. Knipp und seine Männer verließen das Fort. Er zweifelte jedoch keine Sekunde daran, daß Pater Bernard sich ihnen nicht anschließen würde. Er war ein anständiger weißer Mann, keiner von der Sorte, die davonrannte, wie der Agent. Jeden Augenblick würde man die Tür entriegeln, und der kleine Mann mit dem sonnenverbrannten kahlen Schädel, der Licht und Wärme mit sich brachte, würde den Raum betreten.

Ein Aufschrei riß ihn aus seinen Gedanken. Er kam von Jake Moon.

»Ein Schiff! Da draußen ist ein Schiff!«

»Ah. Ein Schiff.«

»Sie beladen es, ich sehe Leute mit Lasten!«

Sein Geschrei verstimmte Good Plume. »Seid still«, sagte er. »Ihr weckt die Dicke auf. Dann ruft sie wieder nach Euch.«

»Was geschieht da?« flüsterte Jake.

»Sie räumen das Fort aus, stehlen sich davon wie die Diebe«, antwortete der alte Indianer. Er vernahm ein Geräusch von der anderen Seite. Das war gewiß Red Blanket, der nach Wasser und Nahrung verlangte. Er fragte sich, wo der Priester blieb.

Jake sprang vor Aufregung auf und ab. »Jetzt kann der Pater uns freilassen!« Er schrie zum Fenster hinaus: »Eilt euch! Öffnet die Tür!« und wandte sich mit leuchtenden Augen zu Good Plume. »Ich wollte nie hier herein, aber dieser Mr. Knipp, er hat mich dazu gezwungen, und sobald ich irgendwo bin, wo ich das tun kann, werde ich eine Beschwerde gegen den einreichen, Ihr werdet sehen!«

Er war so aufgeregt und begierig nach Freiheit, daß er keinen anderen ans Fenster ließ und unentwegt nach dem Priester Ausschau hielt. Good Plume überließ ihn sich selbst und kümmerte sich unterdessen um No Leg, der sich während seiner unbeholfenen Handreichungen lautstark beklagte und nach dem Mann ohne Skalp verlangte. Das störte die anderen, die sich nun auch zu sorgen begannen. Angewidert ging Good Plume zum Fenster zurück, vor dem die Erde so flachgedrückt war, daß sie sich der Form seines Hinterns anfügte.

Jake Moon umklammerte das Gitter. Seine Knöchel waren weiß geworden, und ein leises Stöhnen drang aus seiner Kehle.

»Was ist?« fragte der Indianer beunruhigt.

»Er geht mit ihnen«, antwortete Jake. »Ich habe sein schwarzes Gewand und den schwarzen Hut an Bord gehen sehen.« Und er war als erster an der Tür, versuchte sie zu öffnen und schlug dann schluchzend mit den Fäusten dagegen.

Es war vergebens, auch als Good Plume ihm zu Hilfe kam. Jake, erhitzt und tränenüberströmt, sprach es schließlich aus. »Betrogen«, sagte er und ließ sich zu Boden sinken.

Später verkroch er sich unter der dünnen Decke auf seiner Pritsche. Good Plume hörte ihn weinen, ein klägliches Wimmern. »O lieber Herr und Vater, lieber Gott.« Der Indianer lehnte den Kopf an die Wand und schloß die Augen.

Bei Sonnenuntergang erhob sich Jake wieder von der Pritsche. Bear's Head verhöhnte Red Blanket. Jake verstand nicht, was sie sagten, doch sie schienen sich um irgendein Kleidungsstück zu streiten. Bear's Head hockte sich schmollend in eine Ecke, während der Sieger von seinem Bett aus mit einem blauen Stück Stoff wedelte und ihn ärgerte. Nach ein paar scharfen Worten von Good Plume ließ Red Blanket das Stoffstück verschwinden.

»Verfluchte Bettler«, sagte Good Plume. »Wie viele von denen sind hier drin?«

Jake hatte seine Stimme wiedergefunden, wenn auch nicht seine Seelenruhe. »Neun, glaube ich.« Er kratzte an einer Schwäre an seinem Arm, die nicht abheilen wollte, und fluchte lautstark, wobei er immer wieder dieselben Worte benutzte. Dann steckte er einen Finger in den Mund und biß zu, bis er blutete. Vielleicht gelang es ihm ja zu verbluten, damit er nicht Hungers sterben mußte.

»Warum flucht Ihr so? Es ist ermüdend, Euch zuzuhören, und überdies sagt Ihr immer dasselbe. So. Sind es neun Indianer, oder ist da irgendwo ein weißer Schurke, den ich übersehen habe?«

»Neun Indianer«, antwortete Jake und biß sich auf einen anderen Finger. »Sieben Männer, drei Squaws«, nuschelte er.

»Ist einer tot, stirbt gerade oder bald?«

»Woher soll ich das wissen?« erwiderte Jake. »Ich hab mich nicht um die gekümmert. Sie gehen mich nichts an.«

»O doch. Ab jetzt. Es war Euer Volk, das uns hier eingesperrt und gefangen zurückgelassen hat. Das heißt, Ihr seid verantwortlich für uns.«

»Ich nicht!« Erbost sprang Jake auf und ab und schrie: »Verflucht, es ist nicht meine Aufgabe, mir kranke oder gar tote Menschen anzusehen!«

Good Plume packte seine Hand und betrachtete die blutenden Finger. Dann sagte er zu ihnen: »Für jede Minute, die er vergeudet, könnte ich einen von euch abschneiden.« Good Plume hatte gar kein Messer bei sich, doch daran dachte Jake nicht, und er wollte es nicht darauf ankommen lassen.

Er lief zur nächsten Pritsche, beugte sich zu Poor Elk hinunter und raunte: »Setz dich auf, Weib, damit der Häuptling sehen kann, daß du nicht tot bist.« Er zerrte die Frau hoch. »Seht Ihr?« schrie er. »Der geht's gut.« Das letzte Abendlicht spiegelte sich gespenstisch in Poor Elks Augen, und er ließ sie hastig wieder sinken. Er zog eine andere Frau aus ihrer Decke und lehnte sie an einen Pfosten. »Nicht an mich lehnen, du Hure«, zischelte er. Das Gesicht der Frau war mit roten Wunden übersät, an denen sie den Schorf abgekratzt hatte; ihr Blick war unstet, und als er sie losließ, sank sie zu Boden.

»Sie lächelt so hübsch wie eine Blume«, schrie er Good Plume zu und trat die Frau in die Rippen, doch er achtete darauf, daß Good Plume es nicht bemerkte.

So fuhr er fort, bis er alle Anwesenden vorgeführt hatte. Good Plume wandte sich schließlich ab und wühlte in den

Habseligkeiten des Priesters herum, bis er den Feuerstein gefunden hatte. Er zündete seine Pfeife an und grunzte, als er daran zog.

Jake zog sich den Hut übers Gesicht und ergab sich seinem Selbstmitleid.

Good Plume spürte einen winzigen Funken Mitgefühl für den jungen Mann, der sich vor der Zukunft hinter einem schmutzigen Stück Filz versteckte. Jake war zu sanftmütig, um nützlich zu sein bei allem, was vor ihnen lag, doch er war weiß, und das machte ihn wertvoll für die anderen weißen Männer auf dem Schiff. Good Plume war überzeugt, daß sie über kurz oder lang jemanden schicken würden, um ihn abzuholen, und dann würde auch er befreit werden.

Es würde demnach von Vorteil für ihn sein, wenn der Junge nicht vollends verzweifelte, und der Gedanke an Freiheit gab ihm die Kraft zu handeln.

Er erhob sich. »Es stinkt zum Himmel hier drin«, verkündete er und kniff sich mit Daumen und Zeigefinger die Nase zu. »Was ist der Grund?«

»Das Loch drüben in der Ecke. Es ist wohl voll«, sagte Jake unter seinem Hut hervor.

»Wir stinken auch. Alles ist verrottet und verdreckt, unsere Kleidung und unsere Decken. Wir sollten sie vergraben«, schlug Good Plume vor. »Wir kommen ohne Kleidung aus, es ist warm genug.«

»Ich grabe keine Löcher für Indianer«, gab Jake zur Antwort.

»Ich helfe mit.«

»Es ist zu dunkel.«

»Ich habe den Feuerstein des Priesters. Wir können eine Kerze anzünden.« Sie hatten kein Öl mehr für die Lampe, aber auf dem Brett, auf dem der Wassereimer abgestellt wurde, lag eine Schachtel Kerzen.

Jake schob seinen Hut in die Stirn. Es war ohnehin unangenehm stickig darunter. Er blickte auf in das grinsende Gesicht von Good Plume, der noch vor einigen Minuten gedroht hatte, ihm die Finger abzuschneiden. »Nun gut, wenn Ihr meint«, sagte er.

Sie zündeten eine Kerze an. The Tooth saß auf dem Rand ihrer Pritsche und sah zu. Ihre Augen glänzten fiebrig im unruhigen Licht der Flamme. Good Plume übergab ihr die Schachtel mit den Kerzen, um sie vor den Mäusen zu schützen, und kaum kehrten ihr die Männer den Rücken zu, knabberte sie an einer, da sie nichts zu essen bekommen hatte. Das Wachs haftete ihr an den Zähnen und schmeckte nicht gut; sie beschloß, die Kerzen lieber als Köder für Mäuse zu benutzen, wenn sie denen schmeckten. Wenn sie dann genügend Mäuse gefangen hatte, konnte sie sich ein Festmahl genehmigen. Sie kratzte an ihren Schwären und leckte sich erwartungsvoll die Lippen.

Die kleine Schaufel mit dem gebrochenen Griff stand in der Ecke, und Jake holte sie sich.

»Ich glaube, ich kann das nicht tun«, sagte er zu dem alten Indianer, als sie sich der übelriechenden Grube näherten.

»Als ich noch ein Junge war«, sagte Good Plume und hielt die Kerze hoch, während Jake zu graben begann, »war ich einmal mit meiner Mutter in einem weit entfernten Lager im Osten, wo Franzosen an einem großen See lebten. Einer von ihnen gab mir etwas, das er Kuchen nannte, und als ich hineinbeißen wollte, sah ich, daß es voller kleiner, dunkler Stücke war. Ich glaubte, es sei Hirschdreck, und fand es verwunderlich, daß weiße Männer so etwas aßen, aber der Mann sagte, das seien Rosinen. Früchte. Getrocknete Trauben, sagte er, und meine Mutter meinte, er sage die Wahrheit. Ich aß den Kuchen. Er war das Schmackhafteste, was ich je gekostet habe. Ich weiß noch heute, wie diese Rosinen schmeckten, so süß auf der Zunge. Seither habe ich nie wieder Rosinen gegessen, obwohl Mr. Knipp in seinem Lager welche verkaufte.«

Jake hielt inne und wischte sich den Schweiß von der Stirn. »Warum habt Ihr Euch keine gekauft?«

»Die Erinnerung erschien mir köstlicher als der wirkliche Geschmack – wenn man alt ist, wird alles anders, und das wollte ich nicht. Ich habe bemerkt, daß nicht einmal das Wasser noch so kalt oder erfrischend ist wie in meiner Kindheit. Ich glaube, mit den Rosinen wäre es ähnlich.«

»Ich wünschte, Ihr würdet nicht von Essen und Wasser reden.«

Die neue Grube war nun tief genug und die Kerze gefährlich weit heruntergebrannt. Jake bedeckte mit der Erde die alte Latrine, und nach einigen lauten Wortwechseln konnte Good Plume der Decken und einiger Kleidungsstücke habhaft werden und beförderte sie mit einem Stock zu der Grube.

»Sie wollen nicht alle Kleider hergeben«, sagte er zu Jake. »Sie möchten nicht nackt sein, wenn der Priester wiederkommt.«

»Er wird nicht wiederkommen«, sagte Jake nüchtern.

»Der Pater vielleicht nicht, aber jemand wird kommen. Euer Volk wird Euch nicht im Stich lassen, ebensowenig wie meines, falls noch jemand am Leben ist.«

Jake legte sich auf seine Pritsche und wartete auf den Mond. Er sann darüber nach, ob es möglich war, was Good Plume sagte, ob Mr. Knipp oder Pater Bernard jemanden schicken würden, um ihn zu holen, doch er kam erbittert zu dem Schluß, daß der alte Mann sich irrte; er kannte sich nicht aus mit den Herzen der weißen Männer. Er fluchte leise vor sich hin, wurde sich dann seiner eigenen Worte bewußt, lauschte und mußte schließlich zugeben, daß der alte Indianer recht hatte: Seine Flüche waren wahrhaft eintönig, und Jake gelobte, seinen Wortschatz zu erweitern, wenn es ihm je gelingen sollte, in die Zivilisation zurückzukehren.

Grass Heart konnte es nicht wissen, doch sie nahm denselben Weg wie ihr Vater, und als sie aus dem Wald trat, befand sie sich auf der Weide südlich des Forts. Dort hielt sich nur ein altes Maultier auf, das durch einen Zaun gebrochen war und eifrig das letzte grüne Gras unter den Bäumen fraß. Als sie näherkam, lief es steifbeinig davon, und sein Gang erinnerte Grass Heart an ihren Vater.

Im Fort stieß sie nirgendwo auf Leben, nur auf Geister, und wanderte wachsam zwischen ihnen umher. Sie fand ein paar Bücher, alte Kleidungsstücke, zerbrochene Dinge des täglichen Lebens. In der einstigen Küche lagen Porzellanscherben auf dem Boden. Überall sah sie Ratten, große Tiere mit glänzendem Fell, die sie furchtlos anstarrten. Mr. Knipp hatte Ratten verabscheut; er hatte sie vergiften, fangen und erschießen lassen, und er hatte sogar aus dem Süden Katzen heranschaffen lassen, die umgehend davonliefen und im Wald verwilderten. Die Ratten alleine waren Beweis genug, daß man das Fort endgültig aufgegeben hatte, und Grass Heart trat auf den Hof hinaus, wo der Wind Staub aufwirbelte und Papierfetzen in die Lüfte erhob.

Sie entdeckte die Leiter, die zum Wehrgang führte, und stieg hinauf. Oben lehnte sie sich über die Brustwehr und blickte auf den Fluß.

Wieviel Zeit war vergangen, seit das seltsame Schiff die weißen Männer mit sich genommen hatte? Sie rieb sich die Augen. Der Wind wurde heftiger, und schwarzviolette Gewitterwolken zogen am Himmel auf, durchzuckt von Blitzen, doch sie rührte sich nicht. Sie wußte nicht, wohin sie gehen sollte.

~

Good Plume lag unter dem Fenster auf der Erde und starrte auf die Wolken, die Regen zu bringen versprachen. Er konnte durch den engen Ausschnitt sehen, wie der Sturm die Wolken vorantrieb, und wartete begierig auf die ersten Tropfen.

Jake hatte einen Wasserfänger gebaut. Er hatte ein Stück

von einer Pritschenlatte abgebrochen, den Wassereimer daran festgebunden und ihn mit der Schaufel so lange flachgeklopft, bis er sich zwischen den Gitterstäben hindurchschieben ließ. Damit fingen sie den Regen auf, und aus den Lumpen, die sie um den Stock gewickelt hatten und die feucht wurden vom Morgentau, wrangen sie die kostbare Flüssigkeit heraus und saugten dann an den Lappen. Mit dem erbeuteten Wasser labten sie die Kranken.

Eines Morgens waren sie an Poor Elks Schreien erwacht, und als sie zu ihr stolperten, sahen sie gerade noch eine Ratte durchs Fenster verschwinden. In der Nacht tat keiner ein Auge zu; alle rüsteten sich mit Latten aus den Pritschen, und es gelang ihnen, zwei fette Ratten zu erlegen. Jake weigerte sich zunächst, Ratte zu essen, doch dann überwand er sich und kaute das rohe Fleisch, ohne mit der Wimper zu zucken. Es fanden sich nun häufig Ratten ein, die von ihnen verspeist wurden. Nur The Tooth bevorzugte weiterhin Mäuse, weil sie zarter waren.

Der Eimer klapperte jetzt im Wind, und Good Plume behielt die Wolken im Auge und lutschte an dem kleinen Stein, den er im Mund behielt, um den quälenden Durst zu bezähmen. Er hatte die Hoffnung auf Befreiung aufgegeben. Es gab vieles, was er bedauerte, doch gegenwärtig war es vor allem der Verlust ihrer Schaufel. Jake Moon und er hatten versucht, einen Tunnel damit zu graben. Der Boden war hart, die Schaufel stumpf, und schließlich zerbrach der bereits gesplitterte Griff in Stücke, und sie starrten hilflos auf das winzige Loch, das sie gegraben hatten. Good Plume hatte zu toben begonnen und Jake erschreckt, der daraufhin vergeblich versuchte, die Schaufel mit den Händen in die Erde zu bohren. Er war so geschwächt, daß er dabei auf die schmutzige Schaufel stürzte und sich einen Schnitt in der Wange zuzog, der schlecht verheilte. Die Ränder der gezackten Wunde waren grün vor Eiter, und wenn Good Plume daraufblickte, schwand ihm jeglicher Mut. Der junge Mann saß an der verhaßten Tür, den Kopf auf die Arme gelegt. Ungeziefer lief ihm über die Stirn, doch er machte keine Anstalten, es fortzuwischen.

»Wie lange sind wir hier?« fragte Good Plume den teilnahmslosen Jungen. Er hätte ihn gerne berührt und versucht ihn zu trösten, doch er wagte es nicht.

»Ich weiß nicht«, murmelte Jake. »Ein paar Wochen, schätze ich.« Dann hob er den Kopf und sah Good Plume an. »Seid Ihr wohlauf, Häuptling?« fragte er. Seine Stimme krächzte, doch seine Sorge war unüberhörbar.

»Ja. Aber ich kann mich nicht mehr an den Geschmack von Wasser erinnern und wie es ist, wenn man soviel davon trinken kann, wie man möchte. Der Fluß ist da draußen, ganz nah, und wir können ihn nicht erreichen. Ich lausche ihm und höre ihn zu mir sprechen. Er fragt mich, warum ich nicht zu ihm komme, warum ich ihm fernbleibe.« Er blickte verlegen auf seine Füße. »Wir sind alte Freunde, der Fluß und ich. Wir leben Seite an Seite seit meiner Geburt. Ich kenne ihn so gut wie einen Bruder.« Er verstummte und sah eine Weile zum Fenster hinaus, wo der Eimer im Wind schwang. »Ich glaube, wenn ich ihn nicht mehr zu mir sprechen höre, weiß ich, daß ich sterben werde.«

»Es wird gewiß regnen, dann könnt Ihr alles trinken, was wir auffangen. Ich bin nicht mehr so durstig.«

Der alte Mann fuhr fort zu sprechen, als habe Jake nichts gesagt. Auf seinem Gesicht lag ein versonnener Ausdruck. »Ich glaubte immer, ich würde im Kampf sterben – damals, als ich noch jung war und ein guter Krieger. Als ich älter wurde, sah ich mich eher friedlich in meinem Haus sterben, betrauert von allen, vor allem meiner Tochter. Ich würde ein alter Mann sein, weise und geachtet, und meine Seele würde zufrieden sein, wenn sie meinen Körper verläßt, um sich zu meinen Ahnen zu begeben, weit oben im Norden, wo der Himmel endet. Dort gibt es keine Mühen; keine Krankheit, keine Augen, die nicht sehen können, keine schlimmen Beine oder verlorenen Arme. Jeder ist jung oder genau so alt, wie er zu sein wünscht, und es gibt alles zu essen, was man sich nur wünschen kann, und keinem ist zu kalt oder zu heiß, und die Feuer erlöschen nie.

Und nun bin ich alt, aber ich bin gefangen. Meine Seele kann sich nicht befreien aus einem Kerker. Ich werde hier sterben, und es wird umsonst sein.«

Many Buffalo hörte auf, an ihren Schwären zu kratzen, und horchte, was der alte Indianer dem weißen Mann erzählte. Das war das einzige, was für Kurzweil sorgte während dieser langen Tage – das Sprechen und das Kratzen. Von allem anderen wollte sie nichts mehr wissen. Ihre Erinnerungen von früher schienen ohnehin zu einem anderen Menschen zu gehören: die schmucken Männer; die Geschenke, die sie ihr gaben, wenn sie bei ihnen lag; der Whisky, den sie manchmal stahl, während sie schliefen; die wilden Tänze, wenn die Trommeln ihre Füße lenkten, ihre Knie sich beugten, ihre Schenkel bebten, bis ihr Rücken nachgab und sie schwach zu Boden sank.

Many Buffalo wünschte, die beiden Männer würden zu streiten beginnen und so wütend werden wie noch vor einiger Zeit; das war immer aufregend und gab ihr das Gefühl, lebendig zu sein, nicht mehr wie tot. An diesem Tag jedoch sprachen sie gedämpft, und sie konnte sie kaum verstehen. Und der weiße Mann schien nicht einschlafen zu wollen, denn er schlug sich selbst ins Gesicht und kniff sich in die Ohren und lief schließlich auf und ab. Er kam auch in ihre Nähe, blieb an ihrer Pritsche stehen und starrte auf sie herab. Sein Gesicht sah schrecklich aus mit der eiternden Wunde und den Pockennarben, die leuchteten wie rote Farbflecken. Er war auch dürr, so dürr, daß seine blauen Augen riesig wirkten. Sie versuchte sich vorzustellen, wie er ausgesehen hatte, bevor er hierher kam, als er noch Fleisch auf den Rippen hatte und jedermann anlächelte.

Sie wußte, daß ihn die Worte des alten Mannes über den Tod beunruhigten; soviel hatte sie mit ihren scharfen Ohren vernommen. Vielleicht fürchtete auch der weiße Mann den Tod. Sie dachte sich, daß er Angst hatte, der alte Indianer könne vor ihm sterben und ihn zurücklassen. Sie wußte, daß dem weißen Mann die anderen im Seuchenhaus nichts bedeuteten; die meisten würden es nicht lange aushalten ohne Wasser und mit Ratten und Mäusen als einziger Nahrung. Sie würden ohnehin über kurz oder lang sterben. Many Buffalo wollte sich nicht länger mit diesen düsteren Gedanken abgeben, und sie fuhr fort, an ihren Schwären zu kratzen. Am Rande nahm sie wahr, daß der weiße Mann zu Good Plume hinübergegangen war und ihn schüttelte.

»Wacht auf! Ihr dürft nicht aufgeben!« schrie Jake, doch sein Hals schmerzte, und die Stimme versagte ihm. Er hätte gerne geweint, doch ihm fehlten sogar die Tränen.

»Laßt mich zufrieden«, sagte Good Plume freundlich. »Ich bereite mich auf mein Lied vor.«

Grass Heart stand auf dem Wehrgang. Der Wind fegte über den Fluß, und kleine Wellen brachen sich am Ufer und verebbten. Grass Heart sah ihnen zu, bis sie aus dem Augenwinkel eine andere, unstetere Bewegung wahrnahm. Hinter einer Ulme am nördlichen Flußufer wurde etwas vom Wind hin und her gerissen, das an einem Stock befestigt war.

Sie stieg die Leiter hinunter, rannte zum Tor hinaus und entdeckte einen unkrautüberwucherten Pfad, der zu einem niedrigen Gebäude unter Bäumen führte. Das Holz, aus dem man es einst erbaut hatte, war verwittert und so grau wie der Himmel, und als Grass Heart näherkam, sah sie ausgebleichte und schmutzige Lumpen an dem Stock hängen, die ihr zu winken schienen.

Vor dem Haus bückte sie sich und spähte durch den schmalen Schlitz, vor dem die Lumpen hingen. Sie hörte und sah nichts. Drinnen war es stockfinster.

Poor Elk sah das Gesicht am Fenster als erste. Sie glaubte nicht wirklich daran, daß es da war, aber sie schrie dennoch.

Nach ihrem Schrei wurde die schwere Bohle an der Tür ruckartig beiseite geschoben. Die Tür ging auf, und ein sonderbares Mädchen kam weinend und schreiend hereingestürzt und warf sich auf den alten Indianer. Sie weinten gemeinsam.

Poor Elk schrie wieder, als das Mädchen sich auf den weißen Mann stürzte und ihn wie wild herumwirbelte.

Jake Moon verlor das Bewußtsein. Good Plume lachte und schlug dem Ohnmächtigen auf den Rücken, bis er erwachte. Dann lagen die drei in einem Haufen auf dem Boden und lachten weiter.

Poor Elk wußte nicht, was sie davon halten sollte, und erhob sich von ihrer Pritsche, um das Geschehen in Augenschein zu nehmen. Sie hielt ihr einziges Kleidungsstück vor sich, trat zu den dreien und kicherte.

Im Licht, das durchs Fenster fiel, blickte Grass Heart auf nackte Beine. Sie schluckte krampfhaft.

»Würmer«, flüsterte sie, dann schrie sie: »Herr im Himmel!« Sie riß die Tür weit auf und begann wild fluchend durch das Seuchenhaus zu rasen. Sie hob ihren Stock auf und schlug damit auf Jake Moon ein.

The Tooth hatte schon so lange Würmer, daß sie längst daran gewöhnt war. Zuerst waren sie ihr auf dem Bauch aufgefallen, wo sie in den Schwären herumwimmelten, und sie fragte sich, warum das Mädchen so außer sich geriet. Würmer waren halb so schlimm.

Sie halfen sich gegenseitig nach draußen, wo ein leichter Regen fiel, und legten alle verzückt den Kopf in den Nacken. Ihre ausgetrockneten Körper sogen die Flüssigkeit auf.

Grass Heart ließ sich die Schwären zeigen, und alle sahen ihr neugierig dabei zu. Many Buffalo entdeckte ein großes Loch in einer Brust, das sie noch nicht bemerkt hatte, in dem fette Maden herumkrochen, die sich leicht wegpflücken ließen.

Ein alter Mann war am schlimmsten dran; als sie ihn auf den Bauch rollten, sahen sie, daß sein Hintern voller Löcher war, in denen es von Würmern nur so wimmelte. The Tooth entfernte sie und ließ sie zu Boden fallen, und der Alte stöhnte und gurgelte dabei und wälzte sich hin und her.

»Die hatten mehr zu essen als wir«, sagte Many Buffalo, als sie mit ihren schmutzigen Füßen munter auf den Würmern herumtrampelte. Und als sie ins Gesicht des Alten blickten und feststellten, daß es nur noch zur Hälfte vorhanden war, sagte Grass Heart: »Da sehe ich mir noch lieber seinen Hintern an.«

Das trieb Jake Moon die Schamesröte ins Gesicht, und er rannte, so schnell er konnte, zum Fluß und schüttelte dabei seine Stiefel ab. Dann stürzte er sich ins Wasser und ließ sich auf dem Rücken treiben. Good Plume dümpelte schon dort in Ufernähe und sang. Jake betrachtete ihn voll Zärtlichkeit, und Grass Heart, die mit verschränkten Beinen am Ufer saß, starrte ihn mit solcher Inbrunst an, daß ihre Augen brannten.

Die Wolken trieben davon, und die Sonne erschien am Himmel, hell und fröhlich. Die Schwimmer stiegen aus dem Wasser, um den Fliegen und Stechmücken zu entkommen, und Jake und Grass Heart suchten im Küchengarten des Forts nach Eßbarem und entdeckten ein paar gute Kürbisse und überreife Maiskolben. Good Plume sammelte Holz, und mit Hilfe des Feuersteins entfachten sie ein Feuer. In ihren Lumpen saßen oder lagen die Indianer um die Flammen, unterhielten sich und tranken ab und an aus dem Wassereimer, den No Legs gebracht hatte. Alle hatten im kühlen Fluß gebadet bis auf den alten Mann mit dem verrotteten Gesicht und Hintern; er lag ein Stück entfernt, weil er einen so durchdringenden Verwesungsgeruch verströmte, daß er von den anderen gemieden wurde.

Dann erschien der Mond im Osten, der kleine, den sie »Büffelkalbmond« nannten wegen seiner Hörner, und alle waren erschöpft und schliefen ein in den Kuhlen, die sie sich im hohen Gras zurechtgemacht hatten, zugedeckt mit Blättern und Zweigen.

Grass Heart wachte über sie, voller Stolz.

The Tooth und der alte Mann blieben im Fort, um seine Genesung abzuwarten, während die anderen Indianer aus dem Seuchenhaus zu den Dörfern am oberen Fluß zogen. Das Dorf auf der anderen Flußseite mieden sie.

Good Plume überquerte den Fluß alleine mit Grass Hearts Boot, das er aus dem Versteck geholt hatte. Er fand nur wenige Überlebende. Die Toten, die noch erkennbar waren, hatte man im Wald in die Astgabeln von Bäumen gesetzt, Skelette und Knochen in eine Grube unterhalb der Gärten geworfen. Kurz nachdem Grass Heart das Dorf verlassen hatte, war es von den Sioux geplündert worden, berichtete man Good Plume. Sie hatten die Pferde gestohlen und die Ernte aus den Gärten geraubt.

Mit Zorn im Herzen und erbitterter Miene kehrte er zurück, und Jake Moon, der ihm in dieser Stimmung nicht begegnen wollte, zog sich in sein Zimmer im Fort zurück, das er mit allerhand Krempel ausgestattet hatte und als Schlafraum benutzte. Dort stieß er auf The Tooth. Sie hatte ihr Haar mit dem seifigen Gelee des gelben Kaktus gewaschen und kämmte es mit einer verbogenen Gabel, die sie gefunden hatte. Es schimmerte rabenschwarz.

Sie spürte seinen Blick und zog die Zinken nun langsamer durchs Haar, behielt ihn dabei im Auge und legte den Kopf schief. Sie lächelte ihn an.

»Wo ist der alte Onkel?« fragte er. Seine Hände waren unruhig, und er versuchte, sie in seinen Taschen zu verbergen, was ihm nicht gelingen wollte.

»Er ist heimgefahren«, antwortete sie.

»Ich dachte, Ihr wolltet auch gehen.«

Der Blick, den sie ihm zuwarf, war so vielsagend, daß er unwillkürlich die Luft anhielt.

»Da wartet nichts und niemand auf mich.« Sie erhob sich, kam zu der Holzkiste, auf der er hockte, und küßte ihn auf den Mund. Es war ein sehr erfahrener verheißungsvoller Kuß, und er umfaßte ihre Taille und zog sie zu Boden.

Es ging sehr schnell. Jake war verblüfft und blieb mit offenem Mund und geschlossenen Augen liegen. The Tooth erhob sich, schüttelte ihr Haar aus und schlurfte zum Fluß, um es erneut zu waschen.

Weder Good Plume noch Grass Heart waren überrascht, als The Tooth ihre Bettstatt neben der von Jake einrichtete und ohne ein Wort des Unmuts tagtäglich Wasser holte, Holz sammelte und die wenigen Vorräte zubereitete, die Ratten und Mäuse in der Vorratsgrube unter der Küche übriggelassen hatten.

Jake beschloß, noch nicht aufzubrechen. Nicht wegen The Tooth, wiewohl er sich selbst eingestand, daß er wohl nie wieder im Leben so aufregende und vielfältige körperliche Freuden erleben würde, wie diese Frau ihm zu bereiten vermochte, sondern weil er sich an Good Plume gebunden fühlte. Er empfand soviel Zuneigung für den alten Mann, daß er für sein Wohlergehen sorgen wollte.

Als Jake vorschlug, sie könnten doch ins Dorf ziehen, hielt Grass Heart dagegen, im Fort seien sie sicherer und im Wald hier gebe es Holz, Wild und gute Verstecke. Good Plume meinte, ihm sei es einerlei. Hier hätten sie es doch nicht schlecht, und im Dorf gingen die Geister um.

»Die Sioux werden gewiß herkommen«, merkte The Tooth warnend an, »die werden sehen wollen, was hier noch zu holen ist.«

Sie erwies sich als erstaunlich geschickt im Auskundschaften guter Schlupfwinkel für jeden, und Jake sann darüber nach, weshalb sie das so gut beherrschte, beschloß jedoch, daß es klüger sei, sie nicht danach zu fragen. Und eines Tages, als

Grass Heart Wache hielt, kamen die Sioux, eine Bande grell bemalter Krieger, die am Rand der Klippe erschienen. Grass Heart lief rasch zu den anderen, um sie zu warnen.

Die Bande ließ die Pferde auf den Weiden und kroch am Zaun entlang zum Tor. Die meisten betraten das Gelände durch das weit offenstehende Tor und wanderten dreist umher, laut rufend und lachend.

Grass Heart und The Tooth hatten sich unter der Küche versteckt, im Lagerkeller, auf dessen Holzklappe Jake rasch noch Erde warf. Dann rannte er über die Veranden zu den ausgehöhlten Heuballen im Stall und kroch hinein. Good Plume hockte bereits dort, und sie sahen sich an, blinzelten, um den Staub in den Augen loszuwerden, und beteten darum, daß keiner niesen müßte. Jake war unbewaffnet, der alte Indianer hielt seinen kurzen Speer in Händen, und beide horchten angespannt.

Die Eindringlinge betraten den Stall nicht, und in der Küche nahmen sie lediglich die Borde an der Wand näher in Augenschein. Ihre Suche war nachlässig und beliebig, und sie fanden nichts, was für sie von Wert war. Mit leeren Händen zogen sie ab, versuchten aber zuvor noch das Kontor in Brand zu stecken. Als das Feuer nicht lodern wollte, gaben sie auf und ließen verkohlte Balken und dicken Qualm zurück.

»Sie hätten uns gefunden, wenn sie ernsthaft gesucht hätten«, sagte Jake sinnend.

Sie hatten sich im Stall versammelt. Es war düster dort, ein modriger Geruch lag in der Luft.

The Tooth grinste, tätschelte ihm die Schulter und erwiderte: »Ernsthaft gesucht haben sie schon, die sind bloß dumm. Dumme Dreckskerle«, fügte sie hinzu.

»Gottverfluchte dumme Dreckskerle«, sagte Grass Heart.

Good Plume blickte sie mißbilligend an, schwieg jedoch; er würde es nie mehr übers Herz bringen, seine Tochter zu schelten. Jake hustete und spürte, wie ihm die Röte ins Gesicht stieg.

»Die Frauen sind immer die Schlaueren«, merkte The Tooth an und wartete. Keiner sagte etwas, doch Grass Heart zwinkerte ihr zu.

»Ich hab Staub in den Haaren«, sagte The Tooth nach einer Weile und trottete verdrossen zum Fluß.

Abends war sie noch nicht zurückgekehrt, und als sie im Morgengrauen nach ihr suchten, fanden sie nicht eine Spur von ihr.

Die verbogene Gabel, die sie als Kamm benutzte, lag nicht mehr an der üblichen Stelle, als Jake auf den Gedanken kam, danach zu sehen. Er sagte nichts davon zu den anderen, doch er war tagelang betrübt und äußerst wortkarg.

Grass Heart erklärte sich schließlich bereit, mit Jake und ihrem Vater das Dorf aufzusuchen. Die Überlebenden waren ins Winterdorf gezogen, ein kläglicher Haufen mit ein paar Hunden, denen man die Lasten aufgeladen hatte.

Die beiden Männer suchten in den Häusern nach Gegenständen, die sie während des Winters benötigten. Jake betrat die leeren Behausungen ohne Zögern und hielt nach Werkzeug, Waffen und Kleidung Ausschau. Die Ausbeute war reicher, als er zu hoffen gewagt hatte, da die Überlebenden nichts zerstört hatten. Sie hatten nur die Leichen fortgeschafft und die Rohhautplane am Eingang zugezogen, so daß die Geister nicht entweichen konnten.

Ein kalter Wind pfiff durch die Straßen, und sein trostloses einsames Heulen schnitt Grass Heart ins Herz. Sie nahm rasch die Dinge an sich, für die sie Verwendung hatte, dann verließ sie das Dorf und wartete am Flußufer auf die anderen.

Die Zeit verstrich schnell im Fort. Der erste Schnee fiel; Gänse, Enten und Schwäne schwangen sich zum Himmel auf und flogen nach Süden, und morgens war der Fluß von dünnen Eisrändern gesäumt. Die Sonne stand tiefer am Himmel, wenn sie sich zeigte. Good Plume hatte für die Bogen, die sie im Dorf gefunden hatten, neue Pfeile angefertigt, und so hatten sie Fleisch zu essen.

Jake Moon bekam anfangs selten Wild zu sehen, weil er sich bei der Jagd so ungeschickt anstellte. Er trampelte durch den Wald und trat auf trockene Blätter und Äste, die unter seinen Füßen knirschten oder mit lautem Knacken zerbrachen. Mit der Zeit lernte er es, sich lautlos dem Wild zu nähern, das seit dem Verschwinden des weißen Mannes aus dem Fort argloser geworden war und auf den Weiden äste. An milden Tagen wurde er anfänglich von Good Plume begleitet; wenn es kalt war, blieb der alte Indianer am warmen Herd in der Küche, wo Grass Heart zu Werke ging und sein schmerzendes Knie verarztete.

Jake und Posey waren wieder ein Herz und eine Seele. Er bestand darauf, das Maultier in einem Raum des Forts über den Winter zu bringen, weil er fürchtete, vorbeiziehende Indianer könnten es stehlen. Bündelweise schleppte er Heu herbei, das er in den Ställen oder entlang des Zaunes fand. Posey wurde wieder rund und fett und schien seine Zuneigung sichtlich zu genießen.

Nur das Maultier erinnerte Jake daran, daß er ein weißer Mann war. Sein Äußeres hatte sich sehr verändert, was ihm eines Tages auffiel, als er auf einem hohen Felsen hockte und darauf wartete, daß Hirsche sich am Bach zum Trinken einfanden. Er trug eine zottige Robe aus Büffelleder und Leggings. Seine Füße steckten in Stiefeln aus Elchleder. Sein geliebter Hut war ihm schon vor langer Zeit verlorengegangen, und seinen Kopf bedeckte nun eine Kappe aus Wolfsfell, gräulich wie alter Schnee. Er eilte zum Bach und beugte sich über einen klaren kleinen Teich. Was er sah, erstaunte ihn. Seine Haut, den eisigen Winden und der grell auf dem Schnee glitzernden Sonne ausgesetzt, war dunkelbraun. Nur seine blauen Augen, die sich sonderbar leuchtend von der dunklen Haut absetzten, ließen erkennen, daß er kein Indianer war.

Er konnte die Farben im Wasser nicht erkennen, doch er wußte, wie sie aussahen.

Als er wieder bei Posey war, schlang er die Arme um den Hals des Maultiers. Es hob seinen platten häßlichen Schädel, und aus seinem Nasenloch stieg eine Blase auf. Ein Sonnenstrahl, der durch eine Ritze fiel, ließ dort einen Regenbogen erschillern. Jake stach mit dem Finger nach der Blase, bis sie zerplatzte, dann legte er sein Gesicht an Poseys Hals und beweinte all die Abscheulichkeiten der Welt.

Je länger der Winter andauerte, desto unruhiger wurde das Maultier, weil es keinen Auslauf hatte. Unbemerkt begann es an leeren Holzkisten herumzuknabbern, die an der Wand standen. Es nagte an Regalen und fraß Teile einer Holzbank. Wenn Jake den Mist wegharkte, tat er dies stets so hastig, daß er die Holzsplitter darin nicht bemerkte.

Posey magerte ab, bis sie nur noch ein Knochengerüst war, und Jake ließ sie nach draußen. Er entfernte den Schnee von dem dürren braunen Gras und hoffte, daß anderes Futter ihren Zustand verbessern würde. Doch es ging ihr zusehends schlechter, und als er eines grauen Morgens zu ihr kam, war sie stocksteif und tot.

Grass Heart, erschüttert über seine heftige Trauer, schnitt mit ihrem Messer dem Maultier die Kehle auf und zeigte Jake die Holzsplitter in Poseys Hals, die sie vom Fressen abgehalten hatten. Jake streifte in den Wäldern umher, trauerte und gab sich die Schuld an Poseys Ableben. Lange Zeit war er untröstlich.

Grass Heart mühte sich mit dem Bearbeiten des Wilds ab, das Jake nach Hause brachte, und verwünschte sich, wenn sie sich beim Häuten schnitt oder beim Kochen verbrannte. Ihr Haar war ungekämmt und ihre Kleidung verrußt und blutig. Nachts hatte sie schreckliche Alpträume; sie machte die Schrecken des Sommers noch einmal durch und fand keine Ruhe im Schlaf.

Good Plume schlief ruhig, aber er kam nicht mehr recht zu

Kräften. Die meisten Tage verbrachte er aufrecht sitzend in seinem Bett, wo er Pfeife rauchte und sich seinen Gedanken hingab, die keinen Ort mehr kannten, an dem sie zu Hause waren, und keine Zukunft, die ihnen Halt geben konnte.

Er hatte nur wenig Wünsche und verlangte kaum etwas. Ab und an wurde er von der Vorstellung verfolgt, daß sein Herz gestorben sei; dann drückte er die Hände auf die Brust und suchte verzweifelt nach dem Pochen, bis er es stetig an seinen Rippen spürte. Das beruhigte ihn bis zum nächsten Mal, wenn er glaubte, daß nun der Tod gekommen war, um ihn zu holen.

Eines Morgens, als sie erwachten, wehte der Wind von Süden, der endlosen verschneiten Ebenen überdrüssig, und ein Tosen erfüllte die Luft, denn er brachte riesige Vogelschwärme mit sich. Die drei kletterten auf den morschen Wehrgang, um zu den Vögeln aufzublicken, und ließen sich des Abends ihr Fleisch schmecken. In der Dunkelheit hörte Good Plume ihren Gesang, als sie nach Norden zogen; sie wußten, daß bald grüne Blätter sprießen würden an den Ufern des Flusses, daß die Sonne die frischen Grashalme aus der Erde locken und die Schneewehen im Erdboden verschwinden lassen würde.

Wasser strömte nun überall die Berge hinunter zum Fluß, und das Eis brach. Große Schollen krachten aneinander, trieben den Fluß hinunter wie Flöße und rissen Bäume ebenso mit sich wie Büffel und Elche, die ihren Weg über das Eis nicht mehr gefunden hatten und von der Strömung überrascht wurden. Ihr Geschrei ging im Getöse der Fluten unter.

Jeden Tag stieg Grass Heart auf den Wehrgang und schaute zum anderen Ufer hinüber, und schließlich wurde ihre Geduld belohnt, denn sie sah Rauchschwaden über den Dächern im Dorf. Sie half ihrem Vater, die Leiter zu erklimmen, und gemeinsam zählten sie die blauen und roten Stoffetzen an den langen Stangen vor jedem Haus. Es waren ihrer so wenige, daß Grass Heart Zweifel kamen und sie ihren Vater wieder hinunter geleitete. Als das Hochwasser nachließ und die Schneeschmelze noch nicht eingesetzt hatte, benutzten Grass Heart und Jake ihre neuen Paddel, um Good Plume über den Fluß zu bringen. Der alte Mann hatte sich im Boot zurückgelehnt, und seine blau geäderte Hand strich durch die dunklen Fluten.

Eine alte Frau am Tor sah sie kommen und rief die anderen herbei. Sie rannten den Weg zum Ufer hinunter und riefen ihre Namen, als sie näherkamen. Die Begrüßung fiel wehmütig aus, einige Frauen unterdrückten ein Schluchzen, und die Männer grunzten, als sie Good Plume und seiner Tochter ins Gesicht sahen. Jake wurde mit kalten abschätzigen Blicken bedacht, und aus der Menge hörte man feindseliges Gemurmel. Jake hielt den Blicken stand, und Good Plume legte den Arm um seine Schultern, um seine Zuneigung zu ihm vor jenen Angehörigen seines Volkes zu bezeugen, die wahrlich Grund hatten, weiße Männer zu hassen.

Die Frauen schnalzten, als sie Grass Heart sahen, und sie zupfte unsicher an ihren strähnigen Zöpfen. Doch ihre Gesichtszüge waren schärfer und kantiger geworden, und ihre Beschämung verbarg sie geschickt hinter ihrem Stolz.

Niemand begleitete sie auf dem Weg zu ihrem alten Haus. Die Tür lag auf der Veranda, Angeln und Riegel waren verbogen von Axthieben. Im Inneren sah es so verheerend aus, daß Grass Heart der Trübsinn packte.

Wortlos machte sie sich an die Arbeit, klaubte zerbrochene Gefäße und verstaubte Roben auseinander. Jake Moon brachte Wasser und Holz. Good Plume entdeckte sein Schild, das er im letzten Winter hatte zurücklassen müssen, weil es zu groß war. Es war vollkommen zertrümmert, und er preßte die Hand an die Brust und tastete einmal mehr nach seinem Herzschlag.

Bald glomm ein Feuer auf, ein rußgeschwärzter Kessel wurde mit Sand geschrubbt, und kurz darauf brodelte darin köstlich duftend das Fleisch, das sie mitgebracht hatten. Während sie aßen, unterhielten sie sich leichthin und vermieden es, über Vergangenheit oder Zukunft zu sprechen.

Kurze Zeit, nachdem sie sich wieder häuslich eingerichtet hatten, kamen einige der Älteren ins Haus, um über Jake Moon zu reden.

»Wir wollen, daß er vertrieben wird«, sagte einer und lehnte die Pfeife ab, die Good Plume herumgehen ließ. Sie saßen draußen auf Rückenlehnen, die Grass Heart mit neuen Weiden ausgebessert hatte. Ein leichter Wind strich durch die hellen grünen Blätter und zauste die grauen Haare der Alten. »Wir wollen, daß er gleich weggeschickt wird«, fuhr der Mann fort. »Er war einer von denen, die die Krankheit brachten.«

Good Plume hatte gehofft, daß es keine Einwände geben würde gegen Jakes Anwesenheit, und er reckte das Kinn vor wie ein wütender Dachs. Angewidert betrachtete er den Sprecher, Elk Walking, einen einstigen Freund.

»Es gibt keinen Grund, warum er gehen sollte. Er ist in meinem Haus zu Gast. Selbst wenn er es wünschte, könnte ich es ihm nicht gestatten; die Sioux sind unweit der Forts flußabwärts.«

»Wir sind uns alle einig, daß er gehen muß«, entgegnete Elk Walking.

»Wenn ich meinem guten Freund Jake Moon etwas sagen werde, dann höchstens, daß er meine Tochter heiraten wird. Danach gehört er zu meiner Familie. Das wäre mir recht. Er ist ein guter Jäger, er ist mutig, und er wird für mich sorgen in meinen letzten Tagen«, sagte Good Plume und warf Elk Walking einen bedeutsamen Blick zu.

Letzterer hatte seine Tochter einem französischen Trapper zur Frau gegeben, der sie häufig schlug und bei einem Unfall ein Bein verloren hatte. Beide wohnten nun im Haus ihrer Eltern, und Elk Walking hatte häufig darüber geklagt, welche Bürde sie ihm waren.

Good Plume hatte seinen Worten nichts hinzuzufügen, und die Älteren schienen stillschweigend zu dem Schluß zu kommen, daß die Lage nicht zu ändern war. Sie verschwanden wieder.

Als Jake Moon von dem Gespräch erfuhr, zeigte er sich erheitert über Good Plumes List. Grass Heart sagte ihm, er solle die Garstigkeiten der alten Männer nicht beachten. »Wenn Ihr nicht diese Augen hättet, würdet Ihr aussehen wie ein verdammter Indianer. Ich habe nicht vor, einen weißen Mann zu heiraten, und Euch erst recht nicht. Da können sie Euch vorher den Sioux vorwerfen«, sagte sie und lachte herzhaft.

Das bekümmerte und erleichterte Jake gleichermaßen, denn er sehnte sich danach, dieses halbzerstörte Dorf mit seinen verödeten hallenden Häusern verlassen zu können. Als er sich umschaute, dachte er ernüchtert, daß sein jungenhafter Wunsch, zu leben wie ein Indianer, in Erfüllung gegangen war. Seit seiner Zeit im Seuchenhaus wußte er auch, wie man als Indianer sterben konnte, und ihm graute bei der Erinnerung daran.

Der Sommer kam, und die Gärten mußten bepflanzt werden. Die eingelagerten Samen wurden in die Erde gesteckt. Und man ging auf die Büffeljagd; die gesunden Männer und Frauen machten sich ohne Pferde zu Fuß auf in die Prärie, die Lanzen in der Hand, die Bögen über der Schulter, und packten alle mit an, wenn man die erlegten Tiere häuten und die großen blutigen Fleischbrocken ins Dorf zurückschleppen mußte. Dort wurde das Fleisch in Streifen geschnitten und auf kleinen Gerüsten in der Sonne getrocknet. Buckel und Zungen verzehrte man genüßlich im grünen Zwielicht des Tages.

Überall im Dorf vernahm man das Schaben des Knochenwerkzeugs auf den Häuten, die vor den Zelten auf Pflöcke gespannt waren. Und manchmal abends gab es andere Laute zu hören, wenn die wenigen jungen Leute sich auf dem einstigen Tanzplatz versammelten und einen der alten Männer überredeten, seine Trommel hervorzuholen. Dann tanzten sie, aber es war nicht wie früher, und irgendwann verzichteten sie auch auf dieses Vergnügen. Wenn ein Junge ein Mädchen umwarb, so geschah dies unter den begehrlichen Blicken der Älteren, es gab nur wenige Gaben, und die Hochzeitszeremonie wurde schnell vollzogen. Eine schwangere Frau wurde vom gesamten Dorf geachtet und verehrt, denn von den Mandan waren nurmehr einunddreißig Familien geblieben.

Grass Heart wartete auf die freien Händler, die Salz, Zukker, Kaffee, Eisenstangen, die man schmelzen und zu Schrot verarbeiten konnte, und Pulver für die wenigen Gewehre im Dorf bringen würden. Sie hatte Pelze von Füchsen, Wölfen und von Mardern, die Jake in Fallen fing, zum Tausch anzubieten, doch keine der kleinen Pirogen fand sich ein, nur die Dampfer, die eilig den Fluß hinauffuhren zum Fort Union.

Anfangs hielten sich immer Neugierige am Ufer auf, um den Dampfschiffen nachzuschauen, doch gegen Ende des Sommers sah man nur noch ab und an Jake Moon und Good Plume dort stehen, den einen mit wehmütiger, den anderen mit grimmiger Miene.

Im Spätsommer kam Sweet Flag auf einer zierlichen weißgelben Stute ins Dorf geritten. Messingrosetten waren in ihre Mähne geflochten, und ihre Stirn zierten Rabenfedern. Sweet Flag trug ein einfaches Kleid, doch seine Arme waren mit vielen Kupfer und Eisenreifen geschmückt und seine silbernen Ohrringe aufwendig gearbeitet. Als Peitsche benutzte er die Schwinge eines weißen Schwans. Die Stute tänzelte graziös durch die Straßen, und Sweet Flag neigte den Kopf und lächelte, als er zu seinem Haus am Rande des Dorfes ritt.

Grass Heart war die erste, die ihm einen Besuch abstattete. »Ich dachte, du seist tot«, sagte sie und umarmte ihn.

Er wand sich aus ihren Armen und erwiderte: »Nein! Ich bin geflohen!« Dann löste er geziert seine langen glatten

Zöpfe. »Ich bin gleich am ersten Tag verschwunden, als Seven Birds Mutter krank wurde. Mit einem Freund bin ich zum Lager der Minneconjou im Westen beim Old Woman Creek geritten, und seither sind wir mit ihnen gezogen. Wir waren in den Bergen im Westen, wo es einen großen Kampf mit den Crow gab, und danach ist noch allerhand geschehen.« Er verstummte.

Er spielte mit seinen Ohrringen und legte sie dann auf eine Pelzrobe. »Es war schön, neue Gegenden zu erleben, aber ich mag keine Kämpfe, und die Minneconjou kämpfen gerne. Ich bin müde, verzeih mir«, und er geleitete sie höflich zum Ausgang.

Grass Heart nahm ein Bad im Fluß, wusch ihr Haar und fettete es, bis es glänzte. Sie rieb sich mit Süßgras ein und holte ihr einziges gutes Kleid hervor und ihre besten Mokassins. In eine rote Decke gehüllt, rannte sie hinaus, und Good Plume sah ihr erstaunt nach.

Sie klopfte an Sweet Flags Torpfosten und trat ein, bevor er antworten konnte. Er saß am Feuer, bestickte ein Halsband mit Stachelschweinborsten und blickte erschrocken auf. »Was willst du hier?« Er stach sich mit der Ahle in den Finger, und Blut tropfte herab.

»Warte«, sagte sie, ging zu ihm und nahm ihm das Hirschlederband aus der Hand. »Blut läßt sich schwer entfernen, weißt du.«

Er sog an seinem Finger. Seine gezupften Augenbrauen waren hochgezogen.

»Es macht mir so viel Mühe, meine Kleider weich zu halten und sauber, du weißt ja, wie schmutzig man wird beim Feuermachen und beim Kochen erst! O Gott, wie ich das Kochen hasse!«

Sie warf ihm einen verstohlenen Blick zu.

Er fuhr fort: »Einmal habe ich meine Kleider mit Hirn abgerieben, das machen die Minneconjou, aber ich konnte den Geruch nicht ertragen.«

»Du mußt weißen Lehm nehmen«, sagte Grass Heart, arbeitete zügig mit der Ahle und dachte, was für ein sonderbares Gespräch sie führten und wie merkwürdig dieser Anblick wohl jemandem erschienen wäre.

Mit ihren kräftigen weißen Zähnen biß sie den Faden durch und betrachtete das Band prüfend. »Das Schwarz ist schief, und zwischen den roten und weißen Borsten sind Lücken«, merkte sie an.

Er schwieg, und sie fuhr fort: »Jedes kleine Mädchen, das noch nicht einmal Moos zwischen den Beinen hat, könnte das besser.«

Leise sagte er: »Es ist wohl nicht sehr gut.«

Etwas bewog sie, ihn anzusehen. Er ließ den Kopf sinken, hielt seine Hände vor sich und starrte darauf. Schmutz hatte sich in die rauhen Handflächen gegraben; die Nägel waren wohlgeformt, aber eingerissen und von roter Haut gerändert.

Da bemerkte sie die Fältchen in seinem Gesicht unter den roten Liebeskreisen, die er sich auf die Wangen und unter die Augenbrauen gemalt hatte. »Horse Catcher hatte unrecht«, sagte er. »Mein Leben ist erbärmlich.«

»Es tut mir leid«, sagte Grass Heart.

»Ja. Vielleicht hat das bald ein Ende.« Und er lächelte sie an, sanft und freundlich wie in ihrer Jugend.

Weinend lief sie nach Hause.

~

Jake Moon war zu Fuß auf der Jagd, als er ein Pferd fand.

In einer Talsenke an einer Felsklippe, wo er vor einiger Zeit einen Fuchsbau entdeckt hatte, stieß er auf ein kleines fettes braunes Pony. Das Seilzaumzeug war durchschnitten und baumelte unter seiner Nase. Die kleine Stute schnaubte nur ein wenig und scheute kurz, als er sich näherte, und als er sie gepackt hatte, schnüffelte sie an ihm wie ein Kind an einer Rose. Als er sie bestieg, stand sie ganz still.

Jake kam zu dem Schluß, daß es sich um das Reittier eines Kindes handeln mußte. Sie setzte sich in Bewegung, und er lenkte sie auf dem bequemsten Weg ins Dorf, wo er sie stolz ins Haus führte und ihr frisches Gras in den Pferch brachte. Dann lehnte er sich an das Geländer und blickte sie bewundernd an.

Er nannte sie Idabelle, nach seiner Mutter. Eine Woche lang hielt er sie versteckt, dann ritt er auf ihr zur Hirschjagd. Grass Heart hatte ihm einen Sattel aus Elchhaut gemacht, der mit Heu ausgestopft war. Good Plume untersuchte das Tier gründlich und erklärte dann, es sei gesund. »Aber reitet nicht zu wild auf ihr«, merkte er warnend an, »solange sie dieses Fett noch hat.«

Jake ritt nun immer auf Idabelle zur Jagd, und sie wurde nach und nach schlanker, aber zu einem Galopp ließ sie sich nicht bewegen; sie trabte bestenfalls, steifbeinig und erhaben, was ausgesprochen unbequem war für Jake. Als er sie einmal peitschte, blieb sie stehen, machte den Hals steif und verdrehte erschrocken die Augen.

Er schämte sich, weil er sie so grob bestraft hatte, und ließ sie selbst das Tempo bestimmen, was für ihn kein Vergnügen war. Schließlich ritt er gar nicht mehr auf ihr, und sie schleppte Kinder durchs Dorf, wälzte sich vor den Toren im Dreck und schloß sich der kleinen Herde von Pferden an. Jake gab sie ganz auf und dachte erbittert bei sich, daß sie so launisch und undankbar war wie alle weiblichen Wesen in seinem Leben, wobei er dann hastig einräumte, daß Grass Heart eine Ausnahme war. Die treue Willow Woman und Mrs. Rosen hatte er schon ganz vergessen.

Der Sommer nahm langsam seinen Abschied, und er schenkte ihnen noch eine gute Ernte: viele orangefarbene und hellgelbe Kürbisse und pralle Maiskolben, die man in der Sonne trocknen ließ und als Wintervorrat einlagerte.

Am Tag, als die Sioux kamen, hockte Grass Heart mit anderen Frauen unter einer Laube und las Maiskolben aus. Die alte Frau, die Wache hielt, schrie plötzlich aufgeregt und deutete nach Westen, wo am Horizont die Reiter zu erkennen waren. Die Frauen rannten in ihre Häuser, und als Grass Heart von ihrer Veranda zurückblickte, sah sie, wie sich die Sioux, nackt, ohne Bemalung und mit Packpferden im Schlepptau, den Hang hinunter auf die Gärten zu bewegten. Ihre Stimmen klangen schrill in der klaren warmen Luft. Sie stopften die Ernte in riesige Säcke aus Rohleder und luden sie den Pferden auf.

»Ich verstehe nicht, warum sie unsere Gärten plündern«, sagte Good Plume traurig, als sie ihm Bericht erstattete. »Unsere Ernte reicht doch nicht einmal für uns, geschweige denn für sie.« All die Mühen umsonst, dachte er.

»Versteck dich«, sagte er zu seiner Tochter. »Du und Poor Crow und die anderen.« Den alten Frauen würde nichts geschehen, dachte er sich, aber die vier jungen waren in Gefahr.

»Ich will nicht weg ohne dich«, sagte Grass Heart. »Sie werden hierher kommen.«

Er schnaubte unwirsch. »Mir ist nicht nach Flucht zumute. Aber dann versteck dich wenigstens hier.« Er legte seine Zöpfe auf der Brust zurecht und sagte: »Ein Krieger versteckt sich nicht, und er läuft nicht davon.«

Schließlich kroch Grass Heart unter den Stapel Büffelroben an der Rückwand des Hauses. Sie rochen nicht gut, ihr wurde heiß, und sie bekam keine Luft mehr, und als sie wieder darunter hervorschlüpfte, kam Jake Moon hereingestürzt.

»Ihr müßt jetzt verschwinden«, sagte Good Plume zu ihm. »Sie hassen weiße Männer. Wenn sie Euch hier finden, töten sie Euch.«

»Ich meine, Ihr solltet mitkommen.«

»Uns rauben sie nur aus, aber Euch würden sie töten. Geht den Fluß entlang Richtung Norden und haltet Euch im Schatten der Bäume. Oder schwimmt auf die andere Seite.«

»Ich kann nicht schwimmen. Und die Boote sind nicht mehr da. Die Frauen sind mit ihnen geflüchtet.«

Jake trat von einem Fuß auf den anderen und blinzelte; seine Unentschiedenheit erboste Grass Heart, und sie fluchte. »Bei Gott, Ihr werdet jetzt gehen, und wenn ich Euch auf dem Rücken davonschleppe«, sagte sie und versetzte ihm einen Knuff in den Bauch.

»Das ist nicht nötig«, erwiderte er und rieb sich die schmerzende Stelle.

»Die Tür«, sagte sie plötzlich. Keiner hatte sie wieder eingesetzt, sie stand noch immer neben dem Haus. »Helft mir, sie zum Fluß zu tragen.«

Gemeinsam hoben sie die Tür an und schleppten sie den Weg hinunter zum Ufer. Jake warf sich darauf, und Grass Heart watete ins Wasser und schob die Tür in die Strömung. Sie drehte sich einmal, dann trieb sie flußabwärts. Jake lag flach darauf, das Kinn voller Holzsplitter.

»Lebt wohl!« rief sie, aber er war zu abgelenkt, um zu antworten.

»Warum bist du nicht mitgefahren?« fragte Good Plume, als sie zurückkehrte, doch sie warf ihm nur einen ungehaltenen Blick zu und wrang ihr Kleid aus.

»Ich bin dieses ewige Unheil leid«, sagte sie, ließ sich in ihrem nassen Kleid nieder und faltete die Hände im Schoß.

Dann hob sie sie an, betrachtete sie, öffnete sie, als wolle sie etwas freilassen, das sie nicht mehr brauche, und rieb sie geistesabwesend; und Good Plume blickte liebevoll auf seine schöne Tochter und lächelte. Dann griff er zu seiner Lanze und wartete.

~

Good Plume blieb mit dem Fuß an einer Kiefernwurzel hängen und stolperte. Der Mann hinter ihm zerrte an dem Seil um Good Plumes Taille und sagte: »Ich verstehe nicht, warum Horse Runner Euch leben läßt. Am liebsten würde ich Euch laufenlassen, Ihr macht nur Scherereien. Aber man würde mich hart bestrafen dafür, deshalb ist mir die Peitsche auf Eurem Rücken lieber als auf meinem«, und er zog den Lederriemen über die Schultern des alten Mannes. Als es knallte, lachte der Wächter, und seine Zähne blitzten auf.

»Ihr solltet mir keine Verletzung beibringen«, sagte Good Plume. »Horse Runner betrachtet mich als Bruder, er will kein Blut an mir sehen.«

Der Krieger hielt sein Pferd an und zog an dem Seil. »Zeigt mir noch mal Eure Narben«, sagte er. Good Plume hob die Haare über seiner Stirn an und entblößte die häßlichen Pokkennarben.

»Aarrrgh«, sagte der Mann, »abscheulich.« Er wischte sich die Nase mit einem roten Stofffetzen und stieß seinem Pferd mit dem Knie in die Flanke.

Als sie wieder Halt machten, sank Good Plume zu Boden und rieb mit den gefesselten Händen sein schlimmes Knie. Er blickte über das unbekannte Land. Viel Zeit war vergangen, seit er zum letzten Mal weit auf die Prärie hinausgeritten war, und diese Landschaft mit den dürren Gräsern, die sich im Winde bogen, und den niedrigen Bergen im Westen war ihm gänzlich unbekannt. Die Sonne hatte sich verkrochen, graue Wolken zogen über den Himmel, und die Luft roch nach Regen.

»Wie hat Horse Runner die Blattern bekommen?« fragte er und blickte zu den Wolken auf.

»Er war noch ein Junge, und seine Mutter suchte mit ihm einen Handelsposten auf. Da wurden sie beide krank. Sie starb dort und wurde verscharrt. Horse Runner überlebte. Am Tage ihres Todes schwor er, sie zu rächen, und ich muß sagen, es hat das Blut vieler weißer Männer gekostet, seinen Rachedurst ein wenig zu stillen, doch es nimmt kein Ende. Wir anderen haben auch nichts dagegen, die weißen Männer zu bekämpfen, aber manchmal sind wir es leid. Er nicht. Er will sie ausrotten.«

Der Mann war nicht böse, befand Good Plume. Er behandelte ihn meist anständig, wie gerade jetzt, und gab ihm stets genug Wasser und Nahrung, damit er auf den Beinen blieb. Und er redete gerne. Good Plume war daran gelegen, daß er damit fortfuhr.

»Ich habe auch weiße Männer gekannt«, sagte der Krieger nun, »die gute Männer waren. Sie wollten niemandem Schlechtes. Weit im Osten stießen wir im letzten Winter auf so einen, der bei einer Bande von Santee lebte. Mein ältester Sohn war bei mir, und er bekam eine Hustenkrankheit. Dieser weiße Mann hat ihn geheilt, aber dann kam Horse Runner, und er war erbittert, weil er einen Kampf mit Soldaten verloren hatte. Das war dann das Ende dieses weißen Mannes. Nannte sich Priester. Ein kleiner Mann, der tapfer starb.«

»Was ist mit Eurem Sohn geschehen?« fragte Good Plume.

»Ist genesen.« Der Krieger bedeutete ihm, daß er aufstehen solle, und Good Plume erhob sich widerstrebend. »Diesen weißen Mann konnten wir nicht skalpieren«, sagte der Krieger und blickte finster. »Er hatte keine Haare.«

Die Prärie war endlos und weit, und einzig die beiden Züge der Gefangenen bewegten sich dort. Good Plume konnte nicht ermessen, wie viele Menschen über das Land zogen, und er wußte auch nicht, wo Grass Heart sich aufhielt. Er spürte Regentropfen auf dem Kopf und zog seine Decke höher. Sein Herz stolperte bedrohlich, und ihm war grau und trostlos zumute.

Als Horse Runner das Haus betreten hatte, war Good Plume bereit gewesen zu sterben. Doch ein anderer Mann entwand Good Plume seine Lanze, bevor er sie benutzen konnte. Er wollte sein Todeslied singen, doch es kam nicht mehr dazu, weil Horse Runner ihn an den Haaren packte und seinen Kopf zurückriß, um ihm die Kehle durchzuschneiden. Dann ließ der Krieger Good Plume mit einem Aufschrei los, strich ihm die Haare aus der Stirn und ging vor ihm auf die Knie, um die Pockennarben zu betrachten.

Er lächelte, bedeutete dem anderen Krieger, daß er gehen solle, und setzte sich zu Good Plume, der ihn mit Argwohn betrachtete.

Horse Runner war fast so groß wie Good Plume und hatte kräftige Arme und Beine. Seine Gliedmaßen und sein Gesicht waren gezeichnet von tiefen Pockennarben. Mit seinem schmutzigen Zeigefinger deutete er auf jede einzelne und redete dabei hastig auf Good Plume ein.

Good Plume verstand genug von seiner Sprache, um ihm folgen zu können. Horse Runner sagte, die Krankheit des unseligen weißen Mannes mache sie zu Brüdern. Dann stocherte er sich mit einer Bärenkralle, die er um den Hals trug, in den Zähnen. Er schien sehr angetan von seinem grausamen verunstalteten Gesicht und berührte es häufig.

Als der alte Mann von seinen eigenen Narben und der schlimmen Zeit im Seuchenhaus berichtete, lauschte Horse Runner aufmerksam. In seinen Augen lag Mitleid und Schmerz, und als Good Plume seine Erzählung beendete, wurde er an Lost Weasel übergeben.

Grass Heart verhielt sich still während dieses sonderlichen Gesprächs und leistete keinen Widerstand, als der Krieger mit den Narben sie bei der Hand nahm und sie zu einem leeren Haus führte. Dort vergewaltigte er sie, doch er tat es mit einer gewissen Höflichkeit und Zurückhaltung, mit der er seine Achtung vor ihrem Vater zum Ausdruck brachte. Es machte ihr nicht allzuviel aus; der Mann schlug sie nicht, und er zerriß nicht ihre Kleidung, sie war nur ein wenig wund danach. Er schien dies weniger aus Begierde zu tun denn aus Pflichtgefühl. Dann wurde sie weggezerrt und wie die anderen Gefangenen mit den Handgelenken an ein langes Seil gefesselt. Ihren Vater sah sie nicht wieder, bevor sie loszogen.

Horse Runner wies Lost Weasel an, den alten Mann nicht zu sehr anzutreiben, da er verkrüppelt war. »Er hat genug gelitten. Der weiße Mann hat ihm nicht nur die Krankheit gebracht, sondern auch sein Bein gebrochen.« Er gab noch einmal Anweisung, daß Good Plume häufig rasten solle, dann umarmte er ihn und brach auf.

Good Plume bat darum, seine gute Decke mitnehmen zu dürfen, und Lost Weasel gestattete es ihm. Das erstaunte den alten Mann; er hatte angenommen, daß der Bursche ihm diesen Wunsch ausschlagen würde. Er dachte bei sich, daß diese Gefangenschaft vielleicht nicht so schlimm sein würde wie das Seuchenhaus, und fügte sich in sein Schicksal.

An diesem Abend befreite ein Krieger namens Dog Eater Grass Heart von den Fesseln und zerrte sie in den Wald. Er war fett und roch schlecht. Danach gab er ihr Pemmikan aus seiner Satteltasche und ließ sie herumlaufen, erlaubte ihr sogar, zum Bach zu gehen und zu trinken. Als sie schließlich einschlief, zog ein anderer ihr Kleid hoch, und sie schrie und biß den Mann ins Bein. Morgens war sie übermüdet und übellaunig.

An diesem Nachmittag kamen sie zum Lager der Sioux, das zwischen Bergen an einem Fluß aufgeschlagen war. Grass Heart staunte, wie groß es war, und wunderte sich über die sonderbaren hohen spitzen Behausungen aus Häuten, die außen mit kruden Zeichnungen versehen waren. Dog Eater führte sie zu seinem Haus und übergab sie seinen Frauen, die sie gleich schlugen und an die Arbeit schickten.

Von nun an wurde Grass Heart von Tag zu Tag zu dünner, da die Frauen sich weigerten, ihr Essen zu geben, oder es einfach vergaßen. Sie schuftete wie eine Sklavin, und das war sie auch; ihr Äußeres war ihr gleichgültig, sie kämmte ihr Haar nicht mehr, und ihr Kleid war fleckig und zerrissen. Als ihre Mokassins durchgelaufen waren, ging sie barfuß.

Eines Abends holte Dog Eater sie aus dem Zelt, band ihr einen Lederriemen um den Hals und führte sie zum Gefangenentanz. Sie hörte die Trommeln und schlurfte einher, und als er sie in den Kreis stieß, stürzte sie beinahe.

Die schrillen Gesänge schmerzten in den Ohren; sie bekam Schrammen von den Steinen und Stöcken, die man nach ihr warf, und wurde wütend. Kinder drängelten sich in den Kreis und spuckten auf die Gefangenen, und Grass Heart fauchte sie an. Der weiße Fleck in ihrem Auge leuchtete rot im Feuerschein. Die Krieger umringten die Gefangenen, schrien und sprangen durch die Luft, die Frauen bewegten sich in einem äußeren Kreis und machten sonderbare Bewegungen mit Fersen und Zehen, die Grass Heart ungelenk und lachhaft fand. Bei ihrem Volk tanzten die Frauen wie die Männer, aufrecht und würdevoll.

Als der Tanz endlich vorüber war, übergab Dog Eater sie seiner jüngsten Frau, die Grass Heart zum Zuschauerplatz führte. Grass Heart war gezwungen, geduldig auszuharren. Sie schaute zu Boden, um nicht in die höhnisch grinsenden Gesichter blicken zu müssen. Sie empfand eine jähe Sehnsucht nach den runden Häusern in ihrer Heimat, dem Fluß, der sich durchs Tal wand, den vertrauten Gerüchen und Lauten ihres Dorfes und grollte innerlich, als die junge Frau ungeduldig an der Leine riß und sie beschimpfte, als sie zu ihrer Behausung zurückkehrten.

Als sie einem Schlag mit dem Stock auswich, hörte sie, wie jemand ihren Namen rief, und als sie sich umwandte, sah sie ihren Vater alleine vor dem Zelt stehen. Er sah zutiefst erstaunt aus, als man sie wegzerrte.

Am nächsten Morgen wartete er auf sie vor Dog Eaters Zelt. Er trug neue Mokassins und ein bunt gemustertes Kattunhemd. Als sie ihn ansah, breitete sich ein Lächeln auf seinem runzligen Gesicht aus. »Herr im Himmel«, sagte sie.

»Dein Gesicht ist schmutzig«, sagte er anklagend. »Und warum bist du so mager?«

Entrüstet stampfte sie mit dem Fuß auf und schrie: »Ich bin schmutzig, weil ich eine Sklavin bin! Sklaven tragen keine gute Kleidung, sie bekommen nichts zu essen, und sie können nicht auf Fellen schlafen und sich von früh bis spät die Haare fetten. Um eine Sklavin schert sich jeder einen Dreck!«

»Ich habe dich überall gesucht«, sagte er erstaunt. »Ich

dachte, du seist die Frau eines Kriegers geworden und würdest in seinem Tipi versteckt.« Sein Kinn zitterte.

»Seit du davongelaufen bist, um in diesem Seuchenhaus zu leben, hat mich keiner mehr heiraten wollen«, sagte sie, legte den Kopf an seine Schulter und weinte.

»Weine nicht«, sagte er und tätschelte ihren knochigen Rücken.

Als die junge Frau, Long Eye, Grass Heart an diesem Nachmittag auf die Waden schlug, versetzte Grass Heart ihr einen derart kräftigen Hieb ins Gesicht, daß der Frau das Blut aus der Nase spritzte. Sie flüchtete in ihr Zelt, und Grass Heart ging zufrieden zum Bach, um ein Bad zu nehmen.

Sie schrubbte sich gründlich mit weißem Sand vom Ufer ab und legte sich in die Strömung, ließ das Wasser über sich hinwegrieseln und ihr erhitztes Blut kühlen. Kleine gelbe Finken flatterten über ihr zwischen den Ästen umher, und Grass Heart spitzte die Lippen, pfiff die drei Töne ihres Liedes und schlug mit ihren schwieligen Händen aufs Wasser. So froh war sie schon lange nicht mehr gewesen, fand sie. Sie zählte ihre Rippen und schwor sich, dafür zu sorgen, daß sie in Bälde wieder mit Fleisch bedeckt sein würden, und auch ihre Hüftknochen. Sie wollte wieder schmuck sein.

~

Good Plume und Horse Runner rauchten gemeinsam und sprachen über Grass Hearts Lage.

»Mein einziges Kind sollte keine Sklavin sein«, sagte Good Plume.

Horse Runner legte seine Pfeife ab, stocherte sich mit der Bärenkralle in den Zähnen und betrachtete sie hernach gedankenvoll. Schließlich sagte er: »Ich meine, Sklaverei ist nichts Schlechtes. Wir tun das alle. Unsere Mutter, die Erde, gab uns Tiere und Früchte zum Essen, Holz für unsere Feuer und Felle, um uns warmzuhalten, und sie hat uns geschaffen, wie auch die Büffel, Bäume, Flüsse und Seen. Wir nutzen das, wie sie es wünscht, warum sollen wir uns nicht auch nutzen.« Er legte die Stirn in Falten und zog wieder an seiner Pfeife.

Good Plume fand diese Begründung nicht einsichtig, und als Horse Runner sich über die Gewohnheiten des weißen Mannes zu ereifern begann, der die Erde aufwühlte und fremde Gräser anbaute, um seine Tiere zu füttern, statt zu nutzen, was Mutter Erde für alle in der Prärie geschaffen hatte, verlor Good Plume gänzlich das Interesse.

Er erachtete die Sioux als einfältige Menschen, die nicht viel wußten von der Welt und vieles falsch erklärten. Der Grund dafür lag seiner Ansicht nach darin, daß sie keine Ruhe fanden, daß sie unentwegt umherzogen und deshalb so flüchtig und unbeständig waren wie der Wind. Auch hatte Good Plume mit eigenen Augen gesehen, wie der weiße Mann seine Felder bestellte, und er wußte, daß die Sklaverei dabei unerläßlich war. Er hatte nie entschieden, ob er sie für gut oder schlecht hielt, aber wenn er die beiden Formen verglich, empfand er die alte Tradition der Sklaverei bei den Indianern als fragwürdig.

Er wurde wieder aufmerksam, als Horse Runner verkündete, er wolle Grass Heart ihrem Besitzer abkaufen. »Zwei Pferde müßten wohl genug sein«, sagte er. »Ein paar Handvoll Perlen und einige Adlerfedern könnte ich noch dazugeben«, fügte er nach einem Blick auf Good Plumes zweifelnde Miene hinzu.

Man feilschte eine Weile, wurde sich dann aber handelseinig, und Grass Heart lebte von nun an im Zelt von Horse Runner. Sie war außer sich vor Freude, aber er hatte keine Vorstellung, was er mit ihr anfangen sollte; er hatte genug Frauen.

Doch Grass Heart machte sich auf ihre Art nützlich. Sie sah nach den Kindern und fertigte Kleidungsstücke für sie an, auf die sie einfallsreiche Bilder malte, die seine Kinder zum Lachen brachten und die von seinen Frauen mit Wohlgefallen betrachtet wurden.

Der Winter nahte, und die Sioux zogen in die Berge im Westen.

Grass Heart ging hinter einem schwerbeladenen Pferd, das überdies ein Schleppgerüst zog, auf dem zwei kleine Kinder und ein paar fette Welpen hockten. Manchmal kam es vor, daß Kinder von den Travois herunterfielen und verlorengingen, und Grass Heart hatte dafür zu sorgen, daß den Kindern von Horse Runner ein solches Schicksal erspart blieb. Sie trottete über die endlosen Ebenen, mit einem warmen Umhang gegen den Wind und guten Mokassins ausgestattet, und behielt die Kinder im Auge.

Am zehnten Morgen, als das Lager zum Leben erwachte und der übliche Trubel begann, blickte sie staunend auf die blauen Berge, deren Zacken sich gegen den frischen gelben Morgenhimmel abzeichneten. Sie sah zum erstenmal so hohe und unwirtliche Berge, und ihr graute bei der Vorstellung, sich in den dichten schwarzen Wäldern an deren Fuße aufhalten zu müssen. Unweit eines Felsblocks, auf dem nichts gedieh außer ein paar verkrüppelten Kiefern, verließen sie das offene Land und zogen eine schmale Schlucht entlang, die sich am Ende öffnete. Dort gab es einen Fluß, und Biberteiche lagen schwarz und reglos unter den schweren Ästen der Fichten.

Die Luft war kalt und dünn, und Grass Heart atmete flach, damit sie nicht in den Lungen schmerzte. Feuer wurden entzündet, und der Rauch stieg in riesigen Schwaden himmelan. Man baute die Zelte auf, trug die Bündel hinein und packte aus. Die Nacht brach herein, und die Tipis leuchteten im Schein der Feuerstellen. Grass Heart betrachtete sie von einer Anhöhe aus und fand, daß sie beinahe wie Geisterzelte aussahen, wenn die Flammen in ihrem Inneren aufloderten und wieder herabsanken.

Nachts fiel ein leichter Schnee, und als Grass Heart morgens aus dem Zelt trat, waren die Bäume weiß, und eine dünne

Eisschicht säumte die Teiche. Sie streifte mit He Who Sees, dem jüngsten Kind, umher, um ihm das gefrorene Wasser zu zeigen, und ihre Fußabdrücke schmolzen hinter ihnen. Der Junge quietschte vor Begeisterung, warf Kiefernzapfen ins Wasser und beobachtete die Ringe auf der Oberfläche, die immer größer wurden und schließlich verschwanden.

Ein Schneeball landete vor Grass Hearts Füßen. Sie blickte auf und sah einen jungen Mann zwischen den Bäumen. Der Junge schrie »Onkel!« und rannte zu ihm hinüber. Der Mann nahm den Kleinen hoch und setzte ihn auf seine Schultern.

»Ich bin Kills Ree«, sagte er.

Die Sioux-Bande, der er angehörte, hatte in der Nähe ihr Lager aufgeschlagen, und Kills Ree gab Horse Runner zwanzig Pferde für Grass Heart. Sie zog in sein Haus und wurde seine erste Frau.

Er war ein Mann vieler Leidenschaften, und sie staunte, wie sehr sie beide Gefallen aneinander fanden. Sie lachten und rangelten in den warmen Fellen auf seinem Bett und legten sich oft unter einen Felsvorsprung in den Schnee, wo die fahle Wintersonne auf sie herunterblickte. Grass Heart genoß die Freuden der körperlichen Liebe so inbrünstig wie er, und es war ihnen beiden ein Vergnügen, miteinander zu ringen. Grass Heart lachte und kicherte nun häufig ohne Grund, und als ihr Vater sie besuchte, konnte er kaum glauben, was er sah.

Kills Ree wettete für sein Leben gern; er war ein hervorragender Reiter, der bei Pferderennen immer gewann, und er brachte Grass Heart prachtvolle Roben und schönen Schmuck. Sie wurde fett, und er neckte sie damit, aber es bereitete ihm Freude, in ihr weiches Fleisch zu kneifen und ihren Hintern zu kneten. Wurde er zornig, war er imstande, das halbe Zelt zu verwüsten, und als er sich einmal versehentlich in die Wade schnitt, eilte das ganze Dorf herbei, weil er so laut brüllte und Verwünschungen ausstieß und den guten eisernen Teekessel, den er Grass Heart geschenkt hatte, in den Dreck hinausschleuderte.

Sie liebte ihn innig, ein Gefühl, das ihr bislang unbekannt gewesen war, doch wenn sie mit den anderen Frauen die steilen Berge hinaufstieg, versiegte Wasserfälle überquerte und über glitschige mit Fichtennadeln bedeckte Felsen kletterte, um Holz zu sammeln, blickte sie gen Osten, zum großen Fluß, und fragte sich, ob sie ihn je wiedersehen würde. Und sie spürte einen Schmerz im Herzen, dem sie keinen Namen geben konnte.

Good Plume entdeckte eine kleine kelchförmige violette Blume, die durch die weiße Decke ragte, und auch an den Wurzeln der Kiefern schwand der Schnee. Er wußte, daß der Saft in den Bäumen emporstieg, und auch in seinem Blut regte sich der Frühling.

»Laß uns nach Hause gehen«, sagte er zu Grass Heart.

Sie rührte in einem Topf und ließ den Löffel ins Fleisch fallen.

»Horse Runner bringt uns um, wenn wir weglaufen«, sagte sie.

»Das habe ich auch bedacht. Was würde Kills Ree tun?«

»Ich weiß es nicht«, sagte sie und holte den Löffel wieder heraus. Ihr Vater saß ihr am Feuer gegenüber, und sie betrachtete ihn. Er sah alt und einsam aus, und das Haar auf seinem Schädel war so dünn und weiß, daß man es kaum mehr sah. Sie dachte, daß er sich vielleicht dem Ende seines Lebens näherte; er wollte nicht unter Fremden sterben, und nur sie allein konnte ihn zu seinem Dorf zurückgeleiten, zu seinem eigenen Haus, in das Tal, das er so liebte.

~

Sie zogen mit Kills Rees Bande nach Osten. Horse Runner wollte mit seinen Leuten im Süden frisches Gras für die Pferdeherde suchen. Er hatte keinerlei Einwände gegen Good Plumes Entscheidung, warnte ihn nur vor der tückischen Art des weißen Mannes, den er als »Hundepisse« zu bezeichnen pflegte.

Eines Tages lagerte Kills Rees Bande am Quell eines Flusses, den Good Plume noch aus seiner Jugend kannte. Er entsprang zwischen Felsen, die von roter und blauer Erde gesäumt waren. Er hatte damals dort eine Antilopenfalle eingerichtet, und sie hatten so viele Tiere gefangen, daß es ihnen nicht möglich war, sie alle mit ihren Pferden zum Fluß zu befördern.

Als Grass Heart ihren Gatten an diesem Abend in ihren Plan einweihte, schwieg er lange. Dann erhob er sich vom Bett und ging aus dem Zelt. Am Morgen fand sie zwei Pferde neben dem Eingang.

»Das hier ist sanftmütig«, sagte er und klatschte der rotgefleckten Stute auf die Flanke. »Dein Vater kann gut auf ihr reiten.«

Tränen stiegen ihr in die Augen. »Wie werde ich dich wiederfinden?« fragte sie.

»So wie wir uns schon einmal gefunden haben«, lachte er und strich ihr mit seiner schmalen dunklen Hand über die Brust. »Geh«, sagte er.

Sie hatte ein paar Roben und Nahrung gepackt, und die erste Nacht verbrachten sie in einem dichten Eichenwald. Grass Heart schlief nicht; sie sah zu den Sternen auf und sann darüber nach, warum Kills Ree es ihr so leicht gemacht hatte zu gehen.

Good Plume meinte, er könne den großen Fluß riechen, als sie um die Mittagszeit auf eine Hochebene kamen. In den Senken blühte gelber Klee. Er versuchte, die große Stute zu einem Galopp anzutreiben, aber sie weigerte sich, schniefte, als wolle sie ihm bedeuten, daß er geduldig sein solle, und trabte in aller Ruhe weiter.

Als die Sonne den Horizont berührte, der nun hinter ihnen lag, neigte sich das Land, und sie erblickten in der Ferne den breiten Fluß, braun und lebhaft, denn es war die Zeit der

Schneeschmelze. Good Plume schrie vor Freude, als er ihn sah.

In der Abenddämmerung erreichten sie das Dorf.

Wenn Jake Moon später von seiner Flucht vor den Sioux berichtete, beschönigte er so manches. Er verschwieg beispielsweise, daß er einen Bogen um Fort Pierre gemacht hatte, um Mrs. Rosen nicht zu begegnen, der er noch Pelze schuldete, und daß es ihm erst nach vielen Mühen gelungen war, St. Louis zu erreichen.

Und er sprach niemals über die Alpträume, die ihn häufig heimsuchten. Er spürte dann unter sich das Schwanken der Tür, als sie um die große Biegung des Flusses trieb, und sah den dunklen drohenden Wald hinter sich verschwinden. Er war in einer Gegend gelandet, in denen es kahle, mit rosafarbenem Sand bedeckte Hügel gab, auf denen stachlige Büsche wuchsen. An einem Felsvorsprung war er an Land gegangen und hatte sein Floß hochgewuchtet.

Er schilderte, wie er mit seinem Messer, dem einzigen Gegenstand, den er bei sich führte, aus dem Holz einer Esche eine Lanze schnitzte. »Jetzt habe ich zwei Waffen«, sagte er laut und blickte sich ängstlich um, ob ihn etwa jemand gehört habe.

Im nächsten Wäldchen sammelte er Ranken und verflocht sie mit Ästen und festen Gräsern zu einer niedrigen Hütte, die er mit Binsen und weiteren Ranken an seinem Floß festband.

Er geriet in einen furchtbaren Sturm und konnte sich auf eine Sandbank retten. Die schwere Tür zog er mit an Land, und dann blieb er liegen, vor Nässe zitternd.

Von einem Insektenstich bekam er ein Fieber, von dem er sich selbst heilte, indem er wilde Minzblätter in einem Gefäß aus Zedernrinde kochte, über einem Feuer, das er mit Feuerstein und seiner Messerklinge entfacht hatte.

Alles, was er in diesem Jahr bei den Mandan gelernt hatte, war ihm nun von Nutzen. Er fand wilde Rüben und Zwiebeln, fing Kaninchen in Fallen und Ziesel, denen er mit einem Netz vor ihrem Bau auflauerte.

In der Morgendämmerung ging er stets an Land und hielt sich unter den ausgehöhlten Felsen am Ufer auf, nachts trieb er lautlos den Fluß entlang. Er kam an Indianerdörfern vorbei und erreichte schließlich einen Handelsposten, einen erbärmlichen Bretterverschlag mit einem Segeltuchdach. Er betrank sich mit dem Halbblut, das ihn betrieb, und war einige Tage unpäßlich. Dann tauschte er seine Tür gegen ein simples Kanu ein. Mit schlechtem Gewissen und fürchterlichem Brummschädel traf er schließlich nach weiteren Abenteuern in St. Louis ein. Ein entfernter Vetter verschaffte ihm Arbeit und Unterkunft, und er verbrachte den Rest des Winters und das ganze folgende Jahr dort.

Als Jake Moon eines schönen Frühlingstages vor dem Great Western Saloon stand, sah er eine vertraute Gestalt die Straße entlangspazieren.

Wenn Carl Bessie nüchtern gewesen wäre, hätte er nur im Vorübergehen genickt, doch er hatte reichlich Whisky getrunken und war gesprächiger Stimmung; er blieb stehen und blickte den jungen Mann prüfend an. Er erkannte ihn, obwohl das Gesicht älter und von Pockennarben gezeichnet war.

Bessie schnippte mit den Fingern und sagte: »Vom Fort Catherine, ich habe Euch im Fort Catherine gesehen.« Sein Gedächtnis war in guter Verfassung, sagte er sich. Laut äußerte er: »Trinkt ein Glas mit mir.«

»Es wäre mir eine Freude«, antwortete Jake Moon bescheiden.

Mr. Bessie lenkte ihn durch die Tür zu einem Tisch am

Fenster und verlangte lautstark nach einer Flasche und zwei Gläsern.

»Wie ist es Euch ergangen?« fragte er und hickste verstohlen, während Jake von den Ereignissen im Fort Catherine berichtete und eingehend die grauenvollen Folgen der Pockenepidemie schilderte.

Der Künstler wurde bleich. »Ich will nichts mehr davon hören«, sagte er hastig und leerte sein Glas in einem Zug. »Lawrence Knipp ist daran zugrunde gegangen, müßt Ihr wissen. Er fiel wegen einer Sache, die damit zu tun hatte und über die er nie mit mir sprach, bei seinen Dienstherren in Ungnade und mußte gehen. Er fand keine Arbeit mehr, ergab sich dem Trunke und starb.« Seine Hände zitterten, als er das Glas zum Mund führte.

Jake war erschüttert über diese Wendung des Schicksals. Er hatte sich damals gewünscht, daß der Agent leiden möge, weil er sie betrogen und zurückgelassen hatte. Nun war seinem Wunsch nach Rache Genüge getan.

Mr. Bessie sah aus dem Fenster, und Jake tat es ihm gleich. Draußen prügelten sich zwei Frauen und schlugen so hemmungslos aufeinander ein, daß ihnen die Hauben auf den Rücken glitten. Nachts hatte es geregnet, und die Straße war schlammig. Schließlich rutschte eine von ihnen aus, fiel von dem hölzernen Steg und riß die andere mit sich in den Schmutz. Der Künstler empfand das als gelungenes Ende der Darbietung und stieß ein heiseres Gelächter aus, das Jake erschreckte.

Er erkundigte sich nach Pater Bernard. Mr. Bessie meinte, er sei ihm nie begegnet, und Jake berichtete, wie er die Kranken gepflegt hatte.

»Den haben wahrscheinlich die Indianer erledigt«, sagte Mr. Bessie gleichgültig und wischte sich die Finger an seiner Weste.

Der Whisky löste Jakes Zunge. »Mich haben sie nicht zu fassen bekommen, obwohl es knapp war«, prahlte er.

Während Bessie trank, berichtete Jake von seiner Flucht auf dem Fluß. Einige Ereignisse ließ er aus, andere schilderte er in allen Einzelheiten, vor allem jene, in denen es ihm kraft seiner Kenntnisse indianischer Fertigkeiten gelungen war zu überleben. Er fand, Mr. Bessie habe etwas Besonderes verdient für den Whisky, den er ihm ausgab.

Der Künstler war aufmerksam geworden und blickte Jake mit glasigen Augen an. »Würdet Ihr wohl gerne eine Expedition zum oberen Lauf des Missouri leiten?« fragte er.

»Wir konnten noch niemanden finden, der uns geeignet schien, und Ihr mit Euren Kenntnissen des Landes und der Stämme hier könntet durchaus der rechte Mann sein. Wir sind zu dritt, eine kleine Gruppe, aber am Fort Snelling stößt noch ein Begleiter zu uns. Wir haben den Auftrag, Proben für wissenschaftliche Studien zu sammeln.« Er hielt inne und schaute zum Fenster hinaus. Er hätte den Frauen gerne weiter beim Kämpfen zugesehen, doch sie lagen nun grinsend im Schlamm und wedelten mit den Beinen, und die Leute auf dem Holzsteg blieben stehen und starrten zu ihnen hinunter.

Als Bessie wieder nüchtern war, verstand er nicht mehr, warum er Jake Moon dieses Angebot gemacht hatte. Er konnte nicht einmal sicher sein, daß der Bursche die Wahrheit gesagt hatte, und er fürchtete, einen schweren Fehler begangen zu haben. Hopewell, der Geldgeber der Expedition, befragte ihn peinlichst genau über Jake, und anstatt zuzugeben, daß er unter dem Einfluß von Alkohol eine voreilige Entscheidung getroffen hatte, verteidigte Bessie seine Wahl.

»Er kennt das Land und spricht die Sprache. Und er ist ungebildet«, fügte er hinzu, »was für uns von Vorteil ist. Unsere Ergebnisse werden ihm einerlei sein, weil er nichts von Forschung versteht.«

Hopewell war überzeugt, gab jedoch Anweisung, Jake nicht mehr mitzuteilen als unbedingt notwendig. »Das wäre höchst unklug«, sagte er. »Dr. Stiles will, daß alles so verschwiegen wie möglich behandelt wird, das hat er eigens betont.«

Jake für sein Teil nahm das Geld entgegen, das Bessie ihm angeboten hatte, als sie die Schenke verließen, und sah dem Mann nach, der leicht wankend den Holzsteg entlangging, einen Fuß vor den anderen setzend, und einmal in den Schlamm trat.

Jake erfuhr, daß er eine Gruppe zu den Quellflüssen des Missouri führen sollte; allerdings war er nie weiter nördlich als am Fort Catherine gewesen. Dennoch war er zuversichtlich. Man muß ja nur dem Flußlauf folgen, sagte er sich munter und machte sich auf, die Ausrüstung für seine Reise zu besorgen.

Anfang Juni gingen sie an Bord des Dampfers »Marie Josephine«. Im Fort Leavenworth stieß Dr. Stiles zu ihnen, ein dürrer verdrießlicher Mann, der Jake auf den ersten Blick nicht behagte. Der Doktor sprach selten mit ihm, und wenn er es tat, dann nur in überheblichem Tonfall. Jake wunderte sich, als er von Hopewell erfuhr, daß der Mann nicht Doktor der Medizin, sondern Botaniker war. Mr. Bessie erklärte, er sei Naturwissenschaftler. Beide Wörter sagten Jake nichts; er fand lediglich, daß sie sich langweilig anhörten.

Er bekam mit, daß die Expedition von Mr. Hopewell bezahlt wurde, einem leutseligen, munteren Burschen, der seinen eigenen Küchenhelfer mitbrachte, einen schwarzen Mann namens Hobie, der sich als angenehmer Begleiter und hervorragender Koch erwies.

In Fort Snelling am oberen Flußlauf gingen sie von Bord, und Hopewell erstand bei einem Stallknecht Wagen und ein paar bockige Maultiere als Zugtiere. Die Wagen hatten hohe mit Eisenreifen beschlagene Räder, und Jake dachte bei sich, daß sie recht schwerfällig aussahen. Er fürchtete, einen lenken zu müssen, doch Mr. Bessie besorgte für ihn ein gutes Pferd, ein prächtiges schwarzes Roß, dem Jake auf den ersten Blick zugetan war.

Eines Morgens wurde Mr. Hopewell von einem Mann angesprochen, der eine Beschäftigung als Fuhrmann suchte. Er habe für das Militär gearbeitet, doch man habe ihn fortgeschickt, sagte er. Er habe von der Expedition gehört und auf ihr Eintreffen gewartet. Auf Empfehlung von Bessie, der den Mann kannte, nahm Mr. Hopewell ihn in seine Dienste. Als man ihn jedoch Jake vorstellte, verfinsterte sich dessen Miene, und er weigerte sich, dem Mann die Hand zu geben.

»Frankie Paradise«, sagte Mr. Hopewell. »Er wird sich der Wagen annehmen.« Er entfernte sich.

»Ich kenne Euch«, sagte Jake. »Vom Fort Catherine.«

Paradise betrachtete ihn höhnisch und sagte: »An Narben fehlt's Euch nicht.«

In dem Zimmer, das man ihm zugewiesen hatte, betrachtete sich Jake in einer Spiegelscherbe, die an der Wand befestigt war. Sein Gesicht war gebräunt von der Sonne, aber mit weißen Narben gesprenkelt. Aus einer Kiste nahm er seine neue Kopfbedeckung, einen bunten Hut mit Bändern, wie er ihn bei den französischen Trappern in Fort Pierre bewundert hatte. Dazu zog er seine Jacke aus Hirschleder mit den langen Fransen an den Ärmeln an. Als er damit abends zum Essen ging, erwiesen sich die Fransen als ausgesprochen hinderlich; wenn er sie vergaß und zu rasch die Arme hob, schlugen sie ihm ins Gesicht.

Am Tag vor dem Aufbruch hatte Mr. Hopewell eine Unterredung mit dem Kommandanten, der ihnen sechs Soldaten als Begleitung abstellte. Er wurde auch bei der Zivilverwaltung vorstellig; bei diesem Treffen begleitete ihn Jake. Sie wurden von einem Mann empfangen, dessen schwarzer Anzug so alt zu sein schien, daß er in dem trüben Licht, das durch die schmutzigen Fenster fiel, fast rostig aussah. Der Mann führte sie in einen Raum nebenan, wo ein anderer hinter einem Schreibtisch saß. Hopewell begann das Gespräch, und Jake bemerkte, daß der Bursche mit dem schwarzen Anzug ständig zu ihm herüberblickte. Seine Augen waren so schwarz wie seine Kleidung und gelb gerändert. Jake kehrte ihm den Rücken zu, ließ sich auf einem harten Schemel nieder und zählte die Bücher in den Regalen. Es waren sehr viele, und einige waren mit Goldlettern versehen. Jake fragte sich, wozu man hier in der Wildnis so viele Bücher benötigte. Er beugte sich vor, um die Titel zu entziffern, doch sie sagten ihm wenig, und er betrachtete wieder den Mann mit den sonderbaren Augen.

Jake kam zu dem Schluß, daß er schwer krank war; sein Gesicht war aschfahl, und seine Hände zitterten heftig. Seine Schuhe waren aus weichem Leder wie die der Frauen, und Jake entsann sich, daß bei der sogenannten Französischen Krankheit erst das Geschlecht und hernach die Zehen verfaulten. Er versuchte zu erkennen, ob dem Burschen auch schon die Zähne ausgefallen waren, doch dieser hielt den Mund fest verschlossen. Angewidert ging Jake hinaus und wartete vor der Tür auf seinen Dienstherrn.

»Alles unterzeichnet!« rief Hopewell, als er herauskam, und zeigte Jake die Unterschrift unter einem goldenen Siegel. »Jetzt sind wir von höchster Stelle anerkannt!«

Als sie später gemeinsam das Abendessen einnahmen, brachte Jake den dürren Mann mit den verkrusteten Augen zur Sprache und gab seiner Überzeugung Ausdruck, daß er die Französische Krankheit habe. Hopewell meinte, er sei wohl ein Richter, den die Regierung für die Zivilisten ins Fort geschickt habe, denn er gehöre keinesfalls dem Militär an. Dann zeigte er das Dokument Dr. Stiles und Mr. Bessie und erwähnte den Namen des kranken Mannes. Bessie stieg die Röte ins Gesicht, und mit schadenfrohem Gesicht bat er Hopewell, ihm den Mann zu beschreiben. Darauf bekam er einen so heftigen Lachanfall, daß er fast erstickt wäre, wenn Dr. Stiles ihm nicht kräftig auf den Rücken geschlagen hätte.

Jake sagte der Name des Mannes nichts; er dachte nur, daß es doch günstig sei, einen Doktor bei sich zu haben, auch wenn er nur Botaniker oder Naturist war – er wußte jedenfalls, was in einer Notlage zu tun war, wie man bei Mr. Bessie gesehen hatte.

Grass Heart und ihr Vater fanden das Dorf fast verlassen vor; zurückgeblieben waren nur die Alten, die verkrüppelt, schwerkrank oder blind waren. Sie waren am Verhungern, denn keiner konnte auf die Jagd gehen, und die Gärten verwilderten.

Sie erzählten Good Plume, wie die Hidatsa gekommen waren und den Gesunden angeboten hatten, in ihrem Dorf am Oberlauf des Flusses zu leben. Bedrückt kehrte er in sein Haus zurück und hielt sich die Brust. Grass Heart hingegen widersetzte sich der Trübsal und suchte in den Vorratsgruben der verlassenen Häuser nach Nahrungsmitteln. Sie ließ Good Plume keine Ruhe, bis er ihr aus den Zweigen der Würgkirsche neue Pfeile und einen kleinen Bogen fertigte. Damit schoß sie am Flußufer Hirsche und Elche, die dort Schutz vor der Hitze suchten, und brachte Fleisch nach Hause, an dem sich alle gütlich taten, die noch feste Nahrung zu sich nehmen konnten.

Dennoch gab es in jeder Woche Tote; die Alten hatten keinen Lebenswillen mehr. Grass Heart fürchtete, daß auch ihr Vater aufgeben könne, und versuchte ihn nach Kräften aufzuheitern. Doch der Winter lauerte hinter dem Horizont und kam von Tag zu Tag näher; sie konnte ihm nicht Einhalt gebieten.

Die Tage wurden kürzer, die Vögel verschwanden. Die Blätter färbten sich kupferrot und braun, und der Wind wurde kalt. Es regnete tage- und nächtelang, und sie merkte, wie ihr Vater immer hagerer und mutloser wurde. Eines Abends klarte der Himmel auf; im Tal hing Nebel, und eine Mondsichel stand am Himmel. Grass Heart lag in ihrer zerschlissenen Robe auf dem Bett und hörte den Schrei einer hungrigen Eule. Das Feuer war heruntergebrannt, und sie stand auf und legte Holz nach. Good Plume kam aus dem Dunklen und setzte sich zu ihr.

»Wir sollten gehen«, sagte er langsam. »Wir können hier nicht ohne Fleisch und warme Roben den Winter verbringen.

Mein Herz ist so leer wie dieses Dorf, und ich bin so traurig wie das Wetter. Ich glaube, ich würde den Tod jetzt willkommen heißen, wenn du nicht wärst. Es ist meine Schuld, daß du keinen Gatten mehr hast. Laß uns zu den Hidatsa gehen. Dort wird uns jemand ein neues Leben geben. Das alte ist abgenutzt.«

Kurz nach ihrem Eintreffen im Dorf war ein rundlicher Onkel von Kills Ree erschienen und hatte behauptet, sein Neffe habe ihn geschickt, um die Pferde zurückzuholen. Es gab einen erbitterten Streit darüber, doch schließlich mußte Grass Heart ihm die Tiere überlassen.

Der Regen schlug ihnen ins Gesicht, als sie das Dorf verließen und den schmalen Pfad hinaufstiegen, der nach Norden führte. Grass Heart hatte ein Geschirr aus Lederriemen angelegt und zog damit einen kleiner Schlitten aus Büffelknochen, auf den sie ihre wenigen Habseligkeiten geladen hatten.

Good Plume ging voran und stützte sich dabei auf eine Krücke, die Grass Heart ihm aus einem gegabelten Ast gefertigt hatte. Auf dem Berg blieben sie stehen und blickten stumm zurück. Der Regen kam ihnen vor wie eine Tür, die sich hinter ihnen schloß, und sie gingen weiter. Ein Fuchs, den sie aufgeschreckt hatten, flitzte vor ihnen her, flammend rot und schnell wie ein Blitz, und Grass Heart stockte der Atem, weil sie ihn so schön fand. Sie beneidete ihn.

Sie folgte ihrem Vater und hörte das Tappen seines verkrüppelten Beins auf der weichen Erde. Ein traurigeres Geräusch konnte sie sich nicht vorstellen.

~

Jake Moon richtete sich in den Steigbügeln auf und schrie »vorwärts!«, und die Expedition setzte sich Richtung Westen in Bewegung.

Alle waren froh, weil sie das Indianergebiet ohne Schwierigkeiten durchquert und nur ab und an aus der Ferne ein paar Indianer erblickt hatten, die sie aber in Ruhe ließen.

Sie verloren viel Zeit, weil sie die zahlreichen Sümpfe, Teiche und Seen umgehen mußten, deren Wasser so schwarz war wie das Herz der Erde. Reglos standen dunkle Wälder am Horizont, und auf der Ebene blühten bunte Blumen.

Dann wurde das Land hügeliger, und sie stießen häufig auf Bäche und Flüsse, die kein Hindernis für sie darstellten. Alles verlief nach Plan, und Jake mußte wider Willen zugeben, daß Frankie Paradise und ein Soldat namens Coleman, die beide im Sommer vor zwei Jahren diese riesige Prärie schon einmal durchquert hatten, um von Fort Catherine nach Fort Snelling zu gelangen, ihre Sache gut machten.

Sie hielten häufig an, damit Dr. Stiles Blumen pflücken oder Knochen in Augenschein nehmen konnte. Jake fand sein Interesse für die indianischen Totengerüste widerwärtig und konnte nicht ergründen, weshalb Dr. Stiles sich gerne damit beschäftigte, weil er selbst damit zu tun hatte, die Lager aufzuschlagen und die Route für den nächsten Tag zu planen. Mr. Bessie und Stiles schienen sich jeden Knochen auf den Plattformen einzeln anzusehen; den anderen Teilnehmern der Expedition waren die Gerüste nicht geheuer, obwohl nur tote Indianer darauf bestattet waren, und sie hielten gebührenden Abstand von ihnen.

Fort Catherine gab es noch. Man hatte offenbar einen weiteren Versuch unternommen, es abzubrennen, denn die Balken an den Lagerräumen waren verkohlt. Hopewell sah sich um und verkündete dann, daß sie das Lager im Hof aufschlagen sollten. »Ich habe ungern ein Dach über dem Kopf, wenn ich unter dem Sternenhimmel schlafen kann«, sagte er. Dr. Stiles meinte, ihm sei es einerlei; nur Bessie hätte eine schützende Behausung vorgezogen.

Sie aßen gebratenes Antilopenfleisch, dann stieg Jake Moon auf den Wehrgang hinauf, um den Sonnenuntergang zu betrachten, wobei er auf jeden Schritt achtete, denn die Leiter war verwittert und brüchig. Er legte die Arme auf die Brustwehr und blickte zu den runden Dächern des Dorfes auf der anderen Flußseite hinüber. Hinter ihnen ragten, von goldenem Licht gesäumt, die Berge auf. Er hatte ein Fernglas mitgenommen und meinte zu erkennen, daß auf den Dächern Unkraut wuchs, was ihm ein unheimliches Gefühl einflößte. Nichts regte sich, nur ein Adler zog seine Kreise über dem Fluß, und der Himmel nahm jene blaßviolette Farbe an, an die Jake sich genau erinnerte. Dann färbte er sich schillernd grün, und die Dämmerung brach an. Jake verweilte dort oben, bis es dunkel war, und dann ging er zu Bett, ohne mit jemandem ein Wort zu wechseln.

Am nächsten Morgen hißten sie die Flagge an der Stange und verzehrten zum Frühstück frisch erlegte Wachteln.

»Diesen Tabak kann ich nicht rauchen«, sagte Good Plume. »Er kratzt im Hals.«

Der Tabak der Hidatsa war kurzblättrig und bitter, und sie rauchten ihn pur, da es in der Nähe des Dorfes keine jener Weiden gab, mit deren Rinde man ihn hätte mischen können.

»Du hast ihn den ganzen Winter lang geraucht«, erwiderte Grass Heart. Sie war damit beschäftigt, eine Hirschhaut mit einem Stück Horn abzuschaben, das sie geschärft hatte. Fliegen und Stechmücken surrten um sie herum, angezogen von dem Haufen Innereien neben ihr. Sie trug ihr Haar offen, um sich vor ihnen zu schützen, und nun wischte sie es aus dem Gesicht. Ihre Hand war schwarz von getrocknetem Blut, Schweiß rann ihr aus den Achseln, und ihr Rücken schmerzte von der harten Arbeit.

»Es ist nicht weit«, versuchte er sie zu überreden, »wir können es in einem Tag schaffen, und in den alten Gärten finde ich genug für mich. Du weißt doch, daß er wächst und wuchert und nicht einmal beim ersten Frost zerfällt.«

»Ich will nicht«, sagte Grass Heart. »Vielleicht gedeiht dort gar nichts mehr, und wir machen den weiten Weg umsonst.«

»Dann gehe ich alleine.« Er wollte sich von ihrem geplagten Blick nicht erweichen lassen. »Oder wir nehmen die Pferde und reiten zusammen.«

Er hatte zwei Pferde gekauft, deren einstige Besitzer sie loswerden wollten; das eine hatte durch einen Pfeil ein Auge verloren, und das andere hatte ein sonderbares Gewächs an einem Hinterbein. Der Medizinmann der Hidatsa hatte ihnen für die Behandlung zu viel abverlangt, und Good Plume bekam beide im Austausch gegen eine Büffelrobe.

Für das kranke Tier fertigte er eine Decke an, die das Geschwulst verdeckte. Das halbblinde gab er Grass Heart, denn es war vorsichtig und daher verläßlich und ruhig. Grass Heart war schon immer eine waghalsige Reiterin gewesen, und auf diesem Tier könne ihr nichts zustoßen, dachte er sich.

Mit gesenktem Kopf fuhr sie fort, die Haut zu schaben, und er beobachtete sie aus halbgeschlossenen Augen, zog an seiner Pfeife und hustete leise. Als sie aufschaute, lächelte er.

»Ein Tag mit den Pferden«, sagte er, hinkte dann ins Haus und kehrte mit seinem neuen Bogen aus Horn, dem Köcher und einer langen Lanze mit Eisenklinge zurück. Diese Gegenstände legte er vor ihr nieder, fügte noch ein Messer und ein Beil hinzu und sagte dann mit einem Lächeln auf seinem runzligen Gesicht: »Falls wir den Sioux begegnen.«

»Das ist nicht ihre Zeit«, sagte sie. »Du bist verrückt. Und wenn wir weiße Männer treffen?«

»Werde ich sie töten«, sagte Good Plume.

Die Morgensonne lag auf den Pappeln an den Ufern des Knife River, als sie aufbrachen. Es roch nach Süßgras und Pferden. Good Plume saß aufrecht in seinem hölzernen Sattel, und er kratzte sich häufig am Ohr, ein Zeichen dafür, daß er froh und glücklich war. Gelbbeinige Waldhühner staksten pfeifend durchs Dickicht. Als Grass Heart mit dünner hoher Stimme zu singen begann, stoben sie davon.

Diesmal mußten sie nicht dem Pfad folgen. Die Pferde suchten sich ihren Weg über die Prärie; das einäugige folgte dem anderen auf dem Fuße. Am späten Nachmittag ritten sie auf dem Berg nördlich ihres einstigen Dorfes entlang. Grass Heart zog plötzlich am Seilzügel ihres Pferdes. »Ich sehe Rauch«, sagte sie. »Dort.« Und sie deutete zum Fort hinüber.

Sie half ihrem Vater, vom Pferd zu steigen. Dann führten sie die Tiere ein Stück den Hang hinunter und krochen an die Bergkuppe heran, um auf ihr Dorf hinunterzublicken. Nichts rührte sich dort.

Schließlich sprach Good Plume. »Weiße Männer«, sagte er, und Grass Heart nickte.

»Mit diesen Pferden kommen wir nicht vor Einbruch der Dunkelheit zu den Hidatsa zurück. Wir können hier unser Lager errichten, ohne Feuer, und vor Sonnenaufgang wieder aufbrechen«, überlegte Grass Heart. »Oder wir können uns von hinten dem Dorf nähern und nachschauen, ob den Alten nichts geschehen ist.

Ich fände es nicht recht, wieder zu verschwinden, ohne nach ihnen gesehen zu haben«, fügte sie hinzu. Sie glaubte nicht, daß ihnen große Gefahr drohte, und war sicher, daß ihr Vater angesichts der weißen Männer im Fort seine Suche nach Tabak aufgeben würde.

In großem Bogen näherten sie sich dem Dorf und betraten es durch die hinteren Tore. Es war verlassen. Sie streiften durch die Häuser, in denen seit geraumer Zeit niemand mehr gewesen war; die Böden waren mit einer dicken Staubschicht bedeckt, und die Asche in den Feuerstellen war alt.

In einem Haus fanden sie den in Häute gehüllten Leichnam einer alten Frau. Grass Heart erkannte sie nicht, als sie ihr Gesicht aufdeckte, aber Good Plume meinte, es sei Lone Woman, die Frau von Long Catcher, der wiederum Sweet Flags

Onkel war. Grass Heart fragte sich, was aus Bloody Dog, dem Berdachen, der Liebe ihrer Kindertage, geworden war. Sie schnaubte ungläubig, als sie daran dachte, daß sie einst so jung und dumm gewesen war, an ihm festzuhalten; daß sie unterdessen zweimal verheiratet gewesen war und nun siebzehn Sommer zählte, daß sie die Blatternepidemie überlebt hatte, versklavt worden war, zu den Black Hills und wieder zurückgezogen war und ihren Vater aus dem Seuchenhaus gerettet hatte, und all das, während Sweet Flag ein nutzloses, leeres Leben führte. Dann entsann sie sich seines liebenswerten Lächelns und der sanften Worte, mit denen er ihr erklärt hatte, daß sein Blut in eine andere Richtung floß, und sie verbannte wehmütig alle Erinnerungen an ihn und sah zu, wie ihr Vater mit seinen zittrigen, von Altersflecken gezeichneten Händen das Gesicht von Lone Woman wieder bedeckte.

Sie brachten die Pferde im Haus unter und nahmen einige kalte Speisen zu sich. Sie sprachen wenig. Good Plume saß mit seinen Waffen in der Tür, als die Dunkelheit hereinbrach, und sie hörte ihn schnarchen, als sie in ihrer Robe lag. Vor dem Morgengrauen stand sie auf und weckte ihn. Sie führten die Pferde aus dem Dorf und verbargen sie in einem Wäldchen. Dann stiegen sie auf die Kuppe der Klippe südlich der Gärten.

Grass Heart holte Steine aus dem Bachbett und errichtete eine kleine Mauer auf einem Felsvorsprung, hinter der sie sich verbergen konnten. Unter ihnen schimmerte der Fluß rosenfarben im Morgenlicht. Die Flagge am Fort flatterte im Wind, und Good Plume spürte, wie sein Herz seinen Körper verlassen wollte, und hielt es mit beiden Händen fest.

Als die Sonne aufgegangen war, konnten sie das Lager auf dem Hof erkennen und die Wagen und die Männer, die sich dort bewegten.

»Es scheinen nicht viele zu sein. Sie haben kein Boot, und nirgendwo stehen Wachen. Ich glaube, es sind nur ein paar Jäger«, sagte Grass Heart. »Die werden uns nicht im Wege stehen. Wir können aufbrechen, wenn du bereit bist.«

»Ich habe es nicht eilig«, erwiderte er, »mir bleibt genügend Zeit, um meinen Tabak zu holen. Ich habe den weiten Weg nicht gemacht, um mir weiße Männer anzusehen.«

Sie wandte sich zu ihm um und wollte ihm widersprechen, da schlug er sich aufs Knie und sagte lachend: »Pißhunde, so hat Horse Runner sie genannt. Und schau mal, sie kommen hierher!«

Fünf Männer mit einem Packpferd ritten auf den Fluß zu, und Grass Heart spürte, wie heißer Zorn in ihr aufstieg. Sie zog ihren Vater auf die Füße und schob ihn aus ihrem kleinen Versteck; er stolperte über die Felsen, dann eilte er ihr nach zu dem Wäldchen, in dem ihre Pferde warteten.

Jake Moon sagte: »Wollt Ihr heute das Dorf sehen?«, und ließ sich nicht beirren, als Bessie ihm einen Blick zuwarf, den er nicht zu deuten vermochte.

Coleman und Paradise saßen schon auf ihren Pferden; das Packtier, dem man Kisten auf den Rücken gebunden hatte, war an Colemans Roß festgemacht. Das Tier wieherte, als Dr. Stiles sich näherte, und er versetzte ihm mit der Peitsche einen Hieb über die Nase.

Jake war schon zuvor aufgefallen, wie grausam Stiles die Tiere behandelte, und hatte immer weggeschaut, wenn der Mann auf die Maultiere eindrosch, bis sich Striemen auf ihrer dünnen Haut bildeten und ihre Beine sich durchbogen bei dem Versuch, sich dem Zaumzeug zu widersetzen.

»Wir können einen Blick in die Runde werfen, falls Dr. Stiles Wert darauf legt«, sagte Bessie, dessen Sattel ein lautes Ächzen von sich gab, als er sich darauf niederließ. »Ich nehme nicht an, daß es von Interesse sein wird.«

»Ich schätze, da lebt schon länger keiner mehr«, sagte Jake. »Seit den Blattern.«

Dr. Stiles' Augen waren merkwürdig grün, und er sah Bessie durchdringend an, der sich vorbeugte, um einen festeren Sitz im Sattel zu finden. »Hat Mr. Bessie Euch nicht über den Zweck dieser Reise unterrichtet?« fragte er Jake.

»Doch, gewiß hat er das. Er sagte mir, Ihr wolltet Euch hier nach Vögeln und Pflanzen und derlei Dingen umsehen.« Jake fand den anklagenden Tonfall von Dr. Stiles ärgerlich und dachte bei sich: Ohne meine Erfahrung wärst du nie bis hierher gekommen.

Stiles zuckte leichthin die Achseln. »Wir können uns kurz umsehen und uns dann mit dem anderen befassen.«

Am Tage nach ihrer Ankunft im Fort hatte Hopewell Fieber bekommen und mußte seither das Bett hüten. Dr. Stiles hatte ihm Laudanum verabreicht, und er döste unruhig und hörte Hobie im Kochzelt pfeifen. Zwei Soldaten schliefen im Schatten der Palisaden; von den anderen wußte er nichts, und es war ihm auch einerlei. Die Hitze war drückend, er schwitzte heftig und träumte von gemäßigteren, angenehmeren Temperaturen. Als er einmal erwachte, sah er Hobie aus einer Flasche trinken. Dann setzte der schwarze Mann die Flasche ab und begann, mit einem Messer seine Zehennägel zu bearbeiten. Hopewell schloß die Augen wieder.

Der rothaarige Soldat Rafferty kam von den Stallungen herüber und starrte Hobie erbost an. Rafferty haßte »Nigger«, und Hobie, der bei der kleinen Gruppe eine besondere Position einnahm, war ihm besonders zuwider.

Rafferty suchte die anderen Soldaten, Joe und Andy, die sich an der Mauer ausgestreckt hatten, und weil ihnen langweilig war, ließen sie sich von ihm zu einem Bad im Fluß überreden.

Sie wanderten den Fluß entlang, bis sie das Fort aus den Augen verloren, und hielten nach einer Stelle abseits der Strömung Ausschau. Schließlich entdeckten sie einen stillen Teich unter Bäumen. Eine Bärin lag dort auf der Sandbank, und ihre Jungen spielten im seichten Wasser und plantschten und quietschten wie Kinder. Andy wollte näher herangehen, weil ihn die glänzenden braunen Tieren fesselten. Rafferty warnte zwar davor, doch schließlich verließen die drei Männer den Schutz der Bäume und traten näher ans Wasser.

Die Bärin hob den Kopf und schnüffelte. Dann richtete sie sich flugs zu voller Höhe auf und griff die Männer an, die sich vor Schrecken nicht zu rühren vermochten. Sie stürzte sich auf Joe, riß ihm die Kehle heraus, und schwenkte Andy hoch und brach ihm das Genick. Rafferty hörte das Knacken und sah ihn fallen, dann brüllte die Bärin auf und schlug ihre Zähne in die wehrlose Gestalt.

Kopflos vor Angst, rannte Rafferty auf die Klippen zu. Als er sie erreichte, schaute er sich noch einmal um und sah, wie das Tier den Körper herumzerrte und mit den Klauen zerfetzte. Rafferty hangelte sich die Felsen hinauf und hielt erst inne, als er keine Luft mehr bekam. Er klammerte sich fest und blickte nach unten. Die Bärin und die Jungtiere waren verschwunden. Er schloß die Augen und legte das Kinn auf einen Felsvorsprung.

Etwas pikte ihn in die Wange. Erst glaubte er, es sei ein Insekt, dann spürte er es erneut. Dann sah er, was es war. Die alte Haut, gerade abgestreift, lag daneben wie ein Stück zerknülltes braunes Papier, und die rasselnden Schuppen waren deutlich zu erkennen.

Seine Kehle verschloß sich, und der weiße Himmel über ihm wurde schwarz.

~

Die vier Männer überquerten den Fluß an der alten Furt, die Jake ihnen zeigte. Als sie die verfallenen Palisaden des Dorfes erreichten, bedachte Stiles sie mit einem verächtlichen Blick und sagte: »Ich dachte, Eure berühmten Mandan legen Wert auf Ordnung.« Bessie bemühte sich zu erklären, daß dieses Dorf nicht mehr bewohnt sei, doch Stiles achtete nicht auf ihn.

Jake überließ sie ihrer Betrachtung des Ratshauses und suchte das Haus von Good Plume auf. Er entdeckte Spuren, die darauf hinwiesen, daß sich hier unlängst jemand aufgehalten hatte, und an der Feuerstelle fand er eine verbogene Gabel, die Grass Heart gehört hatte. Er steckte sie ein. Es roch modrig im Haus, und eine Spinne hatte ein schillerndes Netz über das Rauchloch gesponnen, in dem sich nichts verfing außer der Sonne. Jake fühlte sich unbehaglich in dem düsteren Haus unter der hohen gewölbten Decke, und merkte, daß er schwitzte in seinem Hirschledermantel. Er zog ihn aus und legte ihn über den Arm.

Frankie wartete mit den Pferden am Tor. Jake begab sich dorthin, überprüfte die Ladung seines Pferds und zurrte sie fester. Fettflecken glänzten auf seinem roten Flanellhemd, und unter seinen Achseln zeichneten sich dunkle Ringe ab. Er beneidete Stiles um seine Weste aus Segeltuch, deren Taschen stets schwer waren von Werkzeug. Coleman, der ein dünnes blaues Hemd trug, wirkte am wenigsten erhitzt.

Als Jake in die Dorfmitte zurückkehrte, hatte Bessie seine Pfeife angezündet und rauchte, und Dr. Stiles starrte in die Ferne.

»Welche Richtung?« fragte er Bessie. Jake wischte sich den Schweiß von der Stirn. Die Sonne stand am höchsten, und sein Magen knurrte leise.

»Ich erinnere mich, daß sie dort drüben in den Bäumen waren«, antwortete Bessie widerstrebend. »Dort an den Gärten, den großen Felsen und der Klippe vorbei. Dann folgt man dem kleinen Bach bergaufwärts und kommt in die Wälder. Jake hat mir gesagt, in den Bergen haben sie viele bestattet, aber es ist sehr felsig da, und vermutlich ist der Ort unauffindbar.« Er wirkte beklommen und sah Jake nicht an, der nähergetreten war.

Stiles meinte, sie sollten sich zu den Gärten begeben, dort fänden sie jedenfalls mehr Schatten. Er führte den Zug an, Jake bildete die Nachhut. Ein Dachs blickte angriffslustig aus einem Loch, und Jake warf einen Stock nach ihm, um ihn zu vertreiben. Sie kamen an den Zäunen vorbei, mit denen die Gärten abgegrenzt waren; die grob behauenen Latten waren zerbrochen, umgekippt oder ganz verschwunden. Jake sah zum Fluß hinunter. Die Sonne war in den schlammigen Gewässern abgetaucht.

Unter den Espen hielten sie an. Die Schatten der Blätter tanzten auf ihren Gesichtern. »Wohin nun?« fragte Stiles Jake.

»Wie wohin?« erwiderte der verwirrt.

Bessie räusperte sich. »Dr. Stiles möchte den Ort sehen, an dem die Indianer ihre Toten bestatten.«

Ich hätte es wissen müssen, dachte Jake, dem nun das sonderbare Interesse des Mannes an den Totengerüsten in der Prärie wieder in den Sinn kam. Mit einem flauen Gefühl im Magen sagte er: »Ich weiß nicht, ob ich diesen Ort finden könnte; ich war nur einmal dort, bei Anbruch der Dunkelheit, und da war ich sehr in Eile.«

»Ihr wurdet in Dienst genommen aufgrund Eurer Kenntnisse über das Volk in dieser Gegend.« Dr. Stiles fixierte Jake mit seinen unheimlichen Augen. »Ihr habt Eure Dienste zu gewährleisten, wie vereinbart. Mr. Bessie habt Ihr wortreich die Lebensweise dieser Leute geschildert. Ich nehme doch an, daß Ihr auch wißt, was nach ihrem Tode mit ihnen geschah.« Er wandte sich an Coleman. »Sagt diesem Paradise, daß er die Pferde bringen soll.«

Sie ritten durch das Wäldchen, überquerten den in der Sonne funkelnden Bach und verschwanden im Dunkel der Wälder. Jake führte den Zug an. Uralte Pyramidenpappeln mit blätterbehangenen Ästen, dick wie Stämme, und abgestorbene Ranken bildeten ein Dach über dem Boden, der mit

Moos und herabgefallenen Blättern bedeckt war und jedes Geräusch verschluckte.

In dieser Düsterkeit war kein Vogel zu vernehmen; nicht einmal kleine Tiere sah man davonhuschen. Kein Lichtstrahl drang hier herein, und abgesehen vom Klirren des Zaumzeugs und dem Schnauben von Jakes schwarzem Pferd herrschte völlige Stille. Jake dachte an Geister und Dämonen und schauderte unwillkürlich. Sogar Frankie Paradise schien beunruhigt, und Bessie atmete so stockend, als müsse er ein bitteres Getränk zu sich nehmen. Nur Dr. Stiles wirkte gänzlich unbeeinträchtigt und sagte in gewöhnlichem Tonfall: »Wir steigen hier ab. Bringt die Pferde zum Bach zurück. Laßt sie trinken. Wir werden uns eine Weile hier aufhalten.« Frankie tat wie ihm geheißen und ließ nur das Packpferd zurück.

Coleman führte es am Halfter, und sie drangen weiter in den Wald vor. Plötzlich blieb Stiles stehen und wies nach oben.

»Da ist einer«, sagte er triumphierend.

Ein langer Kasten war in den unteren Ästen eines Baumes verkeilt. Er winkte Jake herbei. »Hebt ihn mit Coleman zusammen herunter.«

Jake sah Bessie an. Breitbeinig stand er da, das rote Gesicht nach oben gewandt. Mit offenem Mund starrte er auf den Sarg, und Jake dachte: So wird er aussehen, wenn er tot ist.

Jake wollte den Sarg nicht anfassen; er wollte sagen, daß es nicht recht, daß es gar eine Sünde war. Daß hier jemand in einer Holzkiste bestattet worden war, bedeutete, daß es eine einstmals hochgeachtete Person war. Mit den gewöhnlichen Sterblichen trieb man nicht solche Umstände; sie wurden zuerst in Häute und dann in Felle eingenäht und in eine Astgabel gelegt. Er sah die Bündel unter den Ästen baumeln, an denen Deckenstücke und bunter Stoff befestigt waren. Es muß ein berühmter Häuptling gewesen sein, dachte er und wünschte, nie hergekommen zu sein.

»Holt ihn herunter«, befahl Stiles.

Da Jake kleiner und leichter war als Coleman, stieg er auf dessen Schultern und befreite den Kasten. Es war einfacher, als er erwartet hatte. Keuchend reichte er ihn zu Dr. Stiles hinunter, der knurrte: »Vorsichtig, Trottel! Laßt ihn nicht fallen.«

Bessie erwachte aus seiner Trance, holte eine kleine Kiste vom Rücken des Packpferds und stellte sie neben den Doktor. Ihm graute vor der Begierde, die Stiles anzumerken war, als er sich mit einem kleinen Stemmeisen am Deckel des Sargs zu schaffen machte. Mit einem leichten Quietschen klappte der Deckel auf.

Obwohl es nicht seine Absicht gewesen war, beugte sich Bessie vor und blickte hinein.

»Was meint Ihr?« fragte Stiles. »Ungewöhnlich gut erhalten, möchte ich sagen.«

Und er griff in den Sarg. »Die Haare sind noch am Kopf.« Seine Stimme schien aus dem Sarg zu kommen wie ein Mysterium.

Jake sah, wie seine Armmuskeln sich unter der Weste anspannten. Er machte eine heftige Bewegung, und als seine Hände wieder zum Vorschein kamen, hielten sie einen Schädel mit Resten von Fleisch und Haaren, der sie mit herabgefallener Kinnlade angriente.

~

Im Innersten des Waldes ruhte Grass Heart sich aus und sah zu, wie sich die Brust ihres Vaters im Schlaf hob und senkte.

Er war von Schwäche übermannt worden, bevor sie das Espenwäldchen erreichen konnten, in dem die Pferde warteten, und sie hatte ihn hierhergeleitet, wo man sie nicht finden konnte. Nun schlief er, und sein weißes Haar leuchtete auf dem Moospolster, auf das er seinen Kopf gebettet hatte.

Sie waren aufmerksam geworden, als sie metallisches Klirren und das Klacken von Hufen auf den Felsen am Bach vernahmen. Nun hörte Grass Heart Stimmen, nicht allzu weit entfernt, und wußte, daß die weißen Männer in den Wald gekommen waren. Sie legte Good Plume die Finger auf die Lippen und weckte ihn; lautlos huschten sie von Baum zu Baum. Grass Heart hielt ihre Lanze vor der Brust, und ihr Beil steckte in ihrem Gürtel. Good Plume hatte Bogen und Köcher umhängen.

Später konnte Grass Heart sich kaum erinnern, was geschehen war; sie hatte das Vibrieren des Bogens gehört, und als sie sich zu ihrem Vater umwandte, sah sie, wie er den nächsten Pfeil einspannte. »Nein«, zischte sie entsetzt und fiel ihm in den Arm.

»Sie haben White Cows Kopf«, sagte er.

Jake stand neben dem Sarg, als Stiles ein sonderbares Gerät zum Vorschein brachte und es um den Schädel legte. Sein Blick fiel auf Coleman. Der Soldat griff mit ungläubigem Gesicht nach einem Stab, der aus seinem Hemd ragte. Dann legte er die Arme um sich, umfaßte den Tod wie eine Liebste, sagte »hschsch, hschsch« und stürzte zu Boden.

Fast im selben Augenblick spürte Jake einen Schlag auf die Schulter, blickte an sich herunter und sah einen Pfeil in seiner Schulter stecken, dessen gelbe Federn sich von seinem roten Hemd abhoben. Sie bewegten sich mit jedem Atemzug.

Carl Bessie ließ den Schädel fallen. Stiles stürzte sich auf Colemans Gewehr und hatte es beinahe zu fassen bekommen, als Grass Heart hinter ihn trat.

Seinen breiten Rücken vor Augen, bohrte sie die Klinge ihrer Lanze durch das Segeltuch ins Fleisch und ins Gewebe und zögerte nur den Bruchteil eines Augenblicks, als sie auf Knochen traf. Der Mann stürzte zu Boden, und der Griff der Lanze schwang zurück, traf ihre Wange und surrte in der plötzlichen Stille.

Sie sah Carl Bessie an. »Hebt den Kopf auf«, sagte sie.

Er war außerstande, sich zu rühren. Sie bückte sich, nahm den Schädel behutsam hoch und legte ihn in den Sarg zurück.

Jake starrte noch immer auf Stiles. Sein Körper steckte auf der Lanze, deren Spitze ihn durchdrungen hatte und im Boden verschwand. Die grünen Augen waren starr auf die gleichmütige Erde gerichtet.

Good Plume verharrte im Schatten, den leeren Bogen in Händen. »Warum wolltet Ihr mich töten?« fragte Jake fassungslos.

Grass Heart trat zwischen die beiden. »Ich glaube, er hat Euch im letzten Augenblick erkannt, sonst wärt Ihr so tot wie der Soldat«, sagte sie.

»Warum habt Ihr den getötet?« Jake wies auf den Mann an der Lanze.

»Er ist ein Dieb, ein Totenräuber«, sagte Grass Heart. Sie trat zu Jake und berührte den Pfeil in seiner Schulter.

»Ahhh, alter Freund, warum habt Ihr diese Männer zu uns gebracht, damit sie uns bestehlen.«

»Ich wußte nichts davon, ich schwöre Euch, ich wußte nicht, was sie tun wollten.« Tränen glänzten in seinen blauen Augen.

»Geht nach Hause, Jake Moon. Geht nach Hause. Es ist vorbei, kommt nicht wieder. Immer bringt Ihr den Tod mit Euch.« Sie ergriff die Hand ihres Vaters und verschwand mit ihm im Wald.

~

»Mr. Bessie! Aufwachen, ich bin's, Jake!« Mit seinem unverletzten Arm rüttelte er den Künstler, der noch immer reglos am Sarg stand. Jake griff nach dem Stemmeisen und hämmerte den Deckel wieder zu, dann packte er Bessie am Arm und führte ihn zum Bach.

Paradise saß am Ufer und warf Kiesel in das klare Wasser. Er stand auf, als er sie näherkommen sah, und in sein verschlagenes Gesicht kam Leben, als er des Pfeils und des dunklen Urinflecks auf Mr. Bessies Hose gewahr wurde.

»Indianer«, sagte Jake nur, und Paradise beeilte sich, Bessie und Jake in den Sattel zu helfen. Dann ritt er hastig aus dem Wald hinaus zum Fluß, die Zügel der Pferde fest umklammert.

Hopewell hörte seine Rufe und fuhr hoch.

»Hobie!« schrie er. »Hol die Soldaten!«

Bevor der schwarze Mann zur Tat schreiten konnte, kamen die Pferde durchs Tor gesprengt.

Paradise war kreidebleich, als er vom Pferd sprang, und Bessie hing auf seinem Pferd und klammerte sich mit beiden Händen an der Mähne fest. Nur mit vereinten Kräften konnten sie ihn herunterholen, und die Pferde wurden unruhig.

Hopewell konnte sich Bessies Betragen nicht erklären; der Mann murmelte unverständliches Zeug über Indianer und war so verstört, daß Hopewell nicht weiter versuchte, mit ihm zu sprechen. Da er keine andere Lösung sah, trug er Hobie statt dessen auf, Bessie zu betäuben. Er hoffte, daß er danach wieder zu sich käme.

Der Neger griff nach einer schweren Bratpfanne und schlug sie dem Künstler auf den Schädel, der darauf wie gefällt zu Boden sank.

»O Gott«, sagte Hopewell, »jetzt habt Ihr ihn wahrscheinlich umgebracht.«

Währenddessen hockte Jake Moon still auf seinem Pferd und hielt sich die verletzte Schulter. Paradise kehrte mit den beiden Soldaten zurück, von denen einer Fische an einer Schnur hinter sich herschleifte, und sie holten Jake vom Pferd. Hobie hatte eine Decke für Bessie geholt und kümmerte sich nun um Jake. Nachdem er versucht hatte, den Pfeil aus der Schulter zu ziehen, goß er Whisky auf die Wunde. Dann setzte er die Flasche an die Lippen, trank kräftig und verschwand in der Küchenhütte, wo er, ein Hackbeil in den zitternden Händen, den Angriff der Indianer auf ihr Lager abwartete.

Hopewell wies Jake an, sich zu Bessie unter die Decke zu

legen, dann wandte er sich an Paradise. »Was ist geschehen?« fragte er.

Der Mann berichtete, so gut es ging, wie es zu ihrer Flucht gekommen war. Die beiden Soldaten legten unterdessen alle Waffen zurecht und errichteten vor einem der unversehrten Lagerräume eine Barrikade. Der bewußtlose Bessie wurde hineingetragen, Jake und Hobie, der halb betrunken, aber fügsam war, begaben sich mit Unterstützung der anderen zu Fuß dorthin.

Bessie schlief ohne Unterlaß, während die Sonne über den Himmel wanderte und der Tag verging. Jake, der einzige, der wußte, daß niemandem mehr Gefahr drohte, saß abseits.

»Ein alter Indianer und ein Mädchen?« fragte Hopewell. »Seid Ihr ganz sicher?«

»Ich hab sie selbst nich gesehen, aber das sagte Mr. Bessie, bevor er den Verstand verlor.«

»Und woher wissen wir, daß sie nur zu zweit waren? Ich begreife nicht, wie sie ihnen zu zweit so nahe kommen und sie überfallen konnten.«

»Ich hab sie nie zu Gesicht bekommen«, sagte Paradise abwehrend. »Mr. Bessie hat das gesagt. Er hat auch die Namen genannt, aber bei dem ganzen Durcheinander hab ich die wieder vergessen.«

»Hobie!« schrie Mr. Hopewell. »Bringt die Flasche her.«

Sie teilten sich den Rest, wobei Paradise sich weigerte, nach Hobie zu trinken, wenn dieser nicht zuvor den Flaschenhals mit einem Tuch abgewischt hatte. Und selbst danach wischte er die Öffnung noch ausgiebig mit seinem eigenen schmutzigen Taschentuch ab, das er am Hals getragen hatte.

»Wo sind Rafferty und die anderen?« fragte Hopewell plötzlich.

Der Soldat namens Briscoe schüttelte dumpf den Kopf. »Sie wollten schwimmen gehen«, sagte er, »aber seither sind sie verschwunden.«

»Wir werden morgen nach ihnen suchen. Legt euch jetzt

alle schlafen. Aber die Wachen müssen abwechseln«, sagte er. Er überlegte, was er alles tun mußte: die Leichen von Dr. Stiles und Coleman aus dem Wald holen und nach den verschwundenen Soldaten suchen. Das Mädchen und den alten Mann finden, wenn es sie tatsächlich gab. Entscheiden, wie sie bestraft werden sollten.

Eine unmittelbare Bestrafung widerstrebte ihm; er fand, gewöhnliche Bürger sollten nicht Recht sprechen, sondern lediglich die entsprechenden Behörden des Landes. Er schwor sich, daß er die beiden nach Fort Snelling bringen würde, wenn es ihm und seinen Männern gelingen sollte, ihrer habhaft zu werden. Hopewell erachtete sich als verantwortungsvollen, gerechten Staatsbürger, der seinen Pflichten nachkam.

Um ihrem Blick auszuweichen, zog Good Plume die Zügel zurecht und sagte: »Ich habe Zeit.«

Er schien sich gut erholt zu haben; er war lebhaft, und in seinen Bewegungen war eine Spur der alten Kraft zu spüren.

»Ich habe noch nicht, was ich hier holen wollte«, sagte er und wies auf die Pfeife, die an seinem Hals hing. »Ich werde rasch in den Garten gehen und mir einen kleinen Vorrat holen, und du reitest weiter.« Er war schon aufgesessen, und bevor sie ihn aufhalten konnte, setzte sich das Pferd in Bewegung. »Wir treffen uns nördlich des Dorfs wieder«, rief er noch, als er davonritt.

Wütend schwang sie sich auf ihr Pferd, um ihrem Vater den Weg zu verstellen, doch das halbblinde Tier übersah den Baum vor sich und prallte dagegen. Grass Heart flog kopfüber zwischen die Felsbrocken und blieb einen Augenblick benommen liegen. Als sie sich wieder aufgerappelt und das zitternde Pferd beruhigt hatte, war Good Plume verschwunden. Sie rannte zu den Felsen, kletterte hinauf und blickte zu den Gärten hinunter.

Da war er, auf seinem Pferd, umzingelt von weißen Männern.

Hopewell war außerordentlich erleichtert, als Bessie erwachte und über nichts klagte außer rasenden Kopfschmerzen. Jake lag mit starrem Blick unter seiner Decke.

»Könnt Ihr Euch erinnern, was geschehen ist?« fragte Hopewell Bessie leise.

»Ich habe mich bemüht, Stiles davon abzuhalten, ihre Toten zu stören, aber er ließ sich nicht davon abbringen, er wollte unbedingt einen Kopf von dort«, antwortete Bessie und rieb sich geistesabwesend die Stirn.

»Ihr habt Paradise die Namen der beiden gesagt; Ihr kanntet sie, den alten Mann und das Mädchen.« Hopewells Stimme war vorwurfsvoll, und Bessie log tapfer: »Ich kann sie nicht gekannt haben, daran kann ich mich überhaupt nicht erinnern.«

»Sie haben Dr. Stiles und Coleman getötet und müssen bestraft werden.«

Jake hätte gerne gehört, was gesprochen wurde. Paradise rückte näher und mischte sich ein: »Ihr habt aber gesagt, Ihr kennt sie, und das muß so sein, sonst wärt Ihr auch mausetot.«

Hopewell stellte fest, daß er die Umgangsformen und den Ton des Fuhrmanns nicht schätzte. »Nun, Mr. Bessie hat einen schweren Schock erlitten. Er ist sehr verwirrt. Wir werden ihn in Ruhe lassen. Bringt die Pferde, wir werden die Leichen holen. Talley soll Euch helfen.«

Briscoe und Talley, die beiden Soldaten, hatten sich unterhalten und traten nun zu Hopewell. »Was ist mit Rafferty, Joe und Andy? Sind die auch in einen Hinterhalt geraten?«

»Ach was«, antwortete Paradise. »Die sind bestimmt davongelaufen. Joe hat mir gesagt, daß ihm das alles hier nicht recht ist.«

Talley schien seiner Meinung zu sein, denn er nickte wissend. »Wär möglich«, sagte er. »Wär möglich, daß er die andern überredet hat.«

Keiner kam auf den Gedanken, nach den Pferden der verschwundenen Soldaten zu sehen, die zufrieden auf der kleinen Weide hinter den Ställen grasten, Seite an Seite mit den gefesselten Maultieren. Ihre eigenen Pferde waren an eine Veranda gebunden, damit man sie des Nachts rasch erreichen konnte, und Paradise holte sie.

»Brechen wir auf, bevor es noch heller wird«, sagte Hopewell und legte sein Gewehr um. Keiner sollte behaupten können, daß er ein Feigling war. »Seid wachsam, Hobie«, sagte er. »Und macht Jake einen frischen Verband. Carl, Ihr bleibt im Schatten.«

Er fand, daß er getan hatte, was er konnte, und schwang sich auf sein Pferd. Die drei Männer folgten ihm, und ihre Gewehre glitzerten im frühen Morgenlicht. Dem Packpferd stand das Wasser bis zum Bauch, als sie den Fluß durchquerten, und es mußte sich abmühen, mit ihnen Schritt zu halten.

Good Plume hörte die Pferde kommen. Er wartete, denn er wußte, daß die Männer ihn in Kürze sehen würden. Sein Herz sank zur Erde. Dieser Augenblick war so gut zum Sterben wie jeder andere.

Grass Heart sah, wie sie ihn an sein Pferd banden und es zum Fluß führten. Hoch erhobenen Hauptes und kerzengerade saß er auf seinem Pferd, größer als alle anderen, und sein weißes Haar leuchtete in der Sonne.

In der Abenddämmerung durchquerte sie weiter südlich den Fluß. Sie mußte sich im Schutz der Dunkelheit bewegen. Bevor der Mond aufging, hatte sie das Fort erreicht. Das letzte Wegstück führte sie ihr Pferd, streichelte ihm dann das Maul und band es an einen Baum. Auf dem Bauch kroch sie zum Fort.

Sie kannte jeden Winkel hier; die Ecken, die schmalen Veranden, die Dächer. Sie wußte, welche Dächer man meiden mußte und wo es versteckte Türen gab. Good Plume saß im Hof hinter dem Feuer, an einen Pfosten gebunden. Er schien zu schlafen, und Grass Heart belauschte das Gespräch der Männer.

Sie berichteten, wie sie die Leichen an Ort und Stelle begraben hatten, weil sie durch die Hitze schon zu verwesen begannen und sich Tiere an ihnen gütlich getan hatten.

Es war die Rede davon, nach Fort Union zu ziehen, doch keiner wollte weiter den Fluß hinauf; sie seien zu wenige, hieß es, und womöglich lauerten Indianer in der Nähe. Der Mann namens Hopewell hatte ein Einsehen.

»Es ist zwar nicht weit dorthin«, sagte er, »aber gefahrvoll mag der Weg schon sein. Zum Fort Snelling kennen wir die Route, und es ist sinnvoll, dorthin zurückzukehren. Wir werden nur zwei Wagen nehmen; einen für den Gefangenen und einen für einen Teil unseres Gepäcks. Das bedeutet, daß wir die Sammlung des Doktors zurücklassen müssen, aber das ist unvermeidlich. Wir können uns nicht so belasten.« Er seufzte geplagt. »Briscoe, Ihr kutschiert den einen Wagen, ich den anderen, und wir werden mehr Pferde mitnehmen, falls wir es unterwegs mit Indianern zu tun bekommen.«

Einer der Soldaten meinte, sie müßten den alten Indianer töten, wenn sie von anderen angegriffen würden, doch Bessie widersprach nachdrücklich und sagte: »Ich weiß, daß es notwendig sein könnte, doch unterdessen erwarte ich von allen hier, daß sie unseren Gefangenen gut behandeln. Ich kann die Beweggründe für sein Handeln verstehen.« Mehr wollte er nicht sagen.

Als es hell wurde, befand sich Grass Heart schon Meilen weiter östlich. Hornbogen und Köcher ihres Vaters hatte sie umgehängt. Sie fand es erstaunlich, daß die Männer diese Dinge auf dem Sattel seines Pferdes zurückgelassen hatten. Noch unerklärlicher fand sie das Betragen von Hopewell. Bevor er schlafen ging, hatte er das Tier losgebunden und laufenlassen. Es war ihr ein Leichtes gewesen, es einzufangen. Bis auf das Beil hatte sie alle Waffen an sich genommen.

Der Bogen steckte nun in ihrem Kleid, als sie im nachtfeuchten Gras lag. In einer Senke hatte sie ihr Pferd von dem trockenen Gras fressen lassen und mit einem Messer die Perlenverzierungen von ihrem Kleid und ihren Mokassins und die bunten Stickereien von ihren Ärmeln abgetrennt. Den Zierrat vergrub sie in einem Ameisenhügel, dann rieb sie ihr Haar mit Erde ein, damit es nicht glänzte, und legte sich auf dem Felsvorsprung mit Blick nach Westen auf die Lauer. Nur der weiße Fleck in ihrem Auge hob sich noch von der Erde ab.

Mit Gitterstäben vom einstigen Gefängnis und schweren Ketten, die sie im Keller der Schmiede entdeckt hatten, fertigten Frankie Paradise und Briscoe eine Art Käfig in einem der Wagen an. Sie beförderten Good Plume hinein und beluden ihn mit den restlichen Stäben.

Bessie zeigte sich empört darüber, doch Hopewell stellte sich auf die Seite der Soldaten, damit sie willig und gehorsam blieben, denn sie wollten den Gefangenen nicht mitnehmen und murrten darüber.

Hopewell erklärte, im Sinne der Sicherheit aller sei es besser, den Mann einzusperren, und falls sie feindlich gesonnenen Indianern begegneten, würde sich hernach vielleicht die Kunde von Käfig und Ketten in der Prärie verbreiten und etwaige Angreifer von ihren Plänen abhalten.

Als die Männer die Maultiere holen wollten, waren die Tiere verschwunden und auch fast alle Pferde. Talley entdeckte ein Loch im Zaun und machte Paradise Vorhaltungen, wobei es zu Handgreiflichkeiten kam. Sie prügelten sich, bis Hopewell erschien und sie trennte.

Sie kamen nur langsam voran, denn die Pferde, die nun die

Wagen ziehen mußten, waren dafür nicht geschaffen, und sie rasteten häufig, um sie ausruhen zu lassen. Dann zogen beißende Rauchschwaden von einem Präriebrand im Norden heran, und sie suchten Zuflucht in einer Büffelsuhle. Hobie wurde krank von dem schlechten Wasser, das er dort trank, und Hopewell verzweifelte zusehends.

Jake Moon hielt sich fern von dem gefangenen Indianer; er wollte sich nicht anmerken lassen, daß er ihn kannte, und überlegte statt dessen, wie er ihn befreien könne, ohne daß man ihm die Schuld anlastete. Sein Arm schmerzte; Hopewell hatte den Pfeil zu guter Letzt herausgezogen. Oft genug wünschte sich Jake, er wäre niemals nach Westen gezogen.

~

Um schneller voranzukommen, ließen sie am nächsten Abend einen der Wagen zurück, spannten die Pferde vor den anderen und fuhren vorsichtig hinunter in einen kleinen Canyon, auf dessen Grund sich schmutzige kleine Tümpel befanden. Hopewell und Bessie retteten aus dem zurückgelassenen Wagen so viel Gepäck wie möglich und lagerten es im Sand unterhalb der Felsen.

Hopewell wies die Männer an, sich niederzulassen, und verkündete: »Ich fürchte, wir sind in der Klemme. Ich finde mich in der Gegend nicht so leicht zurecht, wie ich vermutet hatte. Wir müssen darauf hoffen, daß Frankie Paradise uns hier heraushilft.

In fünf oder sechs Tagen hätten wir den Handelsposten am Red River erreicht. Ich möchte nun, daß Paradise und Briscoe voranreiten und von dort Hilfe anfordern. Um jeden Preis. Ich zahle, was sie verlangen, aber wir brauchen Unterstützung.«

Talley beklagte sich, daß sie verhungern würden, bis man sie retten würde, und es gab einen Wortwechsel wegen des Essens. Die Männer hatten seit einiger Zeit kein Wild mehr zu

Gesicht bekommen, und der Indianer verringerte ihre Vorräte nachhaltig.

»Wir kriegen nur noch halbe Rationen«, knurrte Talley, worauf Hopewell erwiderte, die müßten wiederum halbiert werden, damit die beiden Männer den Weg zum Fort schaffen würden.

»Dann gebt dem alten Indianer nichts mehr«, sagte Paradise. »Ich verhungre, und er kriegt zu essen. Ich mache die gefährliche Arbeit, und der hat es behaglich und wird gefüttert.«

»Ich möchte mit Euch unter vier Augen sprechen«, sagte Hopewell zu ihm, zog ihn beiseite und förderte einen Beutel zutage, der dem Laut nach Gold enthielt, dachte sich Paradise.

»Erkauft Euch damit Unterstützung«, sagte Hopewell.

Briscoes scharfen Augen entging wenig; er sah, wie der Beutel den Besitzer wechselte und rasch im Hemd des Fuhrmanns verschwand. Und nur er beobachtete, wie Paradise aus Hobies Zelt eine Flasche entwendete und sie unter seinem Arm versteckte. Briscoe saß schon auf seinem Pferd und lächelte in sich hinein, als Paradise aufsaß. Die Flasche hatte er in einer Satteltasche verschwinden lassen.

Hopewell sah ihnen unruhig nach, bis sie nicht mehr zu sehen waren, und wandte sich dann Hobie zu, der, grau im Gesicht, am Boden lag. Talley saß in der Nähe.

»Wenn da draußen Indianer sind, die es auf uns abgesehen haben, sehen die gleich, daß wir in diesem Canyon hocken. Der verdammte Wagen da oben ist wie 'ne rote Flagge«, bemerkte er.

Er weigerte sich jedoch, einen Finger zu rühren, und so trat Hopewell mit einer Axt den Aufstieg an. Er hackte den Wagen in Stücke und zündete ihn an.

Talley sagte: »Das war ein dummer Einfall, der Qualm ist wie 'n Leuchtfeuer, den sieht man noch in den Bergen.«

Hopewell erwiderte, er solle den Mund halten; er war erschöpft. Alle Knochen taten ihm weh, und er war geschwächt vor Hunger. Er bemerkte wohl, daß der Soldat zu dem Wagen mit dem Käfig hinüberschlenderte, und wußte auch, was er im Sinn hatte, doch er war so kraftlos, daß er nur noch den Blick abwenden und sich schämen konnte. Ihm war, als lebe er in einem immerwährenden Alptraum.

Jake Moon bekam von alledem nichts mit. Er schlief wie ein Toter.

~

Grass Heart litt andere Schmerzen. Ihr Pferd war gestolpert und hatte sie dabei abgeworfen, und als sie an sich herunterblickte, sah sie Blut an ihrem Bein. Sie wischte es mit einem Zipfel ihres Rocks fort und entdeckte einen langen klaffenden Riß, den sie mit einem Stück Leder aus ihrem Rock umwickelte. Sie konnte immerhin gehen, stellte sie fest.

Das Pferd lag auf der Seite, die leere Augenhöhle starrte gen Himmel. Kein Atem drang aus seinem Maul. Der Köcher war zerrissen, die Pfeile verstreut. Grass Heart fand drei, die noch unversehrt waren. Auch dem Bogen, den sie im hohen Gras entdeckte, war nichts geschehen.

Sie ging zu Fuß weiter und folgte den Wagenspuren, bis es dunkel wurde. Dann schlief sie, während die Sterne am endlosen Himmel glühten und Wölfe im hohen Gras raunten.

Am dritten Tag nach dem Tod ihres Pferdes versank die Sonne in einem Meer von Farben, und im Osten erschien ein Halbmond am Himmel. Der Wind säuselte in den Gräsern und trug eine Ahnung von Rauch heran.

Sie hatte sie gefunden.

Sie schritt weiter aus. Als es kühler wurde, stiegen Nebel auf über dem Land; Schatten ballten sich zusammen, und Wetterleuchten jagte gewaltige blaue und gelbe Zacken über den Sommerhimmel. Es roch stärker nach Rauch, und Grass Heart stieß auf die glimmenden Überreste des Wagens. Sie sah sich um und entdeckte Spuren, die zum Rande einer Schlucht führten. Auf dem Bauch kroch sie heran und blickte nach unten. Dort loderte ein Feuer, und sie hörte Stimmen.

Nur weiße Männer würden sich in einem Canyon verstecken, ein Feuer machen und so laut reden, dachte sie.

Sie ließ zu, daß ihre Augen zufielen.

Zuerst war Briscoe erbost, weil Frankie Paradise ihm nichts von dem Whisky abgab; dann sagte er sich, einerlei, er würde nüchtern bleiben. Sollte der Hundesohn sich um den Verstand saufen; er für sein Teil wollte weg von hier.

Sie ritten in der Nacht, und als das rote Auge der Sonne über der Prärie erschien, brach Paradise in irres Gelächter aus und wollte es ausschießen. Da beschloß der Soldat, nicht länger an der Seite dieses Mannes auszuharren, und schon gar nicht bis zum Handelsposten.

Briscoe dachte an das Gold im Hemd von Paradise. Damit käme ich lange aus, dachte er, und setzte sein Pferd hinter ihn. Er hob das Gewehr, zielte und drückte mit sicherer Hand ab.

Das Gold fühlte sich gut und schwer an auf seiner Haut, als er wieder aufstieg.

»Zum Teufel mit dir«, sagte er zu dem herabgestürzten Paradise, »und zum Teufel mit Hopewell und den anderen.«

Jake stand neben den verkohlten Überresten der Kutsche, als er etwas vernahm, das wie ein entfernter Schuß klang. Er hatte einen Fußabdruck entdeckt – von einem Mokassin – und ging in die Hocke, um ihn in Augenschein zu nehmen. Der Schuß brachte ihn höchstens auf den Gedanken, daß Briscoe oder Paradise etwas erlegt hatten, und lenkte ihn nicht von seiner Betrachtung ab.

Er mußte von einem Mandan stammen, dachte er erstaunt.

Oder vielleicht auch von einem Sioux; in jedem Fall wollte er Hopewell nichts davon sagen.

Jakes Wunde verheilte allmählich, doch er konnte seinen Arm nicht uneingeschränkt benutzen und mußte sich häufig ausruhen.

Als sie in dem Canyon ihr Lager aufgeschlagen hatten, gelang es ihm, mit Good Plume zu sprechen. Trotz der Vorkommnisse im Wald hatte Jake den alten Mann niemals als Feind betrachtet. Dr. Stiles hatte ihn getäuscht und versucht, den Schädel eines berühmten Häuptlings zu stehlen. Colemans Tod zu rechtfertigen, fiel ihm schwerer, doch er konnte Good Plume keine Vorwürfe machen; es mußte ein grauenhaftes Erlebnis für ihn gewesen sein, als White Cows Schädel aus dem Sarg gehoben wurde.

Good Plume entschuldigte sich bei Jake, weil er auf ihn geschossen hatte, und meinte, ein guter Geist habe ihn im letzten Augenblick gelenkt, damit der Pfeil Jakes Arm treffe. Er sagte Jake auch, daß Grass Heart zum Dorf der Hidatsa vorausgeritten und dort in Sicherheit sei.

Dann ertappte Hopewell Jake am Käfig und sagte, er solle dem Gefangenen fernbleiben, Talley sei für ihn zuständig und der bringe ihm jeden Tag Essen und Wasser. Das genüge, meinte Hopewell.

Talley suchte den Gefangenen häufiger auf als notwendig und blieb lange weg, wenn er Wasser holte. Jake hielt ihn für einen gutherzigen Menschen.

Und nun war da dieser Abdruck eines Mokassins.

~

Grass Heart erwachte. Auf dem Bauch kroch sie zum Rand des Canyons. Das Flußbett war grau wie ein altes Seil und fast ausgetrocknet. Nur wenige kleine Wasserlachen funkelten im ersten Tageslicht.

Zwischen den schwarzen Bäumen brannte ein Feuer, und Rauchschwaden stiegen fedrig zum Himmel auf. Ihr wurde bang ums Herz: sie waren verschwunden, während sie schlief; dann hörte sie ein Pferd wiehern und faßte neuen Mut.

Der Riß an ihrem Bein war wieder aufgeplatzt, und Blut sickerte durch den Verband. Sie hatte irgendwo einen Mokassin verloren und zog nun auch den zweiten aus. Nur das Geschehen dort unten im Canyon war jetzt wichtig.

Auf halber Höhe ragte ein Vorsprung aus der Felswand, und sie schnitt Gras mit ihrem Messer, kletterte nach unten und polsterte den Stein. Dann ließ sie sich mit gekreuzten Beinen nieder und prüfte ihren Bogen. Die drei Pfeile, gefiederte Boten des Todes, legte sie neben den Bogen.

Ihre geschwollene Zunge erinnerte sie daran, daß sie kein Wasser hatte, und sie fragte sich, ob ihren Vater auch dürstete, und lutschte einen Kieselstein.

Wie viele Tage war sie nachts durch die Talsenken geritten, hatte keine Sonne gesehen und sich unter dem Rand der Erde aufgehalten, war gelaufen und gerannt, nachdem sie ihr Pferd verloren hatte, und hatte nichts außer Wurzeln und Präriehunde zu sich genommen, die sie in Fallen fing? Sie wußte es nicht mehr. Es gab keine Zeit mehr, doch nun ging es dem Ende zu.

Unter im Lager gingen Männer umher. Einer warf Holz auf das Feuer. Es loderte auf, und die Flammen funkelten auf den Gitterstäben des Käfigs. Grass Heart sehnte sich nach ihrem Vater, der dort gefangen war, und sie schlug mit der Faust auf ihr verletztes Bein, um den schlimmen Gedanken zu vertreiben, daß er womöglich gestorben war, bevor sie zu ihm gelangen konnte.

An der Ostseite des Canyons entfaltete die Sonne kaum merklich ihre volle Kraft für diesen Tag. Der Wind zerrte an den Bäumen, die dort aufragten, im Osten, in der Richtung des Forts, in dem sie Good Plume hängen würden.

Sie hörte die Männer darüber reden, wie er hängen würde,

bis er fast zum Boden reichte, und wie Vögel seine Augen herauspicken würden. Sie lachten und sagten, am liebsten fräßen die Vögel das weiche Fleisch der Lenden; sie würden seine Manneszier wegreißen. Und Ratten würden auf den Galgen steigen, die Ketten entlanghuschen und ihn zernagen. Alle würden ihn betrachten, verlachen und hassen können, nurmehr ein brüchiger Haufen Knochen, bis die Wirbelsäule zerfallen und die Gliedmaßen sich ablösen würden. In jeder Jahreszeit würde ein Teil von ihm verrotten, bis am Ende nur der lange Schädel an einer rostigen Kette geblieben sein würde.

Als die Männer nicht aufbrachen, begriff Grass Heart, daß etwas Unerwartetes geschehen sein mußte, und sie stellte fest, daß zwei von ihnen fehlten.

Die Sonne spiegelte sich auf dem fast kahlen Schädel von Mr. Bessie, er war leicht zu erkennen. Der weiße Mann, der die Befehle gab, war auch da, ferner einer der Soldaten. Grass Heart hatte den wäßrigen stinkenden Kot des erkrankten schwarzen Mannes neben den Wagenspuren gesehen und wußte, daß er in dem einzel stehenden Zelt lag. Das waren nur vier, und Jake Moon konnte sie nicht entdecken. Unter einem Baum lag eine Decke; vielleicht schlief er dort, doch sie konnte es nicht erkennen.

Drei Pfeile, ein Bogen, ein Messer. Damit würde sie auskommen.

Den Bogen hängte sie sich um den Hals, die Pfeile klemmte sie zwischen die Zähne, als sie durch eine Kluft im Felsen hinunterstieg. Auf der Talsohle angekommen, eilte sie rasch in ein Birkenwäldchen und bewegte sich lautlos zwischen den schlanken Stämmen voran, die kaum dicker waren als Maispflanzen. Der Boden unter ihren Füßen war weich und feucht; die silbrigen Blätter strichen über ihr Gesicht. Büsche, so hoch wie ein Erdhaus, verbargen sie vor den Augen der weißen Männer.

Zwischen den knorrigen Ästen hindurch konnte sie die Rückseite des Wagens sehen und zwei Pferde, die von dem kümmerlichen Gras fraßen. Hopewell saß auf einem Baumstumpf und war damit beschäftigt, seine Stiefel anzuziehen. Bessie stand mit einem Eimer in der Hand am Rand des einstigen Flußbetts. Grass Heart stieg ein saurer Geschmack in die Kehle.

»Wieder nur altes Wasser«, rief Bessie Hopewell zu, der sich erhob und mit den Füßen aufstampfte, um in seine Stiefel zu kommen.

»Versucht es weiter unten, dort ist ein recht sauberer Tümpel.«

»Ich will nicht alleine gehen.« Bessie hörte den weinerlichen Ton in seiner Stimme und war über sich selbst erschüttert. Was geschah mit ihm, wo war sein Mut geblieben, weshalb war er so ganz anders?

Hopewell riß ihn aus seinen Gedanken, als er herbeistapfte und auf das trübe grünliche Wasser blickte. »In Ordnung«, sagte er. »Ich begleite Euch.«

Sie holten ihre Gewehre und zogen müden Schrittes los. Kurz darauf waren sie hinter einer Gruppe von Weiden verschwunden.

Jetzt! sagte sich Grass Heart und huschte aus dem Dickicht zu dem Wagen hinüber.

Good Plume stand aufrecht. Eine Kette war um seinen Hals und seine Handgelenke gewunden und an den Gitterstäben befestigt. Er blickte Grass Heart liebevoll an. »Ich habe dich gerochen, abends vor zwei Tagen, ich wußte, daß du ganz nahe bist«, sagte er. Seine Zunge war schwarz, und das Sprechen fiel ihm schwer. Sein dürrer nackter Körper war mit Blut bespritzt und mit Messerstichen und violett verfärbten Brandwunden übersät. Ein Bein, von einem Stiefel getroffen, war abgeknickt. Sein Gesicht war vom Schmerz zerfurcht, und in seinem blutverkrusteten weißen Haar tummelten sich Fliegen.

»Wer hat dir das angetan?«

»Der Soldat, es bereitet ihm Freude.«

»Wo ist er?«

»Er schläft dort unter dem Baum. Er schüttet mein Wasser auf die Erde und wirft mein Essen fort. Er ist ein Teufel.«

Talley sah nur ihre Augen, das war seine letzte undeutliche Erinnerung, als sie das Messer ansetzte und ihm die Kehle durchschnitt.

Hobie war an den Eingang des Zelts getreten. Er sah Grass Heart. Er sah, was sie tat und sah das Blut. Er sprach nicht, sondern winkte Jake Moon herbei, der durch die Klappe spähte und den Skalp in ihrer Hand sah. Er verschloß die Zeltklappe.

Good Plume nickte bedächtig, als sie ihm die blutige Trophäe entgegenhielt, und mit der freien Hand kratzte er sich am Ohrläppchen.

»Das war gut«, sagte er, dann richtete er den Blick auf sie, den weißen Haarsträhnen zum Trotz, die ihm über die Augen hingen. »Ich sterbe«, sagte er.

»Ja. Ich weiß.«

»Befrei mich, laß mich gehen.«

Sie wußte, worum er sie bat, und antwortete: »Das kann ich nicht.«

»Das ist alles, worum ich dich bitte.« Er sprach die Wahrheit; beim nächsten Sonnenuntergang würde seine Seele seinen Körper für immer verlassen. Sie mußte es hinnehmen; er brauchte den Tod.

~

Wie gut er mich kennt! dachte sie. Ihre Hand war ruhig, ihr Blick klar. Sie hob den Bogen und prüfte die Sehne. Legte den roten Pfeil an und spannte den Bogen.

Der Pfeil traf ihn in der Brust, und das dumpfe Geräusch zerriß die Stille, die sie umfaßte.

»Noch einen«, sagte er. »Vollende es.«

Der Bogen vibrierte, und goldene Federn schwangen in seiner ausgezehrten Brust. Er blinzelte. Dann traf der schwarze Pfeil sein Herz, und sein Blick wurde leer. Er lächelte sie an.

In dem Birkenhain preßte sie ihr Gesicht in den weichen Erdboden, lag dort, bis sie Stimmen vernahm. Dann rannte sie zu der Felsspalte und kletterte flink hinauf, trotz ihres blutenden Beins. Den nutzlosen Bogen hatte sie sich umgehängt. Laute des Schreckens und des Zorns tönten herauf, als sie den Rand erreichte. Sie sah nichts außer seinem letzten Lächeln.

Als der Wagen kurz darauf davonholperte, sah sie ihm nach. Hobie hielt die Zügel, Jake Moon saß aufrecht neben ihm. Zwei Reiter galoppierten vorweg. Der Käfig blieb im Sand liegen, entleert und gülden schimmernd im Sonnenlicht.

Noch einmal stieg sie in den Canyon hinunter, doch diesmal versteckte sie sich nicht. Den Soldaten hatten sie begraben und mit Sand bedeckt. Ihr Vater, von den Ketten befreit, lehnte an einem Baum. Neben ihm lag eine zusammengefaltete Decke. Sie bettete ihn hinein und verschnürte sie mit der Sehne des Bogens. Er sah so klein aus im Tod, als sei kaum etwas von ihm übrig, und sie legte ihn in eine Astgabel und band ihn mit Ranken und Gräsern fest.

Als sie aus dem Tümpel trank, tanzten Wasserläufer um sie her. Dann fing sie zwei Mäuse, briet sie in der Asche des verlassenen Feuers und verzehrte sie mit guten Appetit.

~

Draußen in der Prärie ächzte und quietschte der Wagen. Hobie warf einen Blick auf Jake Moon und sah, daß er weinte.

»Ihr hättet sie aufhalten können, hättet Ihr gewollt«, sagte Hobie und wandte den Blick ab.

»Ich wollte nicht«, sagte Jake.

»Ihr habt Eure gute Decke zurückgelassen.«

Jakes Lippen zitterten. »Ich hatte keine Hirschhaut und keine Büffelrobe. Ich habe ihm statt dessen meine Decke gelassen. Das war meine Gabe.«

»Ihr habt sie gekannt. Ich seh's wohl, Ihr habt sie gekannt«, sagte Hobie forschend, ohne Jake anzusehen.

»Ja. Ich kenne sie«, und Jake wischte sich die Wangen.

»Ich leg gar keinen Wert darauf, so'n Mädel zu kennen, o nein, ganz und gar nicht, Sir«, sagte Hobie und riß unruhig an den Zügeln. »Mach, Pferd, lauf, was du kannst.«

In der Abenddämmerung stieg Grass Heart hinauf und blickte über die Prärie. Sie wandte sich nach Westen, wo der Fluß auf sie wartete unter den purpurroten Wolken am dunkelnden Himmel.

Hoch oben im blauen Licht jagten Schwalben durch die milde Luft wie Kinder, die Fangen spielten. Auch Grass Heart hatte einst Fangen gespielt, in einer verlorenen Zeit, ihrer Kindheit. Sie ließ ihre Stimme ertönen und schrie: »Fang mich doch, wenn du kannst, fang mich doch!«

Sie lachte lauthals, bis ihr der Atem ausging, und die Schwalben erschraken sich vor ihr und flatterten davon.

»Ich gehe heim«, sagte sie staunend. »Gottverflucht, ich gehe heim!«, und sie dachte an Kills Ree und sein Versprechen, sie wieder zu suchen und zu finden.

Die lebendige Erde berührte sie und sprach zu ihr; sie schritt auf ihr einher und spürte ihren Herzschlag an den bloßen Füßen. Grass Heart fühlte sich so grandios wie die Abendsonne, so stark wie der mutigste Krieger, so kraftvoll und unvergänglich wie der Fluß, der nach ihr Ausschau hielt.

Nachwort

Als mich eine Lektorin von der University of New Mexico Press fragte, ob ich Interesse daran hätte, unter dem Gesichtspunkt einer möglichen Veröffentlichung ein Gutachten über ein Manuskript zu erstellen, sagte ich bereitwillig zu, doch als ich dann mit der Lektüre von *Grasherz* begann, war ich recht irritiert: Der Text begann holprig, und vor allem fand ich die Dialoge zum Teil unglaubwürdig. Wenn ich beim Stöbern im Buchladen auf *Grasherz* gestoßen wäre, hätte ich das Buch wahrscheinlich ins Regal zurückgestellt. Natürlich hatten mir unter anderen Louis Owens[1] und Gerald Vizenor[2] die Augen geöffnet für die Probleme, mit denen jeder Autor indianischer oder nicht-indianischer Herkunft zu kämpfen hat, der indianisches Leben authentisch darstellen möchte; ich weiß, daß Authentizität sich häufig nicht aus historischen Fakten zusammensetzt, sondern darin besteht, von außen aufgepropfte Erwartungen zu erfüllen. Außerdem entsann ich mich N. Scott Momadays treffender Beobachtung, daß er Bücher über Indianer gelesen hatte, die nicht von Indianern verfaßt und dennoch sehr gut waren, und umgekehrt.[3] Doch trotz meiner Bereitschaft, euramerikanische verinnerlichte Sichtweisen außer acht zu lassen, trotz meiner Hoffnung, mich so ausschließlich auf den Text konzentrieren zu können wie Scott Momaday, und trotz meiner bewußten Ablehnung von Stereotypen, die Owens als »euramerikanische Erfindungen« bezeichnet, welche als »Schablonen von ›Authentizität‹« dienen, fand ich den Sprachgebrauch der Hauptfigur immer noch nicht überzeugend.[4] Welcher Plains-Indianer hätte im frühen 19. Jahrhundert wohl ausgerufen: »Wo ist dieses alte

Pißweib hingelaufen?« (S. 34), »Gottverflucht!« (S. 10) oder »Herr im Himmel!« (S. 113)? Was ich jedoch nicht realisiert hatte und mir erst im Laufe der Lektüre bewußt wurde, war das ganze Ausmaß meiner verinnerlichten Sichtweisen.

In seinem faszinierenden Buch mit dem wunderbaren Titel *Lies My Teacher Told Me* analysiert James Loewen präzise die zwölf wichtigsten Lehrbücher, anhand deren an amerikanischen Schulen amerikanische Geschichte gelehrt wird. (Das Werk erschien 1995, aber angesichts der Geschwindigkeit, mit der Lehrplankommissionen zu Werke gehen, kann man getrost annehmen, daß Loewens Analysen noch einige Zeit ihre Relevanz behalten.) Loewen konstatiert, daß »die amerikanischen Indianer jener Teil unserer Bevölkerung sind, über den am meisten Lügen kursieren«,[5] und fährt fort:

> *325 Jahre lang, von der Gründung der ersten spanischen Siedlung 1565 bis zum Ende der Autonomie von Sioux und Apachen, existierten unabhängige Nationen von Ureinwohnern und Europäern Seite an Seite auf dem Gebiet der heutigen Vereinigten Staaten. Der Begriff* frontier *ist nicht glücklich gewählt [für diese Form der Koexistenz], denn er impliziert eine Trennlinie oder Grenze. Kontakt, nicht Trennung war dagegen die Regel …*[6]

Wenn man nun die zusehends öfter auftauchenden Fragen danach, wer nun marginalisiert wird und wer nicht und was das zu bedeuten hat, beiseite läßt, kommt mir die Annahme plausibel vor, daß zwischen Menschen, die jahrelang benachbart leben, irgendwann ein Austausch stattfindet, und zwar vor allem, was die Kommunikation betrifft. Welche Form dieser Austausch annimmt (ob sich eine Mischung daraus ergibt, wie zum Beispiel »Spanglish«, oder die herrschende Sprache Elemente der unterdrückten annimmt, wie es geschah, als amerikanische Soldaten in Vietnam Begriffe aufschnappten) und warum – das zu erklären möchte ich den Linguisten überlassen. Loewen war mir noch einmal hilfreich, indem er schrieb: »Amerikanische Ureinwohner waren häufig sehr sprachkundig, da sie nicht selten zwei europäische Sprachen (Französisch, Englisch, Holländisch oder Spanisch) und mindestens zwei Indianersprachen beherrschten«,[7] doch ich begann mich zu fragen, warum ich mich in dieser Sache an ihm orientierte, statt gleich auf Walsh zu hören, die einen Dialog zwischen Good Plume und seiner Tochter Grass Heart folgendermaßen anlegt:

> *»Diese Wörter! Woher kennst du sie? … Sie sind schrecklich!«*
>
> *Grass Heart machte große Augen. »Von den weißen Männern, diesen Freunden von dir und den anderen, die ins Dorf kommen.«*
>
> *»Sprich nicht so. Ich bitte dich.«* (S. 34/35)

Zentrales Motiv von *Grasherz* ist die eindringliche Schilderung der Auswirkung einer Pockenepidemie auf ein indianisches Dorf. Da Walsh zunächst ein Spiel zu treiben scheint mit der Seuche, indem sie die Pocken mit einem Schiff namens »St. Peter« eintreffen läßt, wird man mir verzeihen, wenn ich Vergleichbares mit dem Wort »Infektion« mache und darauf hinweise, daß die indianische Kultur von der europäischen infiziert wurde. Die indianischen Sprachen wurden ebenfalls infiziert, was sehr treffend in der Szene zum Ausdruck kommt, in der Good Plume seine Tochter bittet, nicht mehr so zu sprechen, wie sie es von den »weißen Männern« gelernt hat. Doch diese Erklärung ist noch nicht zureichend. Als Walsh herausstreicht, »die Indianer konnten sich dieser Krankheit nicht erwehren« (S. 86), schien mir das Bild vollständig zu sein – bis ich merkte, daß ich einer der Schablonen aufgesessen war, vor denen Owens warnt.

Man braucht nur einen kurzen Blick auf die Geschichte des Homo Sapiens zu werfen, dann stößt man auf eine verstörende Anzahl von Versuchen eines Volkes, ein anderes auszulöschen.

Zu den effektivsten Werkzeugen eines Genozids gehört ein Konzept, das Richard Slotkin in *Gunfighter Nation: The Myth of the Frontier in Twentieth-Century America* definiert. Er nennt dieses Werkzeug »Krieg gegen Wilde«:

> *Der »Krieg gegen Wilde« gründet in der Überzeugung, daß unüberwindliche politische und soziale Differenzen – entstanden durch eine Kombination aus »Blut« und Kultur – die friedliche Koexistenz zwischen primitiven Ureinwohnern und zivilisierten [Völkern] unmöglich machen, weshalb ein Volk zwangsläufig das andere unterwerfen muß … Widerstand gegen neue Siedlungen gerät daher zum Überlebenskampf; und aufgrund der »wilden« und blutrünstigen Natur der Ureinwohner geraten solche Kämpfe zwangsläufig zu »Vernichtungskämpfen«, in denen die eine oder die andere Seite versucht, den Gegner mit Stumpf und Stiel auszurotten.*[8]

Ein solcher »Krieg gegen Wilde« wird gemeinhin durch Literatur unterstützt, die ihn heraufbeschwört und gutheißt, was im Fall der Vereinigten Staaten die »Western«-Groschenromane und Filme derselben Färbung übernommen haben. In diesem Licht betrachtet (im Licht einer Literatur und populären Kultur, die den Genozid rechtfertigt und daher nicht als »unschuldig« gelten kann), ist die Darstellung der amerikanischen Geschichte als Auseinandersetzung zwischen Cowboys und Indianern alles andere als harmlos, und es kann keinesfalls als unschuldig erachtet werden, wenn die traurige Vernichtung als unvermeidlich gezeigt wird, sei es nun in *Der letzte Mohikaner* oder in *Der mit dem Wolf tanzt.* Vielleicht hatte Walsh von Anfang an die Absicht zu zeigen, wie weitreichend die »Infektion« war. Vielleicht wußte sie von vornherein, daß auch Rezipienten mit den besten Vorsätzen sich von einer schlau angelegten Handlung einfangen lassen. Vielleicht wollte sie uns auch mitteilen, daß sie etwas von der Kraft, die einfloß in ihre Beschreibung der Pockenepidemie, aus der Betrachtung ihrer eigenen Narben bezog. Das weiß man nicht. Doch die Anzeichen dieser Infektion sind ähnlich beunruhigend, wie es die grippeähnlichen Symptome und der Ausschlag gewesen sein müssen, zu einer Zeit, als man die Pocken noch nicht effektiv bekämpfen konnte.

Daß Good Plume etwas weiß über die Pocken und die »magische Nadel« (S. 86), deutet darauf hin, daß die Autorin Kenntnis hatte von einer wirksamen Prophylaxe gegen den Virus zur damaligen Zeit, ob es sich nun um die Schutzimpfung oder eine künstlich erzeugte milde Erkrankung handelte. Tatsächlich bezieht das Buch seine Stärke aus Walshs Fähigkeit, sich in die Zeit und an den Handlungsort ihres Romans zu versetzen. Doch wenn sie schreibt, von den Mandan seien »nurmehr einunddreißig Familien geblieben« (S. 125), unter ihnen nur vier junge Frauen, bevor die Sioux kamen, und später festhält, daß dieses Dorf nicht mehr bewohnt sei, müssen wir als Leser davon ausgehen, daß die Mandan vernichtet, der Seuche und den Stammeskämpfen zum Opfer gefallen sind. Wir halten Good Plume für den letzten Mandan, als er zu Grass Heart sagt: »Befrei mich, laß mich gehen«, was die Bitte enthält, ihn zu töten, und Grass Heart darauf so reagiert: »Sie mußte es hinnehmen; er brauchte den Tod« (S. 180). Das würde an sich schon ausreichen, um uns nicht im Zweifel zu lassen über das Schicksal der Mandan, doch am Ende erfahren wir von Grass Heart, daß sie nach Hause geht, und sie sagt es auf eine Weise, aus der wir folgern müssen, daß »zu Hause« für sie bei den *Cheyenne* ist. (Grass Heart selbst ist Halb-Mandan, Halb-Cheyenne, so daß Kinder, die sie mit ihrem Cheyenne-Ehemann Kills Ree bekommen würde, mehr Cheyenne als Mandan wären.) Ich denke deshalb, daß man an dieser Stelle mit Recht davon ausgehen kann, daß Walsh einen klaren Schluß gewählt hat für ihren Roman, doch nicht zum Guten der Menschen, über die sie mit so großer Kenntnis geschrieben hat, die stark verminderten, doch bis zum heutigen Tag überlebenden Mandan.[9]

In *Mixedblood Messages* warnt uns Owens:

> *So wie die bedrängend belesenen Modernisten sich im Recht fühlten, wenn sie von den Lesern wenigstens einige Kenntnisse über die griechische und römische Mythologie sowie über die gesamte Literaturgeschichte der westlichen Welt erwarteten, so haben auch die amerikanischen Ureinwohner begonnen zu erwarten, daß Leser ihrer Bücher etwas über die Mythologie und die mündlich überlieferte Geschichte des indianischen Amerika lernen.*[10]

Wenn Autoren nun zu Recht ein Minimum an kultureller Informiertheit von ihren Lesern erwarten, meine ich, daß die Leser umgekehrt etwas mehr als nur ein Minimum an Informiertheit von den Schriftstellern erwarten dürfen. Ich denke, es ist inzwischen allgemein anerkannt, daß die »Wahrheit« relativ ist, daß heißt, daß sie abhängig ist vom Blickwinkel desjenigen, der sie wahrnimmt und weitergibt. In einer jüngeren Ausgabe von *Poets & Writers* schildert Helen Benedict, nach welcher Form von Wahrheit wir in einem fiktionalen Werk Ausschau halten sollten: »Die subjektive Wahrheit darüber, was es bedeutet, in dieser Welt Mensch zu sein … nicht nur von außen betrachtet, sondern von innen: die Wünsche, moralischen Entscheidungen, der Trotz, das Leiden, der Schmerz und die Höhenflüge der menschlichen Seele.«[11] Ich würde behaupten wollen, daß *Grasherz* genau diese Form von Wahrheit enthält, wie sie von Helen Benedict so schön definiert wird; dennoch bleibt die schwerwiegende Frage, wie man sich zu Walshs Umgang mit den »historischen Fakten« stellen soll, vor allem angesichts der Tatsache, daß diese eigenwillige Anordnung »bekannter Fakten« grundsätzlich das Motiv und die Beweggründe für über vierhundert Jahre »Krieg gegen Wilde« untermauert.

Nachdem ich *Grasherz* gelesen und begonnen hatte, zu erwägen, ob ich den Roman zur Veröffentlichung empfehlen sollte, dachte ich zunächst an Ward Churchills Äußerungen über die schädlichen Auswirkungen zweier sehr unterschiedlicher Filme, *Lawrence von Arabien* und *Der mit dem Wolf tanzt*, die er jedoch mühelos zusammenfaßt in einem Gedanken:

> *Das war alles in der Vergangenheit, so lautet die Geschichte; zwar bedauerlich, aber zum Glück gibt es keinerlei Bezug zur Gegenwart. Man konnte ja wirklich nichts dran ändern … Am besten, alle – auf jeden Fall die Euroamerikaner – gedenken kurz einmal rührselig ihrer »Wurzeln«, fühlen sich dann besser, weil sie so erhabene Gefühle haben, und machen weiter wie gehabt.*[12]

In gewisser Hinsicht fällt es nicht schwer, *Grasherz* in einer Reihe zu sehen mit dieser Erzählstruktur im Stil von *Der-mit-dem-Wolf-tanzt-Lawrence-von-Arabien*, die das Geschehen zeitlich in weite Ferne rückt und damit weiterhin dem kolonialistischen Zweck dient, die amerikanischen Ureinwohner in der Wahrnehmung entweder auszulöschen oder kulturell zu vereinnahmen bis zur Unkenntlichkeit. Andererseits können wir in *Grasherz* feststellen, daß die indianischen Charaktere umfassend, lebendig, unabhängig, präzise und menschlich dargestellt sind und daß sowohl die Umgebung als auch die Begegnungen zwischen Indianern und Weißen überdurchschnittlich glaubwürdig wirken, vor allem für die erste Hälfte des neunzehnten Jahrhunderts. Die Schilderung des Lebens in dem indianischen Dorf vermittelt einen lebendigen Eindruck davon, wie es sich damals wohl *wirklich* gestaltete, es wird weder vereinfacht noch glorifiziert, und das trifft auch auf die Szenen zu, in denen es zu Begegnungen zwischen den einzelnen Stämmen kommt, von der außergewöhnlichen Schilderung der Pockenepidemie ganz zu schweigen. Im Handumdrehen sah ich mich mit einer grotesken Form von Mathematik befaßt, bei der ich nicht nur versuchte, einzelnen Elementen eines Romans meßbare Wertigkeiten zuzuordnen, sondern auch, einige Elemente zu subtrahieren und andere zu addieren, gemäß meiner eigenen Rechenbeispiele – die kein

Mathematiker ernst genommen hätte. Zu guter Letzt retteten mich jedoch nichtmathematische Faktoren aus meiner unerfreulichen Lage.

Sowohl in Russell Thorntons *American Indian Holocaust and Survival: A Population History Since 1492*[13] und Nancy Shoemakers *American Indian Population Recovery*[14] wird aufgezeigt, daß sich die indianische Bevölkerung Amerikas im zwanzigsten Jahrhundert merklich vergrößert hat. Obwohl es zu vieles in der Geschichte der Vereinigten Staaten gibt, daß es mir schwer macht, Shoemaker zuzustimmen, wenn sie sagt, »bei einer gegenwärtigen Bevölkerungsstärke von zwei Millionen laufen [die Indianer] nicht mehr Gefahr, als ›ausgerottet‹ wahrgenommen zu werden«[15], und obwohl mir das Ausmaß der schrecklichen und unentschuldbaren sozialen und ökonomischen Benachteiligung der amerikanischen Ureinwohner bewußt ist, bin ich dennoch gewillt, zu glauben, daß die Indianer tatsächlich weniger stark vom Verschwinden bedroht sind als zu jedem anderen Zeitpunkt, seit die ersten Europäer Fuß auf den amerikanischen Kontinent setzten. Angesichts dieser Umstände finde ich es gerechtfertigt, sich für *Grasherz* einzusetzen aufgrund der vielen Vorzüge des Textes, von denen bisher hier nur einige erwähnt wurden. Dieser Roman trägt auf jeden Fall dazu bei, einige Aspekte der so häufig auf Indianer angewandten Stereotypen zu beseitigen,[16] und bietet lebendige Charaktere und Bilder, die dazu beitragen können, die häufig trockenen und uninteressanten Schilderungen von Historikern anschaulich zu gestalten. Kurz gesagt: *Grasherz* hat zu viel zu bieten, um unveröffentlicht in einem Regal zu verstauben. Als ich diese Gedanken der Lektorin mitteilte, die mich um das Gutachten gebeten hatte, stimmte sie mir auf ganzer Linie zu und schlug vor, ich sollte doch das Nachwort schreiben. Und während ich dies tat, während ich eine sorgfältige Einschätzung von *Grasherz* erstellte und mir Gedanken darüber machte, hatte ich ein äußerst befriedigendes Erlebnis: In jenem Prozeß, bei dem ich die Stärken des Romans herausarbeitete, wurde mir auch bewußt, wie sehr es von Vorteil ist, wenn man vermeintlich harmlose Elemente aufstöbert, die einen destruktiven Unterton in der Erzählstruktur mitschwingen lassen. Jene Elemente können wie viele Krankheitserreger nur im Dunklen gedeihen; setzt man sie dem Licht aus, schrumpeln sie ein und werden so unschädlich gemacht.

Albuquerque, Februar 2001 *James Colbert*

[1] Louis Owens ist Schriftsteller und Wissenschaftler. Sein *Other Destinies: Understanding the American Indian Novel* (University of Oklahoma Press, Norman 1994) bietet sehr präzise und dabei leicht verständliche Einsichten in die unterschiedlichen Themenkreise der aktuellen Literatur der amerikanischen Ureinwohner.

[2] Gerald Vizenor ist ebenfalls Schriftsteller und Wissenschaftler. *Narrative Chance: Postmodern Discourse on Native American Indian Literatures,* von ihm herausgegeben (University of Oklahoma Press, Norman 1993), liefert Theorie und Anhaltspunkte für unterschiedliche Lesarten von Texten der amerikanischen Ureinwohner. Es bietet einen hervorragenden Ansatz, die konstruierten Geschichten, in denen Indianer mit Stereotypen dargestellt werden, als unwahr zu entlarven und Stammesgeschichten in neuem Licht zu betrachten. Gleichzeitig werden die für indianische Schriftsteller entscheidenden Themenbereiche wie (unter anderen) die eigenen Wurzeln, Marginalisierung, Anderssein und der Zusammenhang zwischen gesprochener und geschriebener Sprache erläutert.

[3] Der Schriftsteller und Wissenschaftler N. Scott Momaday ist wohl der bekannteste indianische Schriftsteller. Momadays hier zitierte Beobachtung wurde von Louis Owens aufgezeichnet in *This Is about Vision: Interviews With Southwestern Writers*, herausgegeben von John F. Crawford, William Balassi und Annie Eysturoy (University of New Mexico Press, Albuquerque 1990), S. 63.

[4] Owens, Louis: *Mixedblood Messages: Literature, Film, Family, Place.* University of Oklahoma Press, Norman 1998, S. 17.

[5] Loewen, James: *Lies My Teacher Told Me: Everything Your American History Textbook Got Wrong.* Simon & Schuster, New York 1995, S. 99.

[6] ebd., S. 108.

[7] ebd., S. 104.

[8] Slotkin, Richard: *Gunfighter Nation: The Myth of the Frontier in Twentieth-Century America.* HarperPerennial, New York 1992, S. 12.

[9] Unter dem Indian Reorganization Act von 1934 wurden die Mandan mit den Hidatsa und Arikara vereint. Die »Drei angegliederten Stämme« haben insgesammt 9000 Stammesmitglieder.

[10] Owens, *Mixedblood Messages*, S. 10.

[11] Benedict, Helen: »Fiction vs. Nonfiction: Wherein Lies the Truth??« *Poets & Writers*. September/October 1999, S. 46.

[12] Churchill, Ward: *Fantasies of the Master Race: Literature, Cinema and the Colonization of American Indians*. Common Courage Press, Monroe, Maine 1998, S. 247.

[13] Thornton, Russell: *American Indian Holocaust and Survival: A Population History Since 1492*. University of Oklahoma Press, Norman 1998.

[14] Shoemaker, Nancy: *American Indian Population Recovery*. University of New Mexico Press, Albuquerque 1999.

[15] ebd., S. 103.

[16] In *Native American Identities: From Stereotype to Archetype in Art and Literature* (University of New Mexico Press, Albuquerque 1998) beantwortet Scott B. Vickers die Frage, woraus sich Stereotypen zusammensetzten, indem er »die Bilder, die von außen auf die nordamerikanischen Indianer projiziert wurden« in zwei Kategorien unterteilt, nämlich »eine ›positive‹ (der edle Wilde) und eine ›negative‹ (der blutrünstige Barbar)«. Er führt fünf Attribute des edlen und sechs Attribute des unedlen Wilden auf und merkt an, daß diese Attribute in unterschiedlichen Varianten vermischt eingesetzt werden, »um Figuren zu schaffen, die für die herrschende Kultur in unterschiedlichem Ausmaß akzeptierbar sind« (S. 4), und er stellt ferner klar, daß jede Art von Stereotyp grundsätzlich zur »Entmenschlichung und Vernichtung der kulturellen Identität« beiträgt.